诗画品红楼

翟海潮 范文义 刘承彦 ◎ 主编

北京出版集团
北京出版社

图书在版编目（CIP）数据

诗画品红楼 / 翟海潮，范文义，刘承彦主编. — 北京：北京出版社，2021.1
ISBN 978-7-200-16332-2

Ⅰ. ①诗… Ⅱ. ①翟… ②范… ③刘… Ⅲ. ①《红楼梦》研究 Ⅳ. ①I207.411

中国版本图书馆CIP数据核字(2021)第010714号

责任编辑：刘　路
特约编辑：杨薪誉　张素琴
责任印制：刘文豪
封面设计：小徐书装

诗画品红楼
SHI HUA PIN HONGLOU

翟海潮　范文义　刘承彦　主编

*

北 京 出 版 集 团
北 京 出 版 社　出版
（北京北三环中路6号）
邮政编码：100120

网　址：ｗｗｗ．ｂｐｈ．ｃｏｍ．ｃｎ
北 京 出 版 集 团 总 发 行
新　华　书　店　经　销
三河市嘉科万达彩色印刷有限公司印刷

*

185毫米×260毫米　16开本　30印张　432千字
2021年1月第1版　2021年1月第1次印刷
ISBN 978-7-200-16332-2
定价：168.00元
如有印装质量问题，由本社负责调换
质量监督电话：010-58572393
责任编辑电话：010-58572383

《诗画品红楼》编委会

顾　问：赵建忠　郑尚可　赵连珠　邓世广　熊东遨　郭五堂

主　编：翟海潮　范文义　刘承彦

副主编：陈瑞林　李鸿国　郭凤岐　李　军　周同顺　孙可华
　　　　李乐年

编　委：（按汉语拼音音节表排序）
　　　　白　鹭　布凤华　陈慧茹　陈瑞林　陈斯高　迟连庄
　　　　崔　波　邓世广　范文义　方留聚　郭凤岐　郭五堂
　　　　扈建新　李鸿国　李建强　李津生　李金娥　李　军
　　　　李乐年　李锡庆　李恒东　刘承彦　牛未默　师晓安
　　　　孙可华　孙树娟　孙　云　王义青　王志刚　王志霞
　　　　熊东遨　杨　兵　翟海潮　张美麟　张　通　张远树
　　　　赵建忠　赵连珠　赵彦伟　郑尚可　周同顺

创作（评审）人员名单
（按汉语拼音音节表排序）

布凤华	曹俊海	陈慧茹	陈瑞林	陈斯高	迟连庄	崔　波
邓世广	樊　慧	范　荣	范文义	方留聚	高象昶	郭凤岐
郭五堂	韩存锁	扈建新	黄菊仲	霍胜泽	李宝贵	李鸿国
李金娥	李　军	李乐年	李锡庆	刘　锋	刘承彦	刘双起
刘英强	祁国明	师晓安	石俊茹	宋梁缘	孙可华	孙树娟
陶　陶	王兴伟	王旭升	王志刚	王志霞	武冀新	谢　允
邢伟川	熊东遂	徐正良	杨　兵	杨路平	杨田勇	闫宝恩
于　军	岳海青	翟海潮	张青岭	张项学	张远树	赵凤玲
赵建忠	赵连珠	郑翠娟	郑尚可	周同顺	周晓梅	

目 录

序一　诗情画意品红楼（赵建忠）……………………………………………………1
序二　红学研究新维度（郑尚可）……………………………………………………5
前言……………………………………………………………………………………9

第一辑　故事篇

第 一 回　甄士隐梦幻识通灵　贾雨村风尘怀闺秀……………………………………2
第 二 回　贾夫人仙逝扬州城　冷子兴演说荣国府……………………………………4
第 三 回　托内兄如海荐西宾　接外孙贾母惜孤女……………………………………6
第 四 回　薄命女偏逢薄命郎　葫芦僧判断葫芦案……………………………………8
第 五 回　贾宝玉神游太虚境　警幻仙曲演红楼梦…………………………………10
第 六 回　贾宝玉初试云雨情　刘姥姥一进荣国府…………………………………12
第 七 回　送宫花贾琏戏熙凤　宴宁府宝玉会秦钟…………………………………14
第 八 回　贾宝玉奇缘识金锁　薛宝钗巧合认通灵…………………………………16
第 九 回　训劣子李贵承申饬　嗔顽童茗烟闹书房…………………………………18
第 十 回　金寡妇贪利权受辱　张太医论病细穷源…………………………………20
第十一回　庆寿辰宁府排家宴　见熙凤贾瑞起淫心…………………………………22
第十二回　王熙凤毒设相思局　贾天祥正照风月鉴…………………………………24
第十三回　秦可卿死封龙禁尉　王熙凤协理宁国府…………………………………26
第十四回　林如海捐馆扬州城　贾宝玉路谒北静王…………………………………28
第十五回　王熙凤弄权铁槛寺　秦鲸卿得趣馒头庵…………………………………30
第十六回　贾元春才选凤藻宫　秦鲸卿夭逝黄泉路…………………………………32
第十七回　大观园试才题对额　荣国府归省庆元宵…………………………………34
第十八回　皇恩重元妃省父母　天伦乐宝玉呈才藻…………………………………36

第 十 九 回	情切切良宵花解语	意绵绵静日玉生香	38
第 二 十 回	王熙凤正言弹妒意	林黛玉俏语谑娇音	40
第二十一回	贤袭人娇嗔箴宝玉	俏平儿软语救贾琏	42
第二十二回	听曲文宝玉悟禅机	制灯谜贾政悲谶语	44
第二十三回	西厢记妙词通戏语	牡丹亭艳曲警芳心	46
第二十四回	醉金刚轻财尚义侠	痴女儿遗帕惹相思	48
第二十五回	魇魔法叔嫂逢五鬼	通灵玉蒙蔽遇双真	50
第二十六回	蜂腰桥设言传心事	潇湘馆春困发幽情	52
第二十七回	滴翠亭杨妃戏彩蝶	埋香冢飞燕泣残红	54
第二十八回	蒋玉菡情赠茜香罗	薛宝钗羞笼红麝串	56
第二十九回	享福人福深还祷福	多情女情重愈斟情	58
第 三 十 回	宝钗借扇机带双敲	椿龄画蔷痴及局外	60
第三十一回	撕扇子作千金一笑	因麒麟伏白首双星	62
第三十二回	诉肺腑心迷活宝玉	含耻辱情烈死金钏	64
第三十三回	手足耽耽小动唇舌	不肖种种大承笞挞	66
第三十四回	情中情因情感妹妹	错里错以错劝哥哥	68
第三十五回	白玉钏亲尝莲叶羹	黄金莺巧结梅花络	70
第三十六回	绣鸳鸯梦兆绛芸轩	识分定情悟梨香院	72
第三十七回	秋爽斋偶结海棠社	蘅芜院夜拟菊花题	74
第三十八回	林潇湘魁夺菊花诗	薛蘅芜讽和螃蟹咏	76
第三十九回	村姥姥是信口开河	情哥哥偏寻根究底	78
第 四 十 回	史太君两宴大观园	金鸳鸯三宣牙牌令	80
第四十一回	贾宝玉品茶栊翠庵	刘姥姥醉卧怡红院	82
第四十二回	蘅芜君兰言解疑癖	潇湘子雅谑补余音	84
第四十三回	闲取乐偶攒金庆寿	不了情暂撮土为香	86
第四十四回	变生不测凤姐泼醋	喜出望外平儿理妆	88
第四十五回	金兰契互剖金兰语	风雨夕闷制风雨词	90
第四十六回	尴尬人难免尴尬事	鸳鸯女誓绝鸳鸯偶	92
第四十七回	呆霸王调情遭苦打	冷郎君惧祸走他乡	94
第四十八回	滥情人情误思游艺	慕雅女雅集苦吟诗	96
第四十九回	琉璃世界白雪红梅	脂粉香娃割腥啖膻	98
第 五 十 回	芦雪广争联即景诗	暖香坞雅制春灯谜	100

第五十一回	薛小妹新编怀古诗	胡庸医乱用虎狼药	102
第五十二回	俏平儿情掩虾须镯	勇晴雯病补孔雀裘	104
第五十三回	宁国府除夕祭宗祠	荣国府元宵开夜宴	106
第五十四回	史太君破陈腐旧套	王熙凤效戏彩斑衣	108
第五十五回	辱亲女愚妾争闲气	欺幼主刁奴蓄险心	110
第五十六回	敏探春兴利除宿弊	贤宝钗小惠全大体	112
第五十七回	慧紫鹃情辞试莽玉	慈姨妈爱语慰痴颦	114
第五十八回	杏子阴假凤泣虚凰	茜纱窗真情揆痴理	116
第五十九回	柳叶渚边嗔莺咤燕	绛芸轩里召将飞符	118
第 六 十 回	茉莉粉替去蔷薇硝	玫瑰露引出茯苓霜	120
第六十一回	投鼠忌器宝玉瞒赃	判冤决狱平儿行权	122
第六十二回	憨湘云醉眠芍药裀	呆香菱情解石榴裙	124
第六十三回	寿怡红群芳开夜宴	死金丹独艳理亲丧	126
第六十四回	幽淑女悲题五美吟	浪荡子情遗九龙佩	128
第六十五回	贾二舍偷娶尤二姨	尤三姐思嫁柳二郎	130
第六十六回	情小妹耻情归地府	冷二郎一冷入空门	132
第六十七回	见土仪颦卿思故里	闻秘事凤姐讯家童	134
第六十八回	苦尤娘赚入大观园	酸凤姐大闹宁国府	136
第六十九回	弄小巧用借剑杀人	觉大限吞生金自逝	138
第 七 十 回	林黛玉重建桃花社	史湘云偶填柳絮词	140
第七十一回	嫌隙人有心生嫌隙	鸳鸯女无意遇鸳鸯	142
第七十二回	王熙凤恃强羞说病	来旺妇倚势霸成亲	144
第七十三回	痴丫头误拾绣春囊	懦小姐不问累金凤	146
第七十四回	惑奸谗抄检大观园	避嫌隙杜绝宁国府	148
第七十五回	开夜宴异兆发悲音	赏中秋新词得佳谶	150
第七十六回	凸碧堂品笛感凄清	凹晶馆联诗悲寂寞	152
第七十七回	俏丫鬟抱屈夭风流	美优伶斩情归水月	154
第七十八回	老学士闲征姽婳词	痴公子杜撰芙蓉诔	156
第七十九回	薛文起悔娶河东吼	贾迎春误嫁中山狼	158
第 八 十 回	美香菱屈受贪夫棒	王道士胡诌妒妇方	160
第八十一回	占旺相四美钓游鱼	奉严词两番入家塾	162
第八十二回	老学究讲义警顽心	病潇湘痴魂惊恶梦	164

第八十三回	省宫闱贾元妃染恙	闹闺阃薛宝钗吞声	166
第八十四回	试文字宝玉始提亲	探惊风贾环重结怨	168
第八十五回	贾存周报升郎中任	薛文起复惹放流刑	170
第八十六回	受私贿老官翻案牍	寄闲情淑女解琴书	172
第八十七回	感秋声抚琴悲往事	坐禅寂走火入邪魔	174
第八十八回	博庭欢宝玉赞孤儿	正家法贾珍鞭悍仆	176
第八十九回	人亡物在公子填词	蛇影杯弓颦卿绝粒	178
第九十回	失绵衣贫女耐嗷嘈	送果品小郎惊叵测	180
第九十一回	纵淫心宝蟾工设计	布疑阵宝玉妄谈禅	182
第九十二回	评女传巧姐慕贤良	玩母珠贾政参聚散	184
第九十三回	甄家仆投靠贾家门	水月庵掀翻风月案	186
第九十四回	宴海棠贾母赏花妖	失宝玉通灵知奇祸	188
第九十五回	因讹成实元妃薨逝	以假混真宝玉疯癫	190
第九十六回	瞒消息凤姐设奇谋	泄机关颦儿迷本性	192
第九十七回	林黛玉焚稿断痴情	薛宝钗出闺成大礼	194
第九十八回	苦绛珠魂归离恨天	病神瑛泪洒相思地	196
第九十九回	守官箴恶奴同破例	阅邸报老舅自担惊	198
第一百回	破好事香菱结深恨	悲远嫁宝玉感离情	200
第一百零一回	大观园月夜警幽魂	散花寺神签惊异兆	202
第一百零二回	宁国府骨肉病灾祲	大观园符水驱妖孽	204
第一百零三回	施毒计金桂自焚身	昧真禅雨村空遇旧	206
第一百零四回	醉金刚小鳅生大浪	痴公子余痛触前情	208
第一百零五回	锦衣军查抄宁国府	骢马使弹劾平安州	210
第一百零六回	王熙凤致祸抱羞惭	贾太君祷天消祸患	212
第一百零七回	散余资贾母明大义	复世职政老沐天恩	214
第一百零八回	强欢笑蘅芜庆生辰	死缠绵潇湘闻鬼哭	216
第一百零九回	候芳魂五儿承错爱	还孽债迎女返真元	218
第一百一十回	史太君寿终归地府	王凤姐力诎失人心	220
第一百一十一回	鸳鸯女殉主登太虚	狗彘奴欺天招伙盗	222
第一百一十二回	活冤孽妙姑遭大劫	死雠仇赵妾赴冥曹	224
第一百一十三回	忏宿冤凤姐托村妪	释旧憾情婢感痴郎	226
第一百一十四回	王熙凤历幻返金陵	甄应嘉蒙恩还玉阙	228

第一百一十五回　惑偏私惜春矢素志　证同类宝玉失相知 ……………… 230

第一百一十六回　得通灵幻境悟仙缘　送慈柩故乡全孝道 ……………… 232

第一百一十七回　阻超凡佳人双护玉　欣聚党恶子独承家 ……………… 234

第一百一十八回　记微嫌舅兄欺弱女　惊谜语妻妾谏痴人 ……………… 236

第一百一十九回　中乡魁宝玉却尘缘　沐皇恩贾家延世泽 ……………… 238

第一百二十回　　甄士隐详说太虚情　贾雨村归结红楼梦 ……………… 240

第二辑　人物篇

贾宝玉与金陵十二钗 ……………………………………………………… 244

　　1.贾宝玉　2.林黛玉　3.王熙凤　4.薛宝钗　5.史湘云　6.贾元春　7.秦可卿

　　8.贾迎春　9.贾探春　10.贾惜春　11.李纨　12.妙玉　13.贾巧姐

贾府及与贾府有关的爷儿们 ……………………………………………… 270

　　14.贾政　15.贾赦与贾琏　16.贾敬　17.贾珍　18.贾蓉　19.贾环与赵国基

　　20.贾兰　21.薛蟠　22.薛蝌　23.贾芸　24.贾芹　25.贾代儒与贾瑞　26.贾蔷

　　27.孙绍祖

贾府的夫人、妾及贾府相关女人 ………………………………………… 284

　　28.贾母　29.王夫人　30.邢夫人　31.薛姨妈　32.尤氏　33.赵姨娘　34.平儿

　　35.香菱　36.刘姥姥　37.尤二姐　38.秋桐　39.夏金桂　40.李嬷嬷　41.赵嬷嬷

　　42.赖嬷嬷

贾府的丫鬟、女伶们 ……………………………………………………… 300

　　43.袭人　44.晴雯　45.麝月　46.鸳鸯　47.紫鹃　48.司棋　49.金钏　50.瑞珠

　　51.莺儿　52.小红　53.雪雁　54.傻大姐　55.绣橘　56.翠缕　57.侍书　58.入画

　　59.宝珠　60.抱琴　61.善姐　62.彩云　63.玉钏　64.芳官　65.藕官　66.龄官

　　67.蕊官　68.豆官　69.葵官　70.柳五儿　71.茜雪　72.春燕　73.秋纹　74.素云

　　75.琥珀　76.万（卍）儿　77.四儿（蕙香）　78.佳蕙　79.彩霞　80.坠儿

贾府的亲戚、清客与友人 ………………………………………………… 339

　　81.尤三姐　82.薛宝琴　83.邢岫烟　84.李纹与李绮　85.秦钟　86.柳湘莲

　　87.蒋玉菡　88.张友士　89.詹光（含程日兴、单聘仁）　90.马道婆　91.傅秋芳

　　92.邢大舅与王仁　93.林如海　94.冯紫英　95.王子腾　96.冷子兴　97.宝蟾

贾府的管家与仆人们 ……………………………………………………… 357

　　98.赖大　99.焦大　100.周瑞家的　101.王善保家的　102.焙茗　103.包勇

104.鲍二家的　105.赖二　106.林之孝　107.林之孝家的　108.周瑞
109.吴新登　110.乌进孝　111.秦显家的　112.柳家的　113.李贵
114.兴儿　115.来旺

其他人物 ·· 367
116.甄士隐　117.贾雨村　118.北静王　119.跛道人与疯僧　120.警幻仙子
121.甄宝玉　122.智能儿　123.娇杏　124.金哥　125.甄应嘉　126.封肃
127.葫芦僧　128.净虚　129.倪二　130.仇太尉　131.夏秉忠　132.冯渊
133.张华　134.石呆子　135.金寡妇　136.卜世仁　137.赖尚荣　138.花自芳
139.多姑娘　140.晴雯嫂　141.鸳鸯嫂　142.金荣　143.卫若兰

第三辑　《红楼梦》与曹雪芹

《红楼梦》 ·· 384
曹雪芹 ·· 393

附　录

附录1　鲁迅绘制《红楼梦》贾氏谱大要 ·· 404
附录2　《红楼梦》人物索引表 ·· 405
附录3　《红楼梦》人物系年要录 ·· 429
附录4　水西庄是大观园的近似原型之一 ·· 431
附录5　津门茶叙品红楼 ·· 442
附录6　四美赴京观园游 ·· 448
附录7　《诗画品红楼》创作与选编作品一览表 ·· 450
附录8　《诗画品红楼》创作人员及其作品数量统计表 ··· 451

引用文献 ·· 452
参考文献 ·· 453

序一　诗情画意品红楼

赵建忠[①]

翟海潮、范文义、刘承彦三位先生联合主编的《诗画品红楼》将由北京出版社隆重推出，这是诗词界和书画界有识之士联袂打造的艺术精品，我有幸对这部书稿先睹为快，对此书的出版表示衷心的祝贺！

以《红楼梦》为诗画创作取材蓝本有着悠久的艺术传统。就绘画艺术形式而言，早在《红楼梦》诞生的清代，就有改琦《红楼梦图咏》问世。改琦（1773—1828年）的仕女画衣纹娟秀，造型纤细，敷色清雅，并善于运用景物烘托，因其画风迎合了当时的大众审美而广受欢迎。其画艺能臻此境界，首先应归于改琦本人对《红楼梦》的独到理解，如他刻画薛宝钗时融入了自己的想法，设置的"宝钗扑蝶"画面中的"执扇"造型，很可能就是"秋风纨扇"之隐喻。需要指出的是，《红楼梦图咏》并非一开始就叫"图咏"，而是叫《红楼梦人物画册》。《红楼梦图咏》共绘制图50幅，先后为画册题诗词者共34人，其中或诗或词，共75咏。图咏中最早题咏的是清代著名诗人张船山（1764—1814年），为画册题有"史湘云""碧痕""秦钟"三页。较晚题咏的是王希廉、周绮夫妇。王希廉是清代著名《红楼梦》评点家，夫人周绮是清代著名女画家，她的诗词亦不同流俗，如"椒房更比碧天深，春不常留恨不禁，修到红颜非薄命，此生又缺女儿心"，描绘了元春孤独的背影，诗和画一起共同道出了至亲骨肉咫尺天涯的悲剧。道光十二年（1832年），王希廉以他和夫人共同斋名"双清仙馆"的名义，将《新评绣像红楼梦全传》刊行传世。可以说，使《红楼梦人物画册》变为《红楼梦图咏》的，正是清代不同时期持续题咏创作与绘画创作两种姊妹艺术的珠联璧合。

[①] 1963年出生于天津，中国艺术研究院红学研究生毕业。现为天津师范大学文学院教授、博士生导师、中国古代文学学科带头人，从事《红楼梦》及中国古代文学的研究与教学工作。出版有《红楼梦续书研究》《红学管窥》《红学讲演录》《畸轩谭红》等多部学术专著。现任中国红楼梦学会副会长、天津市红楼梦研究会会长。

与改琦《红楼梦图咏》仕女画风格迥异的，是现藏于大连旅顺博物馆的230幅《红楼梦》工笔重彩画。绘画风格以工笔严谨、造型准确为创作宗旨，最大特点是采用散点透视，无论何种风格的建筑，每一间每一层中栏杆窗棂与人物活动皆极为精细。这组工笔重彩画绘有山水人物、花卉树木、楼台亭阁、珍禽走兽、舟车轿舆、神仙鬼怪等，据专家介绍，几乎囊括全部画科内容。组画依次表现出《红楼梦》的故事情节。每个章回所用画幅数量亦不尽相同。画面围绕原著的故事情节，对主要人物的描绘细致入微，尤其注重面部肤色肌纹之渲染。许多人物的服饰图案、配饰等或施加厚粉，或以泥金勾染，使整个画面达到了富丽堂皇的效果。为了表现植物生态，各种花木或勾花点叶，或没骨画法，山峦湖石勾皴兼用，并敷染石青、石绿和赭石。值得注意的是，楼台亭阁等建筑近大远小，建筑的斗拱、立柱和窗隔门楞等亦有明暗转折变化，看得出在技法上吸纳了西洋绘画的因素。作者将各种人物活动情节置于特定的环境之中，勾画出一幅幅情景交融、富有诗意的画面，其情节之详尽、笔法之精细、篇幅之宏大，为清代同题材绘画作品所少见。此工笔重彩画主要由清代画家孙温绘制，从画上的题款可知，该画成于同治丁卯（1867年）至光绪癸卯（1903年）年间。孙温约生于1818年，他从49岁开始绘制，历经36年才完成。直到2004年此画在国内首次展出，引起空前轰动。

民国时期，著名"湖社画会"骨干成员陈少梅饮誉画坛的《金陵十二钗》，一直是收藏界追捧的艺术珍品。以后，沪上刘旦宅、戴敦邦笔下的同题作品或以清新雅健取胜，或以水墨白描见长。近年著名国画家、天津美术学院杨德树教授创作的组画《金陵十二钗》也给人们留下了深刻印象。他在传统画法的基础上，借鉴油画的透视法、色彩法处理画面景物且不露痕迹，以中国画的笔墨为骨，色泽明艳动人。刘旦宅的《石头记人物画》还由红学泰斗周汝昌以其独特瘦金体书法题诗，杨德树的红楼写意人物画也配有著名学者、天津市红楼梦研究会名誉会长陈洪教授题诗，曾与画作一同连载于《今晚报》。

采用诗词等韵文形式对《红楼梦》进行评论，红学史家将此类作品的创作群体归为"题咏派"，其作者出自社会的各个阶层。就题咏派作品的分期而论，从曹雪芹开始创作《红楼梦》至程本的面世，为第一阶段。这阶段的题咏派作品主要是热情礼赞横空出世的《红楼梦》杰作，还涉及作者曹雪芹精神风貌，值得钩沉深研。第二阶段为乾隆五十六年程本面世至道光年间《红楼梦》评点派的勃兴。这阶段的作品大多着眼于《红楼梦》文本，鲜明地体现出时人的《红楼梦》人物论和艺术观。第三阶段为道光年间至民国十年（1921年）新红学诞生。这个阶段《红楼梦》评点、索隐两派先后蔚为大观，题咏派与这两派和平共处，共同苦撑着旧红学的格局，然题咏派已渐呈衰微趋势。第四阶段，从胡适《红楼梦考证》发表至今。考证派红学既兴，《红楼梦》题咏派同评点、索隐等旧红学的命运一样，几成绝响；然其余波，则披尚广远，绵延不绝而至当代。其间亦历三变：当考证红学如日中天的鼎盛时期，人们更着迷于探索作品本事，复兼战乱频仍，文士儒冠亦大多一洗闺阁脂粉，弃此香奁艳体而不为，大抒黍离之悲，由是《红楼梦》题咏作品众芳摇落，一变也；随着社会历史批评派在红学中的地位上升，题咏这种形式远不能适应红学新势态的需要，不能满足人们诠释《红楼梦》的文化心理需求，不能对《红楼梦》的博大精深进行全方位解读，其同整个旧红学命运一样，被时代所淘汰，理所固然（题咏派退出红学舞台，也与人们诗词观念的变化相关。从前诗词为"正宗"，小说乃"小道"，现在小说早已登上大雅之堂，评价小说的学术论文也逐渐成为学问正途），此《红楼梦》题咏派之二变；二十世纪八十年代以后，咏红诗词承先辈之流风余韵，薪火又传，此三变也。流传至今的数千首题咏作品是红学研究中一座丰富的宝藏，对它们进行系统梳理和研究，不仅能够发掘出题咏派作品中蕴含的《红楼梦》作者、版本等方面的文献史料，更重要的是，还可以使我们加深对那些题咏作品体现的红学观念以及《红楼梦》在当时的传播及其影响的了解。

当历史的车轮行驶到新时代，一批有识之士继承中华艺术传统并不断创新，其中在《红楼梦》诗词、书画有机融合方面做出成绩的，当数《诗画品红楼》这部艺术精品。

据该书主编之一的范文义先生介绍，本书"故事篇"由"诗词散曲"、"回目插图"与"品评"联袂组成，是《诗画品红楼》构思的亮点。这是翟海潮主编的创意，也是本书的最大特征。本书以百二十回程乙本文本为依托，前诗后评，诗文互补交融，旨在让《红楼梦》爱好者尽快看懂故事梗概、人物演绎，领会作者的真实意图。具体做法是：对于诗词散曲，要求每位作者提交律诗和篇幅较长的词曲作品；每一回目选配清代美术家的两幅精美插图；回末品评，既要做到简单概括，又要写出深度，给人以启迪、思索。"品评"要从多层面、多角度评述故事的过程和曲折复杂的变化，有话则长，无话则短，尽可能写成小品文，要掌握好夹叙夹议的有机统一，突出重点，舍弃琐碎，突出亮点，拒绝平庸。或喜怒笑讽，皆成文章；或点到为止，留有余地。

如前所述，以诗词等韵语形式对《红楼梦》进行聚焦透视品评，红学的历史源远流长。题咏派的作品诗意盎然，扣人心弦以至于如醉如痴，同样引起过人们对《红楼梦》的流连忘返。《诗画品红楼》中的这些当代诗词作者，其作品或对红楼人物进行评价，或对其中事件陈述看法，或对红楼艺术表达见解，特别是通过品味《红楼梦》寄托自己的某种理念与希冀，从而体现了对这部作品独特的研发。也可以这样说，他们的作品就是形象的《红楼梦》新潮评论集。需要指出的是，《红楼梦》在"情"的表达上比较突出，"开辟鸿蒙，谁为情种，都只为风月情浓"，也可看作是这种表达的直白或宣言。作为一种写作技巧，曹雪芹的"障眼法"也确实迷惑过不少读者。当然，"伤情补恨"这种情感，也是人类文化的一种普遍心理，由乾隆时明义的诗句"安得返魂香一缕，起卿沉痼续红丝"肇端启绪，自程高本出现后题咏派作品达到高潮。面对遍被华林的红楼凉雾：黛玉泪尽、晴雯屈亡、探春远嫁、惜春皈依、三姐自戕、宝玉弃家这些悲剧，作者们以饱蘸盈腮之泪笔，为他们谱写了一曲曲凄美悱恻的挽歌。我们对待历史上的《红楼梦》题咏派作品，当然不能苛求前人，应该采用社会历史观的研究方法，将作品放到特定的时代环境下去全方位考察，方能认识到其特殊价值。但难能可贵的是，《诗画品红楼》中的这些当代诗词作者，一般都突破了清代《红楼梦》题咏派简单视曹雪芹的这部作品为一部"情书"的狭隘观念，他们能紧紧扣住《红楼梦》艺术形象而发，纵笔抒怀，视野开阔，从而多元地拓展了《红楼梦》的当代诠释维度。

诗情画意品红楼，相信《诗画品红楼》能得到众多读者的喜爱。

赵建忠　庚子新正于聚红厅

序二　红学研究新维度

郑尚可

"开谈不说《红楼梦》，读尽诗书是枉然。"这两句流传于清代乾隆年间的民谚，说明这部小说已盛行于十八世纪末期的中国，从上层文人学士到下层平民百姓广泛群体，形成了读"红"的热潮。

多少年过去了，但"红热"有增无减，热浪一波高似一波，更持续地向广度和深度发展。不知有多少种手抄本和正式版本问世，又有多少种"圆梦"和"补梦"的续书出现！至于相关书籍，更是林林总总，汗牛充栋，实在无法统计。

读红楼，说红楼，评红楼。两百多年来，研究《红楼梦》遂成专门的学问——红学，而且还是名副其实的门派众多的最大显学之一。

书写个人读"红"的心得体会，点滴的或系统的，并试图以自己的艺术感受指导他人阅读，有题词、论赞，有批序、夹评，授读法，讲用心，是为"评点派"。

多着眼于小说人物、故事、场景、片段，以诗、词、曲、赋等文学形式抒写个人的感悟、慨叹和评价，是为"题咏派"。

透过书中表面故事，考索所隐人事，探求小说人物原型、情节本事，寻佚书后面的"真事""真相""秘史"，是为"索隐派"。

坚守史学本位，重考据，以材料推断论证作者生平经历和小说本事，是为"考证派"。

以现代文艺理论做指导，重文本研究，阐述小说思想主旨、社会意义、人物形象、艺术特色，是为"评论派"。

---

① 1938年出生于四川省合江县。1962年毕业于四川大学中文系。中共党员，教师，作家，学者。毕生从事语文教学工作，退休后专心致力于文学创作和研究。北京作家协会会员，香山诗社副社长。已出版《吕正操传》《春风吹过平原》《锦瑟华年》《雪泥留踪》《烟雨行吟》《清风闲咏》《唐代僧诗精品笺释鉴赏》《宋代僧诗精品笺释鉴赏》《板桥诗文释赏》《翰墨流香》《旷世通才苏东坡》《云影涵波》等十多部专著，包括传记、报告文学、小说、散文、诗词、古典文学研究等各种体裁。被誉为"年轻老作家""文坛老黄忠"。

此外，关于作者，有"曹学""高学"；关于评者，有"脂学"；关于文本，有"版本学"；关于人物、故事出处，有"本事学"；等等。

红学研究，涵盖到文学、史学、哲学、政治、思想、伦理、风俗、医学等诸多领域，博大而精深，完全可与国际上的"莎（士比亚）学"并肩媲美。

《红楼梦》好像广垠无边、深不可测的海洋，又似永远开采不竭、常挖常新的一座富矿。

早在这部巨著传世之初，与曹雪芹同时代的爱新觉罗·永忠，观此书后曾作诗感叹"可恨同时不相识，几回掩卷哭曹侯"，并予以高度评价，预言"传神文笔足千秋"；今天看来，就红学的历史、发展和现状及其规模而论，还得在永忠诗后补上一句"红海浮槎风景幽"。

日照波光，浪花朵朵；千姿百态，蔚为大观。

即将付梓的翟海潮、范文义、刘承彦三位先生共同主编的《诗画品红楼》一书，也正是这"红海"浪花中的一朵。

《诗画品红楼》虽属题咏派，而又不以之为限；它以新的维度，开拓了红学研究的新生面。

读者和评家阅读、思考、品论《红楼梦》，可以也应该从不同的思维角度出发，并各自表述富有新意的看法与观点。只有从多个角度、多个层面运用多种方法展开研究，红学才能呈现新天地、新气象、新景观。

《诗画品红楼》的最大特色：融题咏、品评、绘画三位于一体，立体地、综合地展示《红楼梦》的人物活动、故事情节、构思布局，从而更深刻地表现出它的艺术风采和魅力，让人们从中获得思想启迪和美学享受。

全书分为"故事篇"、"人物篇"和"《红楼梦》与曹雪芹"三大辑，皆出自翟海潮先生的创意。特别是第一辑：小说全本120回，每回都包含诗词散曲、插图和品评三个部分。正如范文义先生所介绍的那样：通过前诗后评，诗文互补，诗文图交融，旨在让初步读红、学红者尽快看懂故事梗概、人物演绎，领会作者的真实意图，认识《红楼梦》何以成为中国长篇古典小说的顶峰，更好地传承、发扬祖国的传统文化。

本书第二大特色：重在鉴赏，在"品"字上下足功夫。围绕人物、情节、场面，紧扣主题，选择典型意象，营造优美意境，表现盎然意趣，富有耐人咀嚼的诗味和余韵，让读者能够充分领略小说艺术的深刻底蕴。

北京大学教授、著名小说研究家周先慎先生指出："文学研究归根结底应该是审美的研究。离开审美，不可能进入真正文学研究的层面。""对于文学研究来说，鉴赏是非常重要的、不可或缺的一个维度。要把文学当作文学来研究。"他自称是"走审美分析的路子"。

［引文见段江丽《鉴赏——文学研究不可或缺的维度》（周先慎教授访谈录之二）］本书实际走的也是"审美分析"之路——更适合广大红学爱好者的一条正路。书中无论诗词，还是"品评"，都是作者们赏析"红楼"之所得：既点明小说要义、客观公允地评价人物形象，更着重于进行艺术分析、表述美学感受。

本书第三大特色：它的群众性——参与"品红"的作者遍及全国十多个省市，几十位诗友撰写了歌咏含书的作者曹雪芹等在内的150多个人物的几百首诗词散曲，充分显示出红学旺盛的生命力和广泛的民间基础。

本书并非某一或几位红学家的专著。"品红"的参与者，除专家外，还有大量的《红楼梦》热心读者。其中有不少理工科出身的专业人士，他们既是科技工作者，又是文史爱好者，其"点评"和诗作不乏真知灼见，令人回味思索，代表了民间读红、说红、品红的声音，对于红学专家来说，也有相当的参考价值。

本书第四大特色：大胆地把信息时代的科技成果引入红学研究，利用计算机强大的检索、统计功能对众多的红楼人物进行详细索引，对读者和研究人员都有较强的实用价值。

刘承彦、张远树诸先生所检索、辑录、编纂的《〈红楼梦〉人物索引》《〈红楼梦〉人物系年要录》，虽是作为"附件"收入书中，但却是很重要的令人注目的资料。这在红学研究中是一次有益的探索和创新。

综合性、鉴赏性、群众性、实用性，这四者造就了《诗画品红楼》一书独有的风采：既有学术的品格，又有观赏的价值——好看且有用。它可以毫无愧色地立于红学之林。

《诗画品红楼》的出版，是"红坛"的一件盛事。我虽不是红学家，但自幼嗜读《红楼梦》，至今热度不衰；而且，对红学的历史、发展和现状，一直高度关注。所以，应主编们之约，不揣浅陋，也欣然为之作序，以表欣喜之情、鼓吹之意。

序二既成，又得七言八句：

常到观园赏落英，林深景丽百思生。
悠悠碧水随人去，灿灿红楼任众评。
杰构横空成绝响，群书纵论竖高旌。
回头蓦见一枝秀，独立云峰别有情。

郑尚可
2020年3月于北京回龙观寓所

前　　言

对曹雪芹、高鹗著《红楼梦》（简称红著）的评价，两位清代先哲的话可谓一语中的。著名红著评论家姚燮（1805—1864年）说曹雪芹是"以通古盖今之学，撰空前绝后之书"。曾任驻日总领事的诗人黄遵宪（1848—1905年）则在日本人面前夸耀说："《红楼梦》乃开天辟地、从古到今第一部好小说，当与日月争光，万古不磨者。"

《红楼梦》确实是我国文学史上一部巅峰之作。自其问世以来，从不同角度以不同方式、方法对之进行研究、论述、品评的著作，层出不穷，琳琅满目，可称是浩如烟海。我们这一《诗画品红楼》（下简称本书），也想在由红著、红学胶粘而成的红海中搏击一下，希冀泛起几朵小小的浪花。

本书主要分故事篇、人物篇、《红楼梦》与曹雪芹三部分。

第一辑　故事篇　以1974年人民文学出版社出版的百二十回程乙本文本为依托，每回由诗词散曲、回目插图、文字品评三者有机组合。诗词散曲，尽可能从艺术角度诠释本回目故事的要义及演绎发展。文字品评限制在每回360字以内，力求从多层面、多角度点评故事的过程和曲折复杂的变化，既简明扼要，又有一定深度，给人以启迪和思索。在夹叙夹议中，既突出重点，舍弃琐碎；又突出亮点，拒绝平庸；还点到为止，留有余地。

第二辑　人物篇　按照红著人物的基本属性，将其分为7组，除丫鬟、女伶组人数稍多点，各组人数大体相当，共143篇，涉及人物151个，基本囊括了人们熟悉的红著人物。有绘画100幅。各篇大多由"人物绘画""今声""清韵"三部分组成。贾宝玉、林黛玉、王熙凤、薛宝钗，系曹公刻意塑造的、《辞海》中有词条的4大艺术典型，故将词条置于"人物绘画"前；史湘云等有"品评"的49个重点人物（分布在47篇中），将"品评"置于篇末。其他无绘画人物篇，或"今声""清韵"兼而有之，或只有"今声"，或只有"清韵"，皆一般非重点而又不可或缺的人物。如此一分层次，红著人物的身份、地位就一目了然了。

第三辑　《红楼梦》与曹雪芹（附程伟元、高鹗）　是前两辑的补充、延续和完善。既有歌咏、缅怀曹雪芹、程伟元、高鹗的美什佳作，也有对红著本身的品赏与赞叹，还有全国红楼楹联大赛的精品荟萃与点评。

本书在以下几方面做了些初步尝试与探索。

第一，能否将文本、绘画、诗作、评论有机整合，充分发挥平面媒体的集成效应。

清代诗人郭凤冈在为清代著名画家改琦的名画集《红楼梦图咏》题词时写道："谁识当年幻玉仙，红楼色相渺云烟。却将画史传情史，留结诗场翰墨缘。"巧妙地将画、文、诗、书联系在了一起，并特别注重"以绘画传文情"的作用，若再加上"诗""书"的特殊魅力，那艺术效果就非同一般了。

十九世纪的德国美学家莱辛认为："绘画运用在空间中的形状和颜色，诗运用在时间中明确发出的声音。"钱锺书在《读〈拉奥孔〉》一文中也写道，一幅画的空间是有限的，它"只能画出整个故事中的一场情景"，因此"画家应当挑选全部'动作'里最耐寻味和想象的那'片刻'"。

本书正是朝着这一方向努力的。试以第12回"王熙凤毒设相思局　贾天祥正照风月鉴"为例。孔梅溪曾将《石头记》题名为《风月宝鉴》，大概与此回有关吧。一看上半回画贾瑞匍匐在地上的窘态，读者自然就联想到他被"屎尿浇头"的狼狈相；下半回画的是这个"癞蛤蟆想吃天鹅肉"的花痴不知死神将至，却还躺在床上翻来覆去、美滋滋地欣赏王熙凤的花容月貌。这就让读者在会意的笑声中再次领略了文本的故事梗概。当你读到"一晨冻淖不知悔，半夜腡羞愈念嗔。赠与良方能保命，偏偏风月正销魂"的诗句时，可能会略有所思，但笑得出来的读者，却未必能发出这样诙谐幽默的感喟。再听听回末品评吧："其实凤姐虽辣，倒也不是非取其性命不可，只想调理教训他……曹公对其也是悲悯的吧，要不标题处，用其表字而非名呢？"在读者已读过文本的基础上，通过画、诗、评这么反复一折腾，是否会加深、加强你对"风月宝鉴"的印象呢？

第二，在阅读文本的基础上，要想提高鉴赏能力或审美水平，将"散文韵化"并赋予诗作以新的时代感，不失为一条蹊径。唯此，才能将对故事情节、活动场景或人物言行的感性认识深化、理性化，从而也更加形象化、时代化。

本书中的人物篇，通过数量众多且不乏诗味的诗、词、散曲等多种韵文体裁的"今声"和"清韵"，另加简明扼要的"品评"，再次大大深化了曹公笔下的贾宝玉、林黛玉、薛宝钗、史湘云、薛蟠、平儿、香菱、刘姥姥、晴雯、鸳鸯、紫鹃、莺儿、尤三姐、薛宝琴、邢岫烟、李纹与李绮、秦钟、柳湘莲、焦大、王善保家的、甄士隐、贾雨村、警幻仙子等20多个艺术典型，这是否算得上是在红海中泛起的一朵朵小小浪花呢？

曹公笔下的薛蟠，是不同于贾赦、贾珍、贾蓉、贾琏、贾瑞等的另一类纨绔子弟的代表人物。清代画家兼诗人王墀在其画本《增刻红楼梦图咏》中曾为薛蟠的人物画自题诗道："生长豪华不识愁，祖宗大业霎时休。霸王情性狂且习，不是风流是下流。""不是风流是下流"，常常被人们引用，几乎成了千古名句。

第三，试对咏红作品做一点梳理工作。

中国红楼梦学会副会长、天津市红楼梦研究会会长赵建忠先生在其所著《红楼讲演录》和为本书写的序中，对红学题咏派曾有过精彩的论述和独到的见解：（1）"题红诗"并不完全等同于"题咏派"的作品。广义上"题咏派"的作品，应该包括诗、词、曲、赋、赞等韵文形式。（2）敦敏、敦诚及张宜泉等有关诗篇，提供了弥足珍贵的第一手的曹雪芹生平资料，应该列入题咏派作品。（3）1954年出版的一粟编著的《红楼梦书录》（下简称《书录》）著录了70余家咏红的诗、词、赋、赞近千首……笔者新统计各类红学题咏派作品已不下6000首。这是红学研究中一座丰富的宝藏，对它们进行系统梳理和研究，不仅能够发掘出题咏派作品中蕴含的《红楼梦》作者、版本等方面的文献史料，更重要的是，还可以使我们加深对那些题咏作品体现的红学观念以及《红楼梦》在当时的传播及其影响的了解。（4）在所有这些作品中，以咏红诗为最多，类型也最广……咏红词数量就少一些，出现时间也略晚于咏红诗……而咏红曲就更是少得可怜。（5）自乾隆五十六年（1791年）程高本面世，红学题咏派的人数也在激增……他们的作品就是形象的《红楼梦》评论集。（6）改革开放的新时期百废俱兴，咏红诗词承先辈之流风余韵，薪火又传。

本书编辑之初，并未见到赵先生的高见，只是根据《诗画品三国》（由刘承彦先生主编，系"诗画品书系"开篇之作）的以往经验和传统做法，在第二辑人物篇中将清代诗人的作品——我们称之为"清韵"和我们自己的诗作对比式地结合在了一起。受赵先生启发：第一，我们将与曹雪芹等及其红著有关的诗作整理出了第三辑。虽然我们也参考了蔡义江先生的《红楼梦诗词曲赋鉴赏》和朱一玄先生的《红楼梦资料汇编》，但深感分量还不够，硬是从《书录》的字里行间发掘出了清人熊琏、张新之、孙桐生、朱瓣香、载湉、吴镐等这些当时的评点大家、诗人们题咏红著的若干诗词，共集成50首之多。第二，《书录》虽然列出了70余家近千首诗的诗题，但却很少见有具体诗文；而其中大部分诗作散落在清代大画家改琦的《红楼梦图咏》、王墀的《增刻红楼梦图咏》等绘画专著中。其特点是篆隶行草各体兼备，但要将这些繁体的、竖排的书法作品"译"成简化字的印刷本，又谈何容易。有时为了一二字的辨认，往往要花费很长时间。除利用《辞源》《康熙字典》《说文解字》等传统工具书外，多亏郑尚可老师手头有本世面稀见的《中文形音义综合大字典》（中华书局，1989年影印我国台湾正中书局1984年增订本，简称《台湾大字典》），许多难点才得以化解。郑尚可老师还纠正了许多名家原作或引文中的若干错讹，补齐了漏字。如收集在《红楼梦图咏》中的名作，有评点大家王希廉的《女冠子·妙玉》，其中有"听云神理会，咏而语清新。何事蓬劫佛无灵"等语句（草书，无标点），《红楼梦古画录》（人民文学出版社，2007年）译成："听琴神理会，咏而语清新。何事蓬劫佛无灵？"郑老师根据《女冠子》词谱和《红楼梦》第76回、87回等对妙玉的描绘，认定其中有笔误，应为："听琴神理会，咏月语清新。何事（竟）逢劫，佛无灵？"本书仅人物篇就汇集了180首清人咏红作品，其中含词16首，散曲3首，咏红诗161首。而咏红诗中含古风2首，特别是咏林黛玉的那首七言歌行体长诗，一般人是很少见到或难以辨认的。这些咏红诗词，不乏像张问陶、徐渭仁、周绮等这样的诗词家的大作。但对于"清韵"作品，我们也不是"俱收并蓄"，对有些格调粗俗，甚至充满低级趣味的不雅诗作，如清人顾恒写的咏智能的词《阳台梦》，尽管收入了《红楼梦图咏》，我们还是毫不留情地进行了删除。总之，我们不敢妄称已系统地梳理了咏红作品，但起码是完成了部分咏红作品的集成，这算不算一点小小的贡献呢？

第四，帮助读者建立起红著时空观。

本书附录3给出了"红楼纪元"。将林黛玉进贾府定为红楼元年，王熙凤之死定为红楼末年，总共不过8年时光。红著写的就是这8年里发生在贾府和大观园的故事。虽然曹公说过，红著中的人事，是"用假语村言，敷演出来"的，且"无朝代年纪可考"，但大体确定一个相对的时段，则有助于读者阅读文本时有个时空参照物。被鲁迅定为"神魔小说"的《西游记》，其故事也就发生在唐贞观年间的17个寒暑。百二十回的《水浒》故事，从武松杀嫂，到方腊被杀，也主要是发生在宋徽宗政和二年（1112年）到宣和三年（1121年）不过十来年的时间段。

需要说明的是，本书第一辑"故事篇"120回的回目，采用的是《红楼梦》程乙本回目的文字，因为本书的诗评、品评均以该本文本为依托，但本书120回的240幅插画选用的是清光绪二十六年铅印本《增评补图石头记》中的插画。可以看到，有几幅插画中的文字与程乙本回目的文字有所不同。另外，插画中的文字是书法体，个别文字书写时进行了简化，如"鸳鸯"简写成了"夗央"，为了保持插画原貌和插画的艺术风格，插画中的文字均未做任何修改，希望读者知晓。

本书得以面世，除仰仗北京出版社之力外，还得益于以下众多因素：

首先，能否找到清晰可辨的清人绘画，是保证本书成功与否的关键之一。

翟海潮主编经四处搜寻，终于发现了由全国图书馆文献缩微复制中心于2001年制作的《古本红楼梦插图绘画集成（全六册）》。这套绘画集只印了100套，可谓稀世珍本，自然售价不菲。翟主编又花巨资将《增评补图石头记》[清光绪二十六年（1900年）铅印本]中240幅回目插图和《增评补像全图金玉缘》[清光绪十五年（1889年）石印本]中的100幅人物绘画进行了精准专业翻拍。时隔一百多年之久，画面还如此清晰逼真，真是难得。

本书参与者，有41位编委、62位作者（有的是身兼二职），来自五湖四海，天津准风诗社是骨干。大家守望相助，众"智"成城，有的撰稿，有的审定，有的提供资料，还有的打杂，既尽展个人之长，又群策群力，发挥协同效应，仅在一年多时间里，不算选编的 229 首清韵、340 幅清画和少量词条，单就创作而言，就完成了 372 首包括大量诗、词、散曲及各种韵文体裁的咏红作品和 200 多篇包括序言等在内、有一定水平的品评短文。两者相加，实有字数已 20 余万。为选编和创作，我们查阅、引用、参考了上百本（篇）文献资料。本书是由民间组织，红友、诗友自愿结伴，精诚合作的成功范例。本书担纲者——天津市作家协会会员范文义先生，无限感慨地写下了一首《沁园春》，既是歌颂曹公及其红著，也是自我激励，尤其是最后几句"扬名著，再赓歌挥墨，雅韵长留"更是代表了全体编著者的心声。就以此作为本书前言的结尾吧。

　　掩卷沉思，原应叹息，梦眷红楼。看真真假假，迷离扑朔；重重叠叠，草盛花羞。一段姻缘，谁牵红线？凤愿难圆泪不休。空神惘，念芸芸众口，浑度春秋。

　　曹公巨擘堪讴，恁大厦忽倾紫气收。叹宁荣二府，朝晖暮雨；祖孙四代，今喜明忧。天道无常，风云难测，几许机心枉自修。扬名著，再赓歌挥墨，雅韵长留！

编著者
2020 年 6 月

第一辑

故事篇

第一回　甄士隐梦幻识通灵　贾雨村风尘怀闺秀

词【金缕曲】曰：

一幅兴衰画。欲将那、辛酸故事，说于看客。便设通灵甄梦里，缈缈玄机谁识？妙悟处、空空即色。粉泪思偿前世债，累一干人入仙凡册。长短路，更平仄。

羡他僧道何飘逸。吐真言、几人能解，几人消得？太息中天蟾光满，花后花前成忆。心曲付、江郎彩笔。万事了时方是好，见繁华转眼凄凉易。真与假、任评析。

（布凤华　撰）

图 1-1　甄士隐梦幻识通灵

图1-2 贾雨村风尘怀闺秀

【品评】开篇交代《石头记》的来由：一僧一道携无缘补天之石下凡，逢姑苏甄士隐。甄结交了寄居于隔壁葫芦庙内的湖州人氏贾化（号雨村）。中秋时节，甄于家中宴请贾，得知贾的抱负后，赠银送衣以做贾上京赶考之盘缠。第二天，贾不辞而别。第二年元宵佳节当晚，甄家仆人霍启在看社火花灯时，不慎丢失了甄士隐唯一的女儿英莲。三月十五日，葫芦庙失火祸及甄家，落魄的甄士隐带家人寄居于如州岳丈家中，颇受冷遇；后被一僧一道点化出家。曹公以"谐音寓意"之法，即"真事隐去""假语存焉"，记叙了风尘中所经历的这段奇缘。

(布凤华　撰)

【加评】著名红学家蔡义江在其《红楼梦诗词曲赋鉴赏》一书中说："《红楼梦》第一回以'甄士隐''贾雨村'为回目，寓意'真事隐（去），假语存（焉）'。"并在注中说："曹雪芹一定对人说过这一意图，可脂砚斋将后半句错听成'假语村言'……遂讹传至今。"

(刘承彦　撰)

第二回　贾夫人仙逝扬州城　冷子兴演说荣国府

诗云：

失恃嬴身悲涕零，豪门酒肆启朱扃。
簪缨士子初遭劫，回首婢奴终获荣。
缘未到时心不省，玉从衔处眼皆青。
休言满纸荒唐事，夜烛窗前仔细听。

（布凤华　撰）

图 1-3　贾夫人仙逝扬州城

图1-4 冷子兴演说荣国府

【品评】贾雨村大比之期中了进士被外放做官,赴任后纳甄家奴婢娇杏为妾,后扶为正室。雨村因恃才侮上被革职,便到处游历,来至扬州,做了林如海家的私塾先生,引出了黛玉的出场。不久林黛玉母亲贾敏病逝,体弱多病的黛玉,哪堪丧母之痛,旧病复发,长时间不能上学,贾雨村便时常出门散步。这日来到智通寺前,看到"身后有余忘缩手,眼前无路想回头"的对联,见寺中一龙钟老僧,齿落舌钝,答非所问,其实这老僧正是点化贾雨村的,只是他肉眼凡胎,难于识别。

贾雨村在酒肆中偶与旧识冷子兴相遇。曹公借冷子兴之口,将宁荣二府的来由、家庭状况介绍得清楚明白。讲了贾宝玉之怪异,"一落胞胎嘴里便衔下一块五彩晶莹的玉来,上面还有许多字迹";讲了贾宝玉格言,"女儿是水作的骨肉,男人是泥作的骨肉"。这次小聚,也为贾雨村指明了再次通向仕途之路。

(布凤华 撰)

第三回　托内兄如海荐西宾　接外孙贾母惜孤女

词【满庭芳】曰：

瘦影依依，孤鸿戚戚，别泪抛洒离舟。府门初探，深巷掩朱楼。银发太君呼唤，心肝肉、老泪横流。相围处，金钗粉黛，个个亮人眸。

尤尤，闻脆语，貂裘凤眼，艳压群俦。更巧舌如簧，上下应酬。待得魔王忽至，双睛对，情意悠悠。三生石，良缘已定今世苦追求。

（范文义　撰）

图 1-5　托内兄如海荐西宾

图1-6 接外孙贾母惜孤女

【品评】回目上下联,前者为过渡,后者乃重点。几个主要人物由此登台亮相,展开故事情节。经林如海托付,林黛玉由贾雨村护送至贾府后,见到了姥姥和舅妈全家人。但主要是三人:一是贾母,痛悼女儿先殇,见到外孙女自是"心肝儿肉"般的疼爱,无微不至地关怀照顾;二是王熙凤,一个"泼辣货",相当于荣国府的大总管,言行鹤立鸡群;三是贾宝玉,二人初识却似曾相识,自有说不尽的喜爱,有千言万语要倾吐。

黛玉初看宝玉"鬓若刀裁,眉如墨画,鼻如悬胆,睛若秋波";二看换装后宝玉"天然一段风韵,全在眉梢,平生万种情思,悉堆眼角"。

宝玉细看黛玉:"两弯似蹙非蹙笼烟眉,一双似喜非喜含情目。态生两靥之愁,娇袭一身之病。泪光点点,娇喘微微。闲静似娇花照水,行动如弱柳扶风。"

宝玉又是给黛玉杜撰表字"颦颦",又是闹着摔玉,钟情而迷狂。此为何等生动、何等可爱的一幅图画!

(范文义 撰)

第四回　薄命女偏逢薄命郎　葫芦僧判断葫芦案

诗云：

英莲寓意是应怜，偏遇冯渊逢大冤。
离世草民陈巷尾，杀人霸主笑灯前。
光明正大潭中月，礼义清廉镜里缘。
小小葫芦迷雾重，金陵王气亦萧然。

（刘承彦　撰）

图 1-7　薄命女偏逢薄命郎

葫芦僧判断葫芦案

图1-8 葫芦僧判断葫芦案

【品评】偌大部头的《红楼梦》，回目繁杂，情节曲折，人物众多，如何谋篇布局，是摆在曹雪芹面前的一大难题。但曹不愧是文学大家，布置得精密机巧：既高屋建瓴、纲举目张，又跌宕起伏、错落有致，不能不让人高山仰止。

第一回由甄士隐唱出《好了歌注》；第二回又借冷子兴之口，简略介绍了荣宁二府的来龙去脉。本回则借葫芦僧之口，述说"护官符"，道出了金陵四大家族"一损俱损，一荣俱荣"的社会关系网。

正是凭借着这张关系网，因一点小事就打死人的薛蟠才"没事人一般，扬长而去"，靠贾府势力升为金陵应天府尹的贾雨村，自然哪管当年恩人的大恩大德，贪赃枉法，草草断了这起人命关天案。

有人评论说，该回是全书总纲，是反映阶级斗争的。这话虽不无道理，但整部《红楼梦》内容博大精深，绝不是只用"阶级斗争"就概括得了的，只能说是"仁者见仁，智者见智"吧。

（刘承彦　撰）

第五回　贾宝玉神游太虚境　警幻仙曲演红楼梦

词【水调歌头】曰：

宝榻歇中觉，一梦五云乡。这般佳境，长此何必恋高堂。警幻仙姑引路，孽海情天游遍，各殿有文章。薄命司中看，每每费思量。

抛卷册，观灵秀，赏奇芳。轻娥迎客，盛馔玉盏满琼浆。细品千红一窟，精演红楼新曲，万艳共悲伤。多少风流事，终是恨无常。

（陈慧茹　撰）

图1-9　贾宝玉神游太虚境

图 1-10　警幻仙曲演红楼梦

【品评】一日宁府梅花盛开,尤氏请贾母和邢、王二夫人等赏花。宝玉困倦,秦氏主动带他去午睡,来至自己卧室:甜香袭人陈设豪华,彰显宁府富贵奢侈。宝玉梦里随秦氏到一仙境,遇警幻仙姑引路,来至太虚幻境中的孽海情天宫,两边配殿是痴情司、结怨司、朝啼司等。宝玉央求进入薄命司,司内有十数个大橱。宝玉拣了家乡的橱子打开,先看又副册,再看副册,又将正册看完,均不解。其实这些册子里的图文暗示了金陵十二钗及相关女子的悲惨命运。警幻仙姑又请他喝千红一窟(哭)茶,饮万艳同杯(悲)酒。十二舞女演的《红楼梦》曲子,预示了十二钗等的悲剧结局。

（陈慧茹　撰）

【加评】如果说第二回借冷子兴之口道出了以男子为主的贾府贵族小社会的话,本回则由警幻仙子作引描绘了由本书的"主要演员"——金陵十二钗组成的大观园里的女儿国。无怪乎清代评点大家王希廉慨叹,此回是"一部《红楼梦》之纲领"。

（刘承彦　撰）

第六回　贾宝玉初试云雨情　刘姥姥一进荣国府

词【踏莎行】曰：

富贵偷欢，贫穷生恼，寒冬日月如何了？狗儿闷酒恨无能，经年岳母谋门道。
公府深深，故人杳杳。聪明老妪工机巧，含羞诉苦望施恩，得来资助光阴好。

（陈慧茹　撰）

图 1-11　贾宝玉初试云雨情

图 1-12　刘姥姥一进荣国府

【品评】长安城外王家主人狗儿的岳母刘姥姥,看到女婿一家家业萧条,务农艰难,知其祖父曾做过小京官,与凤姐的祖父连过宗,想起了金陵王家的二小姐,就是现今的王夫人,会待人,怜贫恤老爱施舍,遂带了外孙板儿进城找到周瑞家的。

周瑞家的一是因为丈夫昔年争买田地得过狗儿之力,二是有意显弄自己的体面,所以对刘姥姥尽心尽力。趁凤姐吃饭的空闲,带刘姥姥来见凤姐。凤姐虽不认识刘姥姥,但话说得非常圆满,请刘姥姥和板儿吃饭的工夫让周瑞家的去讨王夫人的示下。王夫人告诉她祖上连过宗,近些年不大走动,让她裁夺着办。凤姐给了刘姥姥二十两银子并一吊钱,刘姥姥千恩万谢,欢喜而归。

（陈慧茹　撰）

【加评】刘姥姥会公关,王熙凤给甜头,彼此初次交流成功。以后王熙凤办了诸多坏事,对刘姥姥却始终信赖,人性化,也算是二人的缘分吧。

（范文义　撰）

第七回　送宫花贾琏戏熙凤　宴宁府宝玉会秦钟

词【风入松】曰：

殷勤奉主不辞忙，如许风光。梨香院里宫花带，送凤姐、四位姑娘。琏屋门前却步，莫惊交会鸾凰。

本家诚请自洋洋，上秉周详。多情公子随同往，宴宁府、巧遇秦郎。相惜相逢恨晚，倾谈款密非常。

（陈慧茹　撰）

图1-13　送宫花贾琏戏熙凤

图 1-14 宴宁府宝玉会秦钟

【品评】周瑞家的送走刘姥姥,寻王夫人至梨香院回话,与宝钗闲聊,引出冷香丸,暗示了宝钗的心性。薛姨妈取出十二枝宫花,让她带给四位姑娘和凤姐。周瑞家的先送了迎春、探春、惜春,惜春正与智能儿一处,一句笑谈暗示了她的结局。周瑞家的去给凤姐送花,贾琏夫妇正在白昼云雨,平儿代收了。出来遇见自己女儿找她为女婿打官司的事帮忙,周瑞家的让女儿先回家,并嗔怪她没经过事。足见奴才仗着主子的势是何等狂妄!最后两枝宫花送给了黛玉,黛玉得知剩下的才给她,很不屑。此处周瑞家的应是有意而为之。尤氏请凤姐过府玩耍,宝玉也跟着,来至宁府,恰巧秦氏的兄弟秦钟也在,宝玉与秦钟互相仰慕对方人品,相见恨晚。晚饭后派车,引出一段焦大醉骂的风波。这一骂,骂出了贾府的龌龊肮脏。

(陈慧茹 撰)

第八回　贾宝玉奇缘识金锁　薛宝钗巧合认通灵

词【浪淘沙】曰：

公子自多情，问候康宁。女钗借故认通灵。复念铭文应有意，仙寿芳龄。
巧舌比黄莺，点破心声。良缘计策已成形。宝玉痴迷金锁识，误陷鸳盟。

（陈慧茹　撰）

图1-15　贾宝玉奇缘识金锁

图 1-16 薛宝钗巧合认通灵

【品评】宝玉至梨香院瞧宝钗。宝钗即令莺儿去倒茶。她要仔细瞧瞧宝玉的玉，宝玉忙摘下来递给她。宝钗口里念道"莫失莫忘，仙寿恒昌"，念了两遍。莺儿笑说这两句话和姑娘项圈上的两句话像是一对儿。宝玉好奇偏要看宝钗的项圈，宝钗只得摘下来给他。宝玉看时果然有八个字"不离不弃，芳龄永继"，傻呵呵也念了两遍，也说与自己的是一对儿。此非王夫人姊妹导演的金玉良缘吗？其间宝玉又见识了宝钗之冷香丸。正说着，黛玉来了，黛玉见此情景，心里有些酸意。薛姨妈留他们吃茶吃酒。吃完晚饭，黛玉为宝玉整理好斗笠，披上斗篷，兄妹相伴回去。

（陈慧茹　撰）

【加评】是啊！通过二宝镌词对照，所谓"木石前盟"不是白忙乎吗？宝玉之玉由胎里带出，宝钗之项圈不会也是胎里带来的吧？那上面的字岂非后人打造？如说是薛姨妈有意为之，来为爱女争如意郎君，难道不在情理之中吗？

（范文义　撰）

第九回　训劣子李贵承申饬　嗔顽童茗烟闹书房

曲【双调·雁儿落带过得胜令】唱：

家塾恨晚邀，越僭同窗叫。父期龙子成，儒腐庠门了。

（带）纨绔烂糜焦，下作惹堂嚣。仆仗荣国势，顽奴也蛮刁。嘈嘈，械斗乌烟罩；吵吵，呆儒和事佬。

（李鸿国　撰）

图 1-17　训劣子李贵承申饬

图1-18　嗔顽童茗烟闹书房

【品评】本回看点是展示家塾教育的模式。办学初衷是让家族子弟自幼受到伦理道德和四书五经的儒家教育。无奈，没落的家族导致教育的没落与腐朽。贾代儒实乃呆儒也，而贾瑞之不肖子孙，只把庠门圣地当成攀龙附凤、吃喝玩乐的捷径。这样的教育，哪里还有好？

于是，这个只有男孩子扎堆的地方，不能清净，龙蛇混杂，泥沙俱下。小小年纪，竟然乌七八糟的什么都能看到听到，这对清纯真情的宝玉，岂非严重污染？更别说能金榜题名、科考成功了。难怪贾政在听闻宝玉入家塾时的一段怪话了。不是不知，只不过家大业大，无暇顾及。

倒是袭人的千叮咛万嘱咐，深情款款，语重心长。

本回对于课堂打斗场面的描写逼真，可谓说时迟那时快，双方势均力敌，均是依仗主子之势张狂。

本回还刻画了宝玉多情公子一面，一是对秦钟的喜爱有加，二是临行前对黛玉的看望和惜别，对全面认识其性格有衬托作用。

（李鸿国　撰）

第十回　金寡妇贪利权受辱　张太医论病细穷源

词【江城子】曰：

初闻侄辱气冲冲。怨东宫，骂秦钟。宁府推门，语调转轻松，闻道可卿身染恙，心有愧，走匆匆。

名医诊脉下真功。诉由衷，细调融。思虑忧伤，难免损花容。火旺水亏汤药服，勤补养，脉能通？

（范文义　撰）

图1-19　金寡妇贪利权受辱

图1-20　张太医论病细穷源

【品评】贾府本家贾璜媳妇听说内侄金荣在学堂受了秦钟的欺负，不听嫂子金寡妇的劝告，气冲冲跑到宁府要找贾珍媳妇尤氏和秦可卿讲理，为内侄拔创。可是，刚见了尤氏，想起以往人家待她们的好处，就气消云散，殷勤寒暄。待尤氏谈起秦可卿近日病情，说她正在为其兄弟不学好，又受人气而恼火时，更是吓了一跳，赶紧安慰尤氏几句，即离开。

贾蓉根据冯紫英向其老爸所推荐，请来张太医给妻子看病。张经仔细把脉后，道："看得尊夫人脉息：左寸沉数，左关沉伏；右寸细而无力，右关虚而无神。"他认为秦可卿是因为平日心性高强、太聪明，思虑太过，而"忧虑伤脾，肝木忒旺，经血所以不能按时而至"，遂开了"益气养荣补脾和肝汤"。这张太医所讲医理头头是道，与众不同。但秦可卿可否焕然振奋呢？

（范文义　撰）

第十一回　庆寿辰宁府排家宴　见熙凤贾瑞起淫心

诗云：

金流银淌寿长多，白柳黄花若水歌。
有意凤哥谈怪疾，无常幻境说情疴。
天台曲径向幽景，池水清涟起浪波。
自是平儿难止恨，推风设局捉阎罗。

（李鸿国　撰）

图 1-21　庆寿辰宁府排家宴

图1-22　见熙凤贾瑞起淫心

【品评】本回借宁府大老爷贾敬之寿辰托出一干众生相。

首先是对概况的描写。既有主要人物形象的描摹，又有小人物形象的速写，更有亭台水榭的勾勒。寿星佬虽是散淡之人，晚辈众子们悉数登场，却风光无限。既有宁府家宴的排场，也有贾珍、贾蓉的应酬，尤氏的张罗，王夫人、邢夫人的雍容等。

重点渲染者，为凤姐探病一节：秦氏的娇弱无力，凤姐的深情款款，宝玉的暗自垂泪，等等，皆跃然纸上。秦氏病况，不仅暗含曹公谋篇布局中太虚幻境的十二钗之宿命，更为骄奢淫逸的贵族没落埋下伏笔。

另开生面者，为对宁府会芳园景致的描绘："黄花满地，白柳横坡。小桥通若耶之溪，曲径接天台之路……近观西北，结三间临水之轩。笙簧盈座，别有幽情；罗绮穿林，倍添韵致。"这段骈文，堪称佳构；笔底之功，几人匹敌？就是这样一个美好幽静之处，花痴贾瑞出场了……

（李鸿国　撰）

第十二回　王熙凤毒设相思局　贾天祥正照风月鉴

诗云：

相思苦网几沉沦，千古情痴坠煞人。
熙凤运谋君入瓮，花痴塞窍色迷神。
一晨冻淖不知悔，半夜臊羞愈念嗔。
赠与良方能保命，偏偏风月正销魂。

（李鸿国　撰）

图 1-23　王熙凤毒设相思局

图1-24　贾天祥正照风月鉴

【品评】此回重点描写癞蛤蟆与天鹅之间的周旋与较量。不学无术的一介"儒生",本生于书香门第,虽父母早亡,然满腹经纶的爷爷贾代儒,使出浑身解数,满指望天祥成龙孙承祖业,但其不屑,深陷纨绔子弟纸醉金迷的泥潭,好吃懒做,贪图享受。当他在宁府会芳园偶遇光彩照人的凤姐,即刻被摄去魂魄半分。真是癞蛤蟆想吃天鹅肉,异想天开。贾瑞除有花痴,还有贪念:如能博得凤姐欢心,岂不就攀龙附凤、飞黄腾达了。遂整日不务正业,与薛蟠等不成器的富二代厮混,坐等鸿运天降。

其实凤姐虽辣,倒也不是非取其性命不可,只想调理教训他。可惜花痴加佞妄,欲火中烧,痴情当真,智商归零,被心爱红颜指使来指使去,乐此不疲。结尾处,他把着救命的铜镜,宁照死,不照生,对凤姐的痴心妄想,至死不渝。可恨复可悲!曹公对其也是悲悯的吧,要不标题处,用其表字而非名呢?

(李鸿国　撰)

第十三回　秦可卿死封龙禁尉　王熙凤协理宁国府

诗云：

位列仙班雅韵扬，殊荣尽享海棠芳。
临终托梦言情切，别世惊魂丧礼忙。
满月亏时天阁缺，高台跌处自身伤。
尘缘眷恋何辞去？甘愿风光让婶娘！

（范文义　撰）

图1-25　秦可卿死封龙禁尉

图1-26　王熙凤协理宁国府

【品评】秦可卿之死是贾府要员的第一件丧事,也是宁荣两府惊天动地的一件大事。除了贾敬因为忙着自己炼丹升仙,不关心长孙媳妇之死以外,惊动了尊卑上下,男女老少,朝野世人。按说,秦可卿在贾府辈分不高,出镜不多,贡献也不大,也无子嗣,为何其丧事如此受重视?除了长得好、脾气好、得人心,据说就是办事干练、公正,以至于一个丫鬟触柱而亡,一个丫鬟甘当义女送殡。

秦可卿之死,最伤心者是贾珍。内心最复杂者应是王熙凤:伤心固然有之;称心何尝无之?假如这侄媳妇健壮地活着,凭其才干、人脉、根基,岂非顶尖一棵树?王熙凤有天大本事能插手宁府事?如今王熙凤堂堂正正协理宁国府,每天屁颠屁颠到这边上班,同时还对荣府监管,一手遮天,威风八面,吆五喝六,能不快哉!

但她忘了侄媳一连串告诫"月满则亏,水满则溢""乐极生悲""登高跌重",利用职权,拼命聚敛,终为"机关算尽太聪明,反误了卿卿性命"。

（范文义　撰）

第十四回　林如海捐馆扬州城　贾宝玉路谒北静王

诗云：

秦丧总摄抖威风，万绿丛中一点红。
号令严行巾帼镇，员工惩处虎狼凶。
恩由泉下魂灵护，势乃心头权欲充。
可叹林公抛独燕，闲瞧玉静轿途通。

（范文义　撰）

图 1-27　林如海捐馆扬州城

图1-28 贾宝玉路谒北静王

【品评】本回所列两标题均是幌子,前者虚写,由贾琏的随从昭儿从苏州返家转述贾琏护送林黛玉至扬州与父亲诀别,又陪同黛玉护送林如海灵柩回苏州安葬的过程。后者挂角一将,顺带提及北静王要见贾宝玉,为下回两帅哥晤面做铺垫。

此回大戏是王熙凤主持治丧,统率贾府大族为秦可卿过"五七",将死者灵柩移送铁槛寺。她前一天就命人将各种杂役造册分配停当,所用物件分发到位;次日一早梳洗干净,赶至宁府灵前烧纸,随即发号施令,"杀鸡儆猴",将迟到一步者拷打罚薪。威重令行,好不得意!她延请僧道,招待来宾,八面玲珑,潇洒风流。沿途又搭彩棚,设宴席,奏和音,在夜色灯火中,车辆络绎,人影幢幢,以北静王为代表的东西南北将军侯爵王孙公子拜祭不绝。

这是出殡吗?分明是王熙凤崭露头角第一次人生大演出!真是:你也悲,他也悲,只有伊人在放飞;你也哭,他也哭,谁似伊人在盼顾!

(范文义 撰)

第十五回　王熙凤弄权铁槛寺　秦鲸卿得趣馒头庵

诗云：

声声法鼓送阴魂，凡鸟操权窃弄银，
昧却良心睁势眼，听从佞语毁痴人。
金童两个偷行苟，情侣一双暗度春。
堪怜槛寺空名铁，纳垢藏污谁净尘？

（范文义　撰）

图1-29　王熙凤弄权铁槛寺

图1-30 秦鲸卿得趣馒头庵

【品评】王熙凤在铁槛寺主送大殡后,带着宝玉移住附近馒头庵(即水月庵),由老尼静虚带领智善、智能二徒弟迎接。后乘宝玉由秦钟陪着与智能周旋,王熙凤与静虚私下勾搭做成一笔大买卖:由静虚中介,长安府太爷出钱让小舅子李衙内霸占张大财主女儿张金哥,王熙凤收款写信通关节,逼迫张金哥原许配之长安守备公子家退婚。

二人买卖做成了,张家亲事退了,张金哥恨父母嫌贫爱富把她卖了,自杀身亡,那守备之子也随之殉情。那三家谁也没得好处,独王熙凤白得三千两银子。

且说那秦钟早与智能儿暗结情愫,这次得机暗度鸳鸯,不想被宝玉抓了"现行"。智能儿含羞而逃,宝玉答应不张扬,却要挟秦钟报答他。怎么报答?书中没讲。还不是恋男童癖?此非宝玉纨绔子弟游戏人生的一面?

如此而言,铁槛寺不仅是从事非法交易的窝子,而且是风花雪月的乐地。好一个铁槛寺!

(范文义 撰)

第十六回　贾元春才选凤藻宫　秦鲸卿夭逝黄泉路

诗云：

公府势巍巍，簪缨仰日辉。宫人传喜报，长女晋贤妃。
别院琼楼起，朝廷凤驾归。天恩同眷顾，焕彩紫云飞。

多情薄命郎，笞病入膏肓。严父羞辞世，痴儿悔断肠。
无为何忍去？有责岂堪伤！幸友来相送，留言慎莫忘。

（陈慧茹　撰）

图1-31　贾元春才选凤藻宫

图 1-32　秦鲸卿夭逝黄泉路

【品评】贾元春晋封凤藻宫尚书,加封贤德妃。一家人入朝谢恩后,阖府欢腾,上下忙碌预备省亲之事。贾琏的乳母赵嬷嬷趁机来求凤姐给两个儿子谋差事,顺便说起当年太祖皇帝仿舜巡游的故事,那排场热闹,把银子花得淌海水似的。现在江南的甄家接驾四次,银子成了泥土,凭世上所有的,没有不堆山塞海的。此处实指康熙六下江南,四次住在曹家,因为接驾花销,致使曹家产生了巨大的亏空。到雍正朝曹家因亏空治罪被抄而一贫如洗。

秦钟因秉性弱,在郊外受了风霜,回家便病。智能私逃进城找秦钟,却被秦邦业撞上逐出。秦邦业将秦钟暴打后,旧疾发作,三五日身亡。秦钟痛悔不已,病情加重。鬼判们来索秦钟魂魄,秦钟因诸事未安排,苦求不肯前去,正巧宝玉来看,都判官听到荣国公孙子来了,立刻就允他再同熟人告别。可见阴间也有势利鬼。秦钟情种,命断情终!

(陈慧茹　撰)

第十七回 大观园试才题对额 荣国府归省庆元宵

词【望海潮】曰：

春来冬去，晴和天气，省亲别院修成。流翠沁芳，衔山抱水，亭台楼阁峥嵘。碧树喈啼莺，曲径通幽处，绣槛雕甍。凤尾森森，奇花灼灼正繁荣。

游人乱目迷睛，有山庄草舍，玉殿金楹。花溆蓼汀，兰风蕙露，红香绿玉分明。公子展才情，任编新述古，据典论经。咳唾珠玑落落，惊煞众先生。

（陈慧茹　撰）

图 1-33　大观园试才题对额

图 1-34 荣国府归省庆元宵

【品评】话说省亲别院落成,需要题上一些匾额对联。贾政带了一帮清客相公来游园题对额。宝玉正在园中玩耍,得知父亲要来,吓得忙逃,不料正碰上贾政等人,只得一旁站了。贾政因近闻塾师赞他专能对对,更有宝玉小时候最得贵妃爱怜,三四岁时,已被贵妃教授了几本书在腹中,遂命他跟随入园中,欲试他一试。宝玉果然不负所望,文思泉涌,妙语连珠,引经据典,编新述古,信口道来,并且十分贴切。众清客相公不断地奉承夸奖,极尽赞誉之词。贾政心里非常满意,口上却是不断地贬低、呵斥。

这一回借游园题对额,细致展现了大观园内的主要景物布局,主要描述了入门山石、沁芳桥、潇湘馆、稻香村、蓼汀花溆、蘅芜苑、省亲正殿、沁芳闸、怡红院等山石楼阁、竹径溪桥,并且重点展示了潇湘馆、稻香村、蘅芜苑和怡红院,后文提到这四处既是贵妃的最爱,也是主要人物的居住场所。

(陈慧茹 撰)

第十八回　皇恩重元妃省父母　天伦乐宝玉呈才藻

词【水龙吟】曰：

贾妃贤德皇恩重，佳节省亲荣府。元宵良夜，华光璀璨，朱门玉户。别院游来，彩灯金盏，琪花火树。喜浣葛山庄，怡红快绿，潇湘馆，佳名赋。

国礼行完悉数，入深堂，问安祖母。亲情相慰，万言千语，一时难诉。即景成诗，弟呈才藻，寸心无负。叹流光似箭，皇家规矩，恨回来路。

（陈慧茹　撰）

图 1-35　皇恩重元妃省父母

图1-36 天伦乐宝玉呈才藻

【品评】头年十月,省亲别院修成,题罢对联匾额,铺陈摆设俱全。次年正月十五,贵妃省亲。贾母率全家老小跪下接驾。行至正殿,贵妃升座受礼。之后,贵妃更衣出园,至贾母上房,欲行家礼,贾母等俱跪止之。元春手挽娘亲、祖母,垂泪不已,满腹言语,一时凝咽。半日方忍悲强笑,说:"当日既送我到那不得见人的去处,好容易今日回家,娘儿们这时不说不笑,反倒哭个不了,一会子我去了,又不知多早晚才能一见!"其中酸楚一言难尽!且生父不能近前,表妹不能入内。幸而贵妃特许,姨妈和表妹们方得进来,又命人引宝玉进来。游幸别院,看到宝玉所题对额,甚是欣慰;然后,亲拂罗笺,题名赐字。姊妹们一起作诗,众姊妹各作一首,宝玉作四首。贵妃一一点评,又看戏。宝贵时光仅三个时辰。

(陈慧茹 撰)

【加评】正是:奢华一次探亲行,酸苦攻心珠泪盈。幸而诗评留墨宝,篇篇字字是纯情!

(范文义 撰)

第十九回　情切切良宵花解语　意绵绵静日玉生香

词【满庭芳】曰：

碌碌尘间，芸芸众物，独怜情意难量。凤弦歌管，荧影漫徜徉。一抱伊人意绪，岂惧那、陋室苍凉。犹牵念，潇湘孤馆，红袖可安康？

柔肠，留恋处，花能解语，玉自生香。且逃得纷纭，名利空场。叹这胭脂国里，真好似、绿水荷塘。浮生许，群芳相倚，地老至天荒。

（布凤华　撰）

图 1-37　情切切良宵花解语

图 1-38 意绵绵静日玉生香

【品评】本回描写宝玉对袭人和黛玉二人的切切之情,绵绵之意。元春省亲归后,宁荣两府依然沉醉在新春的喜悦中,鼓乐齐鸣的热闹,不为宝玉所属意,于是他悄悄出门去探望回家的袭人。宝玉对袭人的一片深情,那碗酥酪可以为证。然对黛玉无微不至的关爱与体贴,则通过一件小事表现得淋漓尽致。某日午后,宝玉来至潇湘馆,见黛玉正在午睡,因素知黛玉体质羸弱,怕她午睡积食,便想尽法儿逗她以驱散黛玉的困意,编故事、嬉戏打闹,可谓用心良苦。袭人与黛玉亦解宝玉之意。李嬷嬷强吃酥酪,袭人一语平息是非,反衬出袭人的聪明机智和对宝玉的关爱。她对宝玉的一番劝导,反衬了宝玉对功名利禄的厌倦和对女儿们的眷恋:但愿守着大观园这片净土,与众姐妹们终老一生。黛玉的聪慧清纯,犹如一朵美丽雅致的芙蓉花,清爽宜人,淡淡生香。因而对应宝玉的情切切、意绵绵,故有"花解语""玉生香"之谓。

(布凤华 撰)

第二十回　王熙凤正言弹妒意　林黛玉俏语谑娇音

诗云：

　　山川日月女儿灵，喂药篦头忙不停。
　　有别亲疏知表里，尚分先后慰伶仃。
　　排忧无间真能解，弹妒谰言假亦听。
　　泪雨已消疑与忌，恩恩怨怨在芳庭。

（陈斯高　撰）

图 1-39　王熙凤正言弹妒意

图 1-40 林黛玉俏语谑娇音

【品评】弹妒消疑,筑他一团和气;凭心说爱,倾我千斛柔情。

袭人有病,李嬷嬷骂她不接迎,凤姐正言弹妒;宝玉安慰袭人,又替麝月篦头,晴雯风凉话相嘲;史湘云"大笑大说",总把"二哥哥"叫成"爱哥哥"。此即宝玉成长的温床。在女儿堆中长大的宝玉,皆以平等对待,均视姐妹相亲。寥寥数语,便立起了一个仁厚、宽容、敢爱敢恨的宝玉。黛玉因宝玉在宝钗那里,便生气,还哭。宝玉悄悄相劝:"你这么个明白人,难道连'亲不间疏,后不僭先'也不知道?""头一件,咱们是姑舅姐妹,宝姐姐是两姨姐妹,论亲戚也比你远。第二件,你先来,咱们两个一桌吃,一床睡,从小儿一处长大的,他是才来的,岂有个为他远你的呢?"黛玉道:"我为的是我的心!"宝玉道:"我也为的是我的心。"林黛玉听了,低头不语。这"低头不语",便是心心相印,情情相融,将宝黛之爱的千古风华尽相捧出。

(陈斯高 撰)

第二十一回　贤袭人娇嗔箴宝玉　俏平儿软语救贾琏

诗云：

谁解红楼风月深！泪光醋影照痴忱。
断簪已释袭人怨，遮丑为赢主子心。
诗写南华终不弃，情迷淑女总常寻。
一腔旖旎牵遥忆，佳构难成带恨吟。

（陈斯高　撰）

图 1-41　贤袭人娇嗔箴宝玉

璜贾琏软语赖况平俏

图 1-42 俏平儿软语救贾琏

【品评】簪断释疑，难断胭脂情愫；丑遮邀宠，怎遮纨绔魂灵？

一大早，宝玉来找黛玉湘云玩儿，非要湘云梳头，还犯老毛病要吃胭脂膏。袭人就生了气。她一边跟宝钗诉苦："姐妹们和气，也有个分寸儿，也没个黑家白日闹的！凭人怎么劝，都是耳旁风。"一边对宝玉冷淡。宝玉便读《南华经》，想从庄子思想中寻求解脱。直到他向枕边拿起一根玉簪来，一跌两段，说道："我再不听你说，就和这簪子一样！"袭人才笑着作罢。其实，宝玉和姐妹们之间的依恋，是异性孩子间的吸引，是一种情和灵的交流。

贾琏和多姑娘的性爱则丑陋至极。因女儿出天花，夫妻不能同床，贾琏觉得十分难熬，就找厨子"多浑虫"的老婆寻刺激。平儿在收拾床铺时发现了一绺女人头发，把它藏了。凤姐来问，平儿巧妙地遮掩，平息一场风波。同样是两性之事，前者纯洁，后者丑恶。贾府里两种行径每天都在同时进行着。

（陈斯高　撰）

第二十二回　听曲文宝玉悟禅机　制灯谜贾政悲谶语

诗云：

庆生酒戏为谁开？何恋菩提明镜台？
呆傻傻之求与劝，赤条条矣去和来。
纷纭论戏儿孙喜，隐约猜谜事说哀。
一梦红楼悲亦叹，吟哦明月掩黄埃。

（陈斯高　撰）

图1-43　听曲文宝玉悟禅机

图 1-44 制灯谜贾政悲谶语

【品评】明镜台前，多少风流成过往；暗谜语里，几回箴悟说人生。

老祖宗"自己蠲资二十两"，高规格为宝钗过生日，摆酒唱戏。凤姐说贾母喜爱的龄官像一个人，湘云心直口快说像黛玉惹了祸。于是，你猜我妒，又扯开了皮，使夹在其中的宝玉很狼狈尴尬，灰心丧气，直想去当和尚。袭人劝宝玉"大家随和"，宝玉说自己是"赤条条来去无牵挂"。在宝玉眼里，人世纷扰，有太多的功名利禄枷锁，菩提高华，那是无限美妙的世界。

元妃命太监送了一个灯谜来，各位姑娘都封了自己的谜底再由太监带回宫。老祖宗、贾政也与孩子们一起玩猜谜，各有底由。岂料：元妃所作爆竹，此乃一响而散之物；迎春所作算盘，是打动乱如麻之物；探春所作风筝，乃飘飘浮荡之物；惜春所作海灯，一发清净孤独之物。今乃上元佳节，如何皆作此不祥之物为戏耶？贾政心内郁闷，伤悲感慨，借故推辞就早回去了。借谜寓事，正是曹公安排。

（陈斯高　撰）

第二十三回　西厢记妙词通戏语　牡丹亭艳曲警芳心

词【满庭芳】曰：

勒石承幽，编次附雅，聚贤齐赋华章。《四时》题咏，小试露锋芒。一袭花锄联璧，鲛绡意、共品西厢。嗔痴蔷，惊鸿照影，琴瑟舞霓裳。

匆忙！趋曲径，深情共赴，暗爇心香。叹溪水流芳，艳骨深藏。又觅新愁几许，笛音缈、梨院传殇。韶光去，偈中力透，一纸漫疏狂。

（王志霞　撰）

图 1-45　西厢记妙词通戏语

图1-46 牡丹亭艳曲警芳心

【品评】贾元春将题咏编辑成册,让探春抄录,又让人磨石镌刻,完善大观园工程之后,令众姐妹及宝玉住进大观园。从此宝玉与姐妹们一起读书吟诗。三月桃花开时,宝玉在沁芳闸桥边偷读《西厢记》,当读到"落红成阵"时,恰巧一阵风来,树上桃花吹落大半,宝玉唯恐花瓣遭人践踏,将其兜起,撒向溪中,残花流向闸门。曹公对这段的描写其实正是对"沁芳"二字做的注脚——"花落水流红"。此时,恰巧被葬花的黛玉遇见。这里小桥横跨,流水潺潺,桃红柳绿,落英缤纷,两人置身于这富有诗意的温馨环境中共读《西厢记》。惊鸿照影,两相依依。宝玉借《西厢记》中"我就是个多愁多病身,你就是那倾国倾城貌",倾吐爱恋,黛玉嗔怒,宝玉告饶。后宝玉有事被袭人叫走,黛玉偶然听到从梨香院传来《牡丹亭》的曲子声"原来姹紫嫣红开遍,似这般都付与断井颓垣""则为你如花美眷,似水流年……"感慨万千。

(王志霞 撰)

第二十四回 醉金刚轻财尚义侠 痴女儿遗帕惹相思

诗云：

大蛉投叔莫当真，舅父装腔不惜贫。
倚势常逢堆笑脸，做奴难遇有心人。
泼皮犹自能行善，婢女焉知不羡春？
琐事呈来申大义，皆于梦里述红尘。

（师晓安 撰）

图 1-47 醉金刚轻财尚义侠

图 1-48 痴女儿遗帕惹相思

【品评】本回叙事虽偏离宝黛姻缘主线,然几件琐事仔细回味,尽可知当时之人情冷暖。一是写贾芸为了谋个差事,欲贿赂贾琏、凤姐,去舅舅那里赊药以送礼讨好,被舅舅、舅妈好一通冷言冷语奚落,与后面醉金刚的仗义借钱形成了鲜明对比。二是写凤姐看到贾芸的孝敬后,表情和语言发生复杂变化,揭示出凤姐、贾琏在贾府里办事收贿已是司空见惯。三是写小红偶然出现引起的风波。宝玉回房后,见空无一人,想喝口热水,被新来的"外勤"小红乘机奉送一杯,正好被抬一桶冷水进门的"内勤"秋纹、碧痕看在眼里,夹枪带棒一顿责骂。真正的爱情能容得下吗?小红春心萌动,梦里遗帕,或许有结果,宝黛的爱情主线去向又会如何呢?

(师晓安 撰)

第二十五回　魇魔法叔嫂逢五鬼　通灵玉蒙蔽遇双真

词【定风波】曰：

煦日流霞沁暖春，软风跌宕惹妖氛。藻玉蒙尘花减色，顷刻，痴言疯语两横陈。
惨雾愁云笼一片，肠断，奈何桥畔待归真。幸有灵光驱左道，好了，沉酣梦里暂栖身。

（李军　撰）

图 1-49　魇魔法叔嫂逢五鬼

图 1-50　通灵玉蒙蔽遇双真

【品评】福无双至,祸不单行。贾环因妒生恨,以灯油烫伤宝玉,此一祸事,恰为后事张本。赵姨娘被骂生歹心,马道婆贪财画鬼符,凤姐、宝玉双双中招,此为第二件祸事。同是魔鬼附体,二人却有不同:凤姐是"见鸡杀鸡,见犬杀犬",甚至要杀人;宝玉则"寻死觅活",要"从今已后,我可不在你家了"。凤姐之毒辣心性、宝玉之儿女情态亦于病榻间彰显无疑。人于昏迷混沌间,最难文过饰非,各自心性由此可见一斑。二人之病乃五鬼作祟所致,岂是药石可医?故癞僧跛道,结伴而来,持颂宝玉,重付通灵。三十三日后,叔嫂相继转危还阳,灵丹妙药竟是那块通灵宝玉。此物一直在宝玉身上,既有如此通灵,奈何"双真"来前,却救不得一人?盖宝物关键在一"灵"字。书中借僧道之口,道出缘由:"只因为声色货利所迷,故此不灵验了。"僧道法术虽高,但贾府上下,声色犬马,追名逐利,岂能保福寿绵长?

(李军　撰)

第二十六回　蜂腰桥设言传心事　潇湘馆春困发幽情

词【一剪梅】曰：

绮陌芳春绽小红，花影重重，人影重重。牵丝罗帕惹情浓，梦里相逢，今又相逢。
一样幽怀两不同，身世随风，心事随风。但凭夜幕掩悲容，月也朦胧，泪也朦胧。

（李军　撰）

图 1-51　蜂腰桥设言传心事

图 1-52 潇湘馆春困发幽情

【品评】本回所述，乃是两段情事。一主一仆，一悲一喜。丫头小红，本名林红玉，与黛玉只差一字，且一红一黛，同为颜色，冥冥中必定有些联系。身为奴仆，虽然父母"天聋地哑"，小红却聪明伶俐，心思缜密。前回写小红既能抓住机会，越规给宝玉递茶；如今一方香帕，一段奇缘，她岂肯放过？好在落花有意，流水亦有情，她与贾芸如成，也算匹配。在尘烟逐散的大观园众人之中，岂是投井的金钏、撞墙的司棋、被逐的晴雯、悬梁的鸳鸯可比？小红除了聪明，还比旁人多了一份清醒：面对佳蕙的抱怨，她说"千里搭凉棚，没有个不散的筵席"。早早看出人生归宿，努力把握自己的命运。而本章中的黛玉反做了陪衬，听到宝玉语言"轻佻"，她不过是以哭诉相对。晚间怡红院叫门不开，黛玉也终是负气泪奔，自怨自艾而已，瘦损了花容，惊飞了宿鸟，于事无补，于己何益？宝黛二人，两小无猜，终日耳鬓厮磨，更是两情相悦，心心相印。黛玉若有小红的聪慧，自可推心置腹，春风送暖，宝玉也不至于终日心神不定，几近疯癫。贾府诸人，也自然乐得顺水推舟，玉成双美。怎奈得事与愿违，这一对欢喜冤家终是劳燕分飞，缘尽而散。可见性格决定命运，此言不谬也。

（李军 撰）

第二十七回　滴翠亭杨妃戏彩蝶　埋香冢飞燕泣残红

诗云：

飞红曳绿祭春神，燕妒莺惭各有因。
彩蝶穿花迎水欸，青灯照梦剩颜瞋。
招呼绣匠回工价，嘱咐泥炉避俗珍。
吊罢芳魂还自吊，风流艳骨老霜尘。

（迟连庄　撰）

图 1-53　滴翠亭杨妃戏彩蝶

图1-54 埋香冢飞燕泣残红

【品评】钗黛次第出场,一扑蝶,一泣花,曹公却以"杨妃""飞燕"称之。黛玉虽瘦,宝钗何肥?或令人不解,唯细心者可以参透其中原委。第三十回中,宝玉对宝钗有一番话:"怪不得他们拿姐姐比杨妃,原也富胎些。"可见宝钗丰盈俊美,以杨妃比之亦无不可。宝钗仪态端庄、温文尔雅,然终是少女情怀,扑蝶一段,便是其去伪存真之处。本章写黛玉,却是暗笔,只闻其声,未见其人,连宝玉也不知"是那房里的丫头,受了委屈,跑到这个地方来哭"?"怪侬底事倍伤神?半为怜春半恼春。""一朝春尽红颜老,花落人亡两不知!"能吟出这样的伤心丽句,不是黛玉,又能是谁?《葬花吟》是黛玉的诗谶,是她对自己"泪尽夭亡"结局的预先写照。而宝钗虽如愿得结"金玉良缘",却不得不独守空闺,何等凄凉?"钗黛"二人,与瘦燕肥环之悲惨结局,又何其相似乃耳!

(李军 撰)

第二十八回　蒋玉菡情赠茜香罗　薛宝钗羞笼红麝串

诗云：

锦囊艳骨掩风流，泣悼红颜痛不收。
哭诔闻声怜世命，伤情感事病天筹。
菡香暗袭新凭赠，麝笼方图好配猷。
欲理鸳歌千种调，良缘美玉惹人忧。

（迟连庄　撰）

图 1-55　蒋玉菡情赠茜香罗

图 1-56　薛宝钗羞笼红麝串

【品评】一曲《葬花吟》，字字是血、声声是泪，竟使宝玉不觉恸倒山坡之上。宝黛二人，一个泣泗交流，一个梨花带雨，好不伤心。黛玉孤苦伶仃，寄人篱下，视宝玉为唯一知己，对他一往情深，忠贞不贰，虽时常弄些小把戏来责难宝玉，无非性情使然。宝玉对黛玉倒也钟情，但并不排他，其风流本性也不会因黛玉一人而改变。他占着袭人，宠着晴雯，惦念着大观园里各种姚黄魏紫，甚至和秦钟也不清不白。这一回他在薛蟠寿宴上偶然识得蒋玉菡，便相见恨晚，继而暗通款曲，相赠表记。谁料那大红汗巾最终竟成就了袭人与蒋玉菡的一段姻缘。端午节元妃恩赏，宝钗得了如宝玉一样的红麝串。这红麝串即另一红绳，从此金玉良缘似成定局，木石前盟就成了蛇影杯弓。宝玉大婚之日，移花接木、李代桃僵的计策在此刻已经初露端倪了。

（李军　撰）

第二十九回　享福人福深还祷福　多情女情重愈斟情

诗云：

　　簇簇车缊簇簇人，清虚观里借精神。
　　庭前择演昭兴替，殿外传珍鉴富贫。
　　对月长吁心懊苦，临风洒泪胆伤真。
　　身居两地衷情闹，一样悲欢逐往因。

（迟连庄　撰）

图 1-57　享福人福深还祷福

图 1-58 多情女情重愈斟情

【品评】五月初一,清虚观内好不热闹。贾母亲率男女众人前来听戏消暑,一时车辆纷纷、人马簇簇。点戏方式,叫作神前拈戏。三出大戏:《白蛇记》《满床笏》《南柯梦》。看似贾珍信手拈来,却是雪芹精心筹措。高祖斩蛇,喻示贾家当年创业艰辛;郭子仪寿宴,牙笏满床,喻贾府当时金玉满堂,盛极一时;至于南柯太守,从少年得志到由盛而衰,至身败名裂,揭示贾府富贵荣华只是镜花水月,终为一梦。故贾母见《南柯梦》戏牌,不发一言。

张道士虽是化外之人,却不可小觑。他不仅是当年荣府太爷的出家替身,且被当今封为"终了真人",故而他见贾家女眷可不回避,更能给宝玉提亲,借看宝玉灵物。这一看不打紧,惹得宝黛这对冤家大闹一场,一个砸玉泄愤,一个将玉穗剪作几段。本回环环相扣,步步因果,从看戏入局,却最终演变成一场闹剧。真可谓蝴蝶振翅,滴水兴波,风乍起,吹皱一池春水。

(李军 撰)

第三十回　宝钗借扇机带双敲　椿龄画蔷痴及局外

诗云：

情由木石一丝牵，怎奈庭深柳絮添。
公子怜香柔语寄，湘妃惜玉泪襟沾。
矜持闺秀隐心慧，娇媚优伶画指纤。
本自无猜小儿女，分和聚散亦生嫌。

（李鸿国　撰）

图 1-59　宝钗借扇机带双敲

图1-60 椿龄画蔷痴及局外

【品评】从黛玉入笔，分别描写了众钗和宝玉的性格。林黛玉、薛宝钗、龄官、贾宝玉、王熙凤、金钏、袭人等人物均巧妙别致地一一出场。都说黛玉惯于使小性子，其实皆缘于她寄人篱下的悲凉背景。唯一的知音是宝玉，偏偏宝玉又是个人见人爱的主儿，因此黛玉欲言又止，欲罢不能，百般纠结，小性使然。本回用了大量细腻的语言，刻画了黛玉的性格特征。宝钗的性格恰与黛玉相反，她聪慧过人，隐忍大方。对人物性格揭示最为鲜明者，当数宝玉。他就像一条红线串起了黛玉、宝钗、凤姐、龄官、金钏、袭人等各具姿态的人物形象。宝玉性格中的亮点，就是博爱：同情每一个弱女子，喜爱每一个豆蔻女孩儿；每一个女孩儿也喜欢他。这种喜欢是纯洁的，透明的。然而封建礼教不允许这样，悲剧也就时时发生了。章回题目上句概括出宝钗的机智和聪颖，下句则引出龄官的痴情，来衬托宝玉的更痴情。

（李鸿国　撰）

第三十一回　撕扇子作千金一笑　因麒麟伏白首双星

诗云：

怡红院里惹风流，痴女情男几许忧！
拗直晴雯撕画扇，贤良花蕊忍情愁。
湘云一语阴阳解，翠缕三言牝牡留。
拾得麒麟归旧主，双星飞鹊唱枝头。

（李鸿国　撰）

图 1-61　撕扇子作千金一笑

图 1-62　因麒麟伏白首双星

【品评】端阳节怡红院里的一场小风波。以袭人被误踢伤，宝二爷怜香惜玉为开篇，引出晴雯给宝玉宽衣，不慎跌断扇股。若在平时，兴许不是个事儿，说不定还要吃人家的胭脂；偏偏今日宝玉不爽，便斥了晴雯两句；晴雯便据理以争。袭人越描越黑，宝玉越说越气，晴雯越辩越拧，最后三人哭到一处。真是爱多深，怨多深，正如宝玉所言："叫我怎么样才好！这个心使碎了，也没人知道。"

继写宝玉吃请得意归来，晴雯为试宝二爷真心否，也为上午的一扇之隙，真真地撕起宝贝扇子来，且越撕越快。正可谓千金难买一笑，一笑百媚生。宝玉全无上午嗔怪怨怼的半点光景，只是一味地痴笑，这才是真宝玉。围绕晴雯撕扇前后的对比描写，三个典型人物，皆刻画得入木三分，生动感人。

史湘云的归来，不仅给众姐妹带来了戒指手工，也给大观园带来了欢乐。特别是她给翠缕讲解阴阳的那一段，妙趣横生，颇具少女情怀。

（李鸿国　撰）

第三十二回　诉肺腑心迷活宝玉　含耻辱情烈死金钏

诗云：

灵犀心撞诉衷肠，脉脉秋波凤与凰。
一世思侬做知己，三生念旧在东厢。
情迷错把红颜误，梦幻且将吟魄藏。
贞烈钏儿含耻辱，可怜魂断井中殇。

（李鸿国　撰）

图1-63　诉肺腑心迷活宝玉

图 1-64　含耻辱情烈死金钏

【品评】史湘云和袭人、宝玉在怡红院聊天，宝玉的一句"林妹妹不说这些混账话，要说这话，我也和他生分了"，黛玉听到后直沁心田，又惊又喜，转身离去，被宝玉追来，激情燃烧，互诉衷肠。宝玉叹道："好妹妹，你别哄我。你真不明白这话，不但我素日白用了心，且连你素日待我的心也都辜负了。你皆因都是不放心的原故，才弄了一身的病了。但凡宽慰些，这病也不得一日重似一日了！"林黛玉听了这话，如轰雷掣电。彼此怔怔对立，各有万语千言，竟无话可说。林黛玉只咳了一声，两眼不觉滚下泪来。随后，袭人来送扇子，宝玉又错把袭人当黛玉，说出痴痴呆呆一番话。可谓写宝黛爱情之最精彩一段。

金钏含冤而死，缘于金钏说的几句俏皮话，被假装熟睡的王夫人一掴耳光，赶出荣府。怯懦的宝二爷溜之大吉。金钏死后，宝钗却避重就轻地宽慰姨母，从而暴露其世故冷漠的一面。

（李鸿国　撰）

第三十三回　手足耽耽小动唇舌　不肖种种大承笞挞

词【朝玉阶】曰：

花落缘空已断肠，雨敲风又助，更神伤。春芳招蝶本平常，蛙鸣波不静，有文章。大承笞挞自思量，其中多少事，怨轻狂。谁言祸福似炎凉，暖阳销积雪，润心房。

（孙树娟　撰）

图 1-65　手足耽耽小动唇舌

图1-66 不肖种种大承笞挞

【品评】宝玉遭受其父笞挞了。何因？

一是琪官失踪。忠顺王爷宠爱男伶琪官，搞同性恋，而琪官不甘于被玩弄，伺机出逃。宝玉并未给琪官出谋。但其父迫于王府势力，而怪罪之。

二是金钏之死。金钏的死，主要是王夫人的专制、冷酷而致。由于金钏年少无忌，口无遮拦；也因为宝玉不该和金钏调情。但完全罪责宝玉，是冤屈。

三是贾环诬陷。宝玉对金钏并没有越轨的行为，只不过是说句挑逗话。所谓强奸未遂，纯粹是贾环的诬陷。

总之，是因贾政的媚上、专制、无能，故而失去理智，下手过重。多亏王夫人与贾母及时相救，宝玉才捡回一条性命。

子不教父之过，但棍棒之下，也未必能成大器。这次宝玉挨打后，王夫人对他看护更严，更加束缚了其自由。

（孙树娟　撰）

第三十四回　情中情因情感妹妹　错里错以错劝哥哥

词【诉衷情近】曰：

珍珠两挂惹人怜，谁解个中缘？相逢纵使无语，胜过万千言。
捎绢帕，引诗泉，寄心笺。情思似草，疯长难禁，日日绵延。

雨摧秀木又风波，浊世是非多。谣言速播深阁，可叹引干戈。
言婉转，泪婆娑，态温和。迷途劝返，莫负亲情，高树莺歌。

（孙树娟　撰）

图 1-67　情中情因情感妹妹

图1-68 错里错以错劝哥哥

【品评】宝玉挨打养伤,来看望者各有意图。宝钗为宝玉送药疗伤,怪宝玉平日不听劝告,情理并重。袭人观点和宝钗同,她也痛心,但却站在贾政一边,认为老爷教训得好,还在背地里向王夫人告密,讨得主子欢心。黛玉重"情",因为心疼,眼睛都哭肿了。

所谓情中情,是说宝玉叫晴雯送两条旧手绢给黛玉的事。这手绢乃是传情之物,非一般礼物可比,晴雯未解其深意,黛玉是个中人,很快就悟出其中的秘情。林妹妹为宝哥哥之情所感动,提笔在帕上题诗三首,表明心迹,字字心血,可谓用情至深。

所谓错里错,前一个错,是指有人将宝玉和琪官的事告了密,害宝玉挨打。后一个错,是说大家都认为是薛蟠告的密,其实不然。薛蟠受了冤枉,大发雷霆。妹妹宝钗便以错劝哥哥,就这件"错案"劝告薛蟠今后要好好做人。前段凸显宝黛之情真挚,后段彰显宝钗之通达贤惠。

(孙树娟 撰)

第三十五回　白玉钏亲尝莲叶羹　黄金莺巧结梅花络

词【系裙腰】曰：

波光潋滟叶如盘，荷花似、水中仙。莲蓬摆弄清鲜，惹垂涎。汤入味，意缠绵。

借羹欲使礼周全，还赢得，玉人欢。梅花络、一双巧手轻攒。用心编。金玉配、结姻缘。

（孙树娟　撰）

图 1-69　白玉钏亲尝莲叶羹

图 1-70　黄金莺巧结梅花络

【品评】宝钗因晚间受薛蟠委屈，又记挂母亲，所以早起。黛玉起得更早，是专怜宝玉，又不好进院，独立花阴之下，其千思万想，一夜无眠，但是她又怕宝钗多心，所以先拿宝钗打趣。黛玉自卑而要强，更多愁善感。连她所饲养的鹦哥也深受感染。鹦哥的叹息，还有念黛玉的《葬花辞》几句，可见黛玉平日里愁多欢少。

回到正题，白玉钏亲尝莲叶羹。为什么宝玉会让她亲尝莲叶羹呢？这是宝玉巧借莲叶羹，想缓和与白玉钏之间的关系，以弥补因自己而屈死金钏之不安。黄金莺巧结梅花络这段，看似一件小事，其实也是全书的要点。黄金莺是宝钗的贴身丫头，她给宝玉结梅花络，用来络他的玉，其实也是为络宝玉的心。黛玉的线穗渐次被无情剪断，宝钗的线络却逐渐结成。

（孙树娟　撰）

第三十六回　绣鸳鸯梦兆绛芸轩　识分定情悟梨香院

词【高阳台】曰：

多彩鸳鸯，嫣红菡萏，银针纤手凝香。叹几番情，沽名利禄徜徉。结缘金玉深深念，呓语惊、怎料荒唐。梦中人、琴瑟舒扬。宝黛相当。

犹怜薄命坤伶苦，但拳拳此意，面若冰霜。万缕情丝，心怡暗许蔷郎。笼中灵雀欣飞去，仰长天、心逐高翔。道人生、凤愿红尘，谁解愁肠？

（陈瑞林　撰）

图 1-71　绣鸳鸯梦兆绛芸轩

图 1-72　识分定情悟梨香院

【品评】宝玉一日好似一日，又有老祖宗护持，倒也十分消闲。王夫人这边吩咐凤姐自裁二两银子一吊钱作为袭人的月例，从今后与赵姨娘一般待遇。王夫人对袭人的用意已见端底。袭人亦不负所望，对宝玉的照顾更是无微不至。边绣五彩鸳鸯的肚兜，边为熟睡的二爷赶蚊虫。正巧宝钗至此，袭人托故避开，宝钗便顺势坐在床前继续刺绣，忽闻宝玉高声呓语："和尚道士的话如何信得？什么'金玉姻缘'？我偏说'木石姻缘'！"宝钗听了如雷轰顶。

宝玉终日闲游腻烦，忽想起《牡丹亭》曲子来，又闻得梨香院中小旦唱得最妙，乘兴央求龄官为他唱一套"袅晴丝"，孰料却遭冷遇，讪讪退出。恰遇贾蔷提雀笼走来，见蔷欣喜地向龄官描述雀儿的灵性，果然那灵雀在戏台上衔着鬼脸和旗帜乱串。众女孩都笑，独龄官怨气十分。蔷立即放雀，拆笼，对龄官百般温存。宝玉此刻才领会到那日龄官于地上画"蔷"的深意："人生情缘，各有分定。"

（陈瑞林　撰）

第三十七回　秋爽斋偶结海棠社　蘅芜院夜拟菊花题

词【汉宫春】曰：

秋爽斋中，看裙钗云集，兰气幽香。海棠魂绕，彩笔挥洒眉扬。胸间锦绣，道风流、妃子潇湘。称蕴藉、蘅芜君属，湘云佳韵成双。

才涌心波难息，更孜孜秉烛，贪夜思量。灵犀巧拈菊谱，十二瑶章。三秋妙景，料吟边、九转回肠。今结社、高才捷足，凭谁占得风光？

（陈瑞林　撰）

图1-73　秋爽斋偶结海棠社

图 1-74　蘅芜院夜拟菊花题

【品评】秋爽斋海棠结社，李纨自荐社长。各起别号：稻香老农、蕉下客、潇湘妃子、蘅芜君、怡红公子、紫菱洲、藕香榭。以白海棠为题，依十三元韵，燃"梦甜香"为限。李纨虽不善写但善评，众皆服。李纨评道：若论风流别致数林稿，含蓄浑厚终让薛稿。薛诗有句"珍重芳姿昼掩门"，披露其豪门千金的矜持；"淡极始知花更艳"，表露她处世圆润能得人心。林诗"碾冰为土玉为盆"，设想奇特，喻本质高洁；"月窟仙人缝缟袂"，喻高洁之花归宿亦洁。次日，把湘云接来了，嗔怨之余即兴和了两首，众口皆赞，诗中"也宜墙角也宜盆"，暗喻其宽怀大度的豪气。

是夜，湘云、宝钗同居一室，巧拟螃蟹宴，共凑菊谱十二题：《忆菊》《访菊》《种菊》《对菊》《供菊》《咏菊》《画菊》《问菊》《簪菊》《菊影》《菊梦》《残菊》。这不仅是社会习俗和豪门闲逸生活的反映，更重在寄情寓兴的一面。

（陈瑞林　撰）

第三十八回　林潇湘魁夺菊花诗　薛蘅芜讽和螃蟹咏

词【锦堂春慢】曰：

摘采东篱，流芳绮韵，吟哦字字珠玑。叹娉婷倩影，不让须眉。对月临霜诉怨，孤标解语相思。更才情峻峭，妃子潇湘，尊举为魁。

怡红公子称快，清风拂桂，品蟹裁诗。口美腹中蕴秀，笔底生晖。怅惘黄花寄语，阳秋底事千丝。恁行觞菊酿，落玉铿锵，妙喻何追？

（陈瑞林　撰）

图 1-75　林潇湘魁夺菊花诗

图 1-76 薛蘅芜讽和螃蟹咏

【品评】翌日午间藕香榭摆设停当,待凤姐扶侍贾母、王夫人、薛姨妈等人品蟹,贾母等心悦而归。湘云便取了诗题,宝钗、宝玉、探春分别选了诗题,湘云把留下的两诗题拿下了,宝玉依据旧有的枕霞阁,给湘云取了"枕霞旧友"美号。没顿饭工夫十二首已写完,一并由迎春誊录好,再由执坛人李纨品评。言每人自有警句,但黛玉的诗立意更新,《咏菊》第一,《问菊》第二,《梦菊》第三,只得要推潇湘妃子为魁。

宝玉诗兴未尽,提议持螯赏桂定吟诗,于是率先咏了一首。正得意之时,宝黛各咏了一首,宝钗的咏蟹被众人一致称道:"食蟹之绝唱!"绝在以小寓大,骂得痛快!曹公以为宝钗博学多才,精通世故,诗风含蓄老练,蕴藏深厚。诗中有云:"眼前道路无经纬,皮里春秋空黑黄。"借她之口,讥讽了贾雨村之流政治掮客、官场赌棍,恰如其分。

(陈瑞林 撰)

第三十九回　村姥姥是信口开河　情哥哥偏寻根究底

词【行香子】曰：

喜气盈盈，笑语声声。大观园、刘姥随行。携来野味，道得乡情。乐村中事，其中趣，妙中生。

雌黄信口，雪夜逢灵。痴公子、心系瑶英。欲捐塑像，更探芳名。恁魂儿癫，情儿切，意儿倾。

（陈瑞林　撰）

图 1-77　村姥姥是信口开河

图 1-78　情哥哥偏寻根究底

【品评】刘姥姥二进大观园,带来了新摘的瓜枣野蔬。姥姥随平儿来至贾母房中,急忙请老寿星安。凤姐便顺水推舟挽留姥姥小住两日。晚饭后,凤姐安排姥姥坐在贾母榻前说些乡野见闻,让这些锦衣玉食的太太、哥儿、姐儿都听着新奇得趣。刘姥姥虽是乡野村妇,但深谙世故,在荣府中彰显其聪慧、广闻,还胡编雪夜院里红袄白裙子的标致姑娘事糊弄小字辈。痴宝玉还背地里向姥姥寻根问底,信以为真,并要修庙捐泥像。此乃曹公对宝玉纯真情感的一笔闲墨。

（陈瑞林　撰）

【加评】村姥姥会贾寿婆,懂小心,能拿捏;凤管家侍乡间客,颇周到,颇尽意;痴公子迷忽悠事,是可笑,亦纯真。

（范文义　撰）

第四十回　史太君两宴大观园　金鸳鸯三宣牙牌令

词【鹧鸪天】曰：

刘姥鲜花插满头，席间打趣乐无休。举牌行酒三宣令，酬韵应招几敛眸。
分俗雅，道春秋，村言俚语尽风流。谁知各表其中意，参得玄机有隐由。

（陈瑞林　撰）

图 1-79　史太君两宴大观园

图 1-80 金鸳鸯三宣牙牌令

【品评】贾母盛宴款待刘姥姥。李纨令碧月捧过各色菊花，贾母簪了一朵大红的，回头让刘姥姥戴花，凤姐借势把一盘子花，横三竖四给姥姥插满头，逗得大家都笑。刘姥姥猛夸这园子比画还强十倍，并希望将园子画下来带给家人看。贾母笑允，并派给能画的惜春。

从潇湘馆出来渡船到秋爽斋用餐。凤姐和鸳鸯商定了取笑刘姥姥，姥姥心知肚明。席间的行酒令雅俗共赏。贾母、薛姨妈的行令不过是平常语，而小姐们的酒令则喜引用诗词曲，各自所引也都符合她们的身份、性格。如黛玉脱口而出的《牡丹亭》与《西厢记》原句，引起宝钗警觉。刘姥姥的村言俚语，体现其深通世情、机智诙谐的纯朴可爱之处。湘云、宝钗的行令都有所预示，借行酒令而各展人品。

（陈瑞林　撰）

【加评】刘姥姥几进大观园，发生了一系列有情趣的事，"征服"了满园老少，这证明了卑贱者自有聪明处。一部《红楼梦》，最成功者不就是刘姥姥吗？

（范文义　撰）

第四十一回　贾宝玉品茶栊翠庵　刘姥姥醉卧怡红院

诗云：

嫌贫爱富理非糙，且看仙姑对尔曹。
老妪开颜怀一善，金钟奉客差千毫。
人凭智慧方成事，梦系情根怎破牢？
世态炎凉皆入眼，红尘放下即清高。

（王志刚　撰）

图 1-81　贾宝玉品茶栊翠庵

图 1-82　刘姥姥醉卧怡红院

【品评】刘姥姥二进大观园,贾母盛宴招待她,各色人物粉墨登场,轮番劝酒,戏份十足,表演精彩。表面上,刘姥姥醉酒忘形,手舞足蹈,却没有忘记自己的身份,没有忘记说些逢迎逗趣的话,以讨贾府众人欢心,也借此报答贾府的接济之恩。既精于世故,又充满智慧。

妙玉给贾母专门准备"老君眉"茶,体现出妙玉聪慧乖巧的性格。妙玉给贾母泡茶的水只是"旧年蠲的雨水",给宝钗、黛玉、宝玉泡茶用的水则是"收的梅花上的雪",可见妙玉心性高洁、脱众不俗。从妙玉丢弃掉刘姥姥用过的杯子,也暴露了其自视清高的弱点,丢失了佛家所推崇的众生平等的理念;而宝玉愿将"弃杯"赠送刘姥姥,比妙玉更有佛心。

刘姥姥醉卧怡红院。这段生动而又滑稽的闹剧安排,看似突兀过分,实则合情合理:显示了乡下人不拘小节之习性;也展示了袭人体谅下人之美德。

(王志刚　撰)

第四十二回　蘅芜君兰言解疑癖　潇湘子雅谑补余音

诗云：

孤标傲世淡红尘，叛逆生来必有因。
梦带相思谁可解，心含豁达理应陈。
高山一曲知音醉，懿德三从细雨津。
莫道潇湘形只影，蘅芜蕙语暖如春。

（王志刚　撰）

图 1-83　蘅芜君兰言解疑癖

图 1-84 潇湘子雅谑补余音

【品评】刘姥姥回家前,贾府众人给刘姥姥准备了很多礼物。贾母和大姐儿因游园子不慎染病,凤姐相信了刘姥姥的话,用刘姥姥的方法给大姐和贾母驱祟,并请其给大姐儿取名字叫巧姐。凤姐道:"你就给他起个名字,借借你的寿;二则你们是庄家人,不怕你恼,到底贫苦些,你们贫苦人起个名字,只怕压的住。"由此看出心机很重的王熙凤也有一颗护犊之心。

黛玉因读了《牡丹亭》《西厢记》类杂书,吟酒令时不自觉地说了出来,被阅历颇丰的宝钗察觉,并加以"审问""教训",规劝黛玉要迷途知返,多读些正经书籍,不要再做不切实际的美梦。正是因为宝钗的兰言开解,黛玉对宝钗有了新的认识,并奉为知音好姐妹。对于父母双亡、寄人篱下、身体孱弱、多愁善感的黛玉来说,是在贾府中感觉为数不多的一次心暖。

(王志刚 撰)

第四十三回 闲取乐偶攒金庆寿 不了情暂撮土为香

诗云：

张灯设宴众相迎，主仆同辰别样庚。
辣女欢颜因得势，丫鬟化鹤被遗名。
贪婪背后金银贵，叛逆跟前世俗轻。
莫道膏粱多薄意，怡红公子具真情。

（王志刚 撰）

图1-85 闲取乐偶攒金庆寿

图1-86 不了情暂撮土为香

【品评】贾母闲取乐提出大家伙攒钱为凤姐过生日,得到认可。

作为凤姐姑母的王夫人,也称赞凤姐"孝心虔诚",自然她也想让自己的亲侄女在贾府扎稳根基。当尤氏问凤姐怎么办生日时,凤姐让她"看老太太眼色行事就完了",这道出了凤姐应付贾母的手段,也是她在贾府扎根的原因。尤氏看不惯凤姐的敛财把戏,毫不客气地当着凤姐的面把平儿的一份退给平儿,接着又把鸳鸯、彩云的两份退了,连周、赵姨娘两个没人关心的倒霉鬼的那两份子也退掉了,可见尤氏还是有些同情他人之心的。

就在尤氏等人张罗着为凤姐过生日时,宝玉却偷带着茗烟到水仙庵祭奠屈死的金钏。在凤姐生日时祭奠死人,想必这也是宝玉对自己心灵的救赎,对封建恶俗的一种挑战吧!从中也可以看出宝玉性格:尊重女性、同情女性、平等待人、礼待下人。

(王志刚 撰)

第四十四回　变生不测凤姐泼醋　喜出望外平儿理妆

诗云：

霞杯绿蚁醉华筵，不测轩然起妒泉。
凤眼双瞋雷火动，柳眉一吊斧刀悬。
荒淫榻上无羞日，白玉堂中有洞天。
惟见怡红秋蕙好，添妆翠鬟喜生怜。

（樊慧　撰）

图 1-87　变生不测凤姐泼醋

图 1-88　喜出望外平儿理妆

【品评】凤姐生日，贾琏借机偷情，被凤姐撞见泼醋，夫妻矛盾激化，引发轩然大波。几处细节叹为精彩。

凤姐被众人灌酒已沉，偏偏鸳鸯来敬酒，遭拒后甩出狠话，吓得凤姐满饮一杯。高踞荣府几百人之总理宝座的凤姐，面对贾府第一丫鬟鸳鸯，也是慢待不起的。其能伸能屈之机敏权宜，跃然纸上。

为了撬开贾琏房里望风小丫头的嘴，凤姐掌掴其两腮紫胀，继而要烧了红烙铁烙嘴，之后拔下簪子，向丫头嘴上乱戳……再后偷听、取证、踢门、厮打、逼死鲍二媳妇……淋漓尽致地刻画了凤姐因妒泼醋、至毒至辣的手段！

尽管丈夫偷情，凤姐身心受害，但贾母却竭力为贾琏开脱。其间，平儿因躲避贾琏、凤姐打骂来到怡红院，宝玉喜出望外。生平第一次单独接待平儿，怜惜同情，递送脂粉，熨叠衣裳……其用心之细让对方十分感动。

（樊慧　撰）

第四十五回　金兰契互剖金兰语　风雨夕闷制风雨词

词【蝶恋花】曰：

一夕秋霖纷百绪。淅沥潇湘，竟是凄凉处。嗽疾熬人禁不住。蘅芜冷夜犹怜顾。
互结金兰堪契语。箬笠衷情，灯影牵魂去。多少孤愁风雨赋，都成了了尘缘悟。

（樊慧　撰）

图 1-89　金兰契互剖金兰语

图1-90　风雨夕闷制风雨词

【品评】红楼四大人物宝、黛、钗、凤悉数出场。

黛钗互剖金兰、赤诚交心的片段，很是精彩，很是感人。黛玉一日身体不适，在家将养，宝钗前来看望，给她讲述对症下药的益处。黛玉深受触动，她一直认为宝钗外面玲珑，"有心藏奸"，今见她如此推心置腹，关爱自己，仿佛一个孤苦无依、误入歧途的羔羊忽然找到了依托，觉得往日种种烦恼皆由自己多心而生，以致自误到今，遂豁然开朗，恨不得将内心苦楚全部倾诉。一时情绵绵，意悠悠，那么温顺，那么依人。所以，既感激蘅芜苑的婆子送来燕窝，又感激宝玉送了体己手灯照明。几多柔情此夜生！

同样在这"秋霖脉脉""雨滴竹梢"之夜，黛玉又仿照《春江花月夜》之格，闷制《秋窗风雨夕》词，用了十五个"秋"字伤悼身世，其中"泪烛、牵愁、残漏、寒烟"等凄凉之词，句句见血带泪。尾句"不知风雨几时休，已教泪洒窗纱湿"，更充满了隐忧！

（樊慧　撰）

第四十六回　尴尬人难免尴尬事　鸳鸯女誓绝鸳鸯偶

词【鹧鸪天】曰：

一树梨花欺海棠。奢淫岂止醉鸳鸯。豪门有意谋权柄，绿发无心入妾房。
明信誓，拒荒唐，相知主仆诉衷肠。难为老妪偏怀重，烈女愚忠运渺茫。

（樊慧　撰）

图 1-91　尴尬人难免尴尬事

图 1-92 鸳鸯女誓绝鸳鸯偶

【品评】贾赦欲娶鸳鸯为妾，落了个大尴尬。一是遭到鸳鸯誓死抗击；二是遭到贾母怒斥。他要贾母的贴身丫鬟，除了谋色谋人，更多的是为了争权夺利，攥住贾母的左右手，攥住贾府的多半江山。

因此，他与邢夫人串通一气，先由老婆出面敲边鼓；后又直接让鸳鸯嫂子劝嫁，软硬手段均碰钉子后，贾赦又找鸳鸯的哥哥放狠话，断绝鸳鸯一切后路，欲将鸳鸯逼上梁山。鸳鸯不得已向贾母哭诉，发了绝誓。贾母勃然大怒，第一反应就是狠狠地骂了王夫人，吓得王夫人下跪，宝玉、凤姐、薛姨妈一干人等不敢辩解。幸亏探春出面，才缓解了贾母之怒。

（樊慧　撰）

【加评】鸳鸯的反抗，不仅是此回重头戏，也是全书重头戏之一。她预见到未来的悲哀，放手一搏，放声怒骂，句句是泪，是血，也是杀向那个丑陋世界的刀枪剑戟，解气又解恨。其形象永远是闪烁在红粉心中的一道亮色、一幅绝画！

（范文义　撰）

第四十七回　呆霸王调情遭苦打　冷郎君惧祸走他乡

词【鹧鸪天】曰：

无事生非呆霸王，心怀龌龊谑君郎。几番遭戏何堪辱，五内如焚咋愈伤？
拳脚怒，魄魂亡。脸青皮绽鼠窝藏。两厢仇怨邪思起，害得湘莲走异乡。

（扈建新　撰）

图 1-93　呆霸王调情遭苦打

图 1-94　冷郎君惧祸走他乡

【品评】这一日，赖大因使银子给儿子捐了个县官，在自家的花园中宴请宾朋。那花园虽不及大观园，却也楼阁亭轩、泉石林木，真个好生阔绰。参加宴会的，除了贾母带的一干人等，还有贾府"玉"字辈以下的，薛蟠和柳湘莲也在座。这柳湘莲，原是世家子弟，父母早丧，书读得不好，却喜耍枪舞剑，吹笛弹筝，样样都通。人生得又美，大家都很羡慕。独独这个薛蟠总是乜斜着眼瞧他。柳湘莲知他不怀好意。

薛蟠趁着湘莲和宝玉告别叙话的间隙，跑出来，一把手拉住湘莲，言语猥琐。把湘莲恨得火星乱迸。此时他心生一计，约薛蟠到城外私会。然后才有了"呆霸王调情遭苦打"一幕。这一顿打，直打得薛蟠满地乱滚，皮开肉绽，湘莲还是不依不饶，逼他把苇塘里的脏水喝了下去。这种倚仗家势、寻花问柳、肮脏龌龊之人也该让他尝尝苦头。

（扈建新　撰）

第四十八回　滥情人情误思游艺　慕雅女雅集苦吟诗

词【巫山一段云】曰：

贾赦如贪犬，忽闻古扇香。横财咋得费思量，贿串雨村狼。
蛇蝎心肠黑，无端缚狱房。草菅人命丧天良，公理在何方？

送罢呆蟠后，香菱幸得闲。喜随宝姐入观园，如愿近诗仙。
夜捧唐千韵，晨吟宋百篇。娟娟红袖似青莲，婢妾莫轻看。

（扈建新　撰）

图 1-95　滥情人情误思游艺

图 1-96　慕雅女雅集苦吟诗

【品评】此章主要说了三件事。第一件薛蟠因被柳湘莲痛打后无脸见人,后外出经商,此为略写。主写两件事:一是揭露贾赦、贾雨村为夺取石呆子古扇草菅人命的罪行,贾赦的肮脏嘴脸连他的纨绔儿子贾琏都看不起;二是香菱拜师林黛玉苦读诗书,苦练要领,甚至梦中出好句,作诗水平突飞猛进。

(扈建新　撰)

【加评】石呆子真呆,难舍古扇而丢命,成就贾赦、贾雨村狼狈为奸之戏。一个诚心要霸占,一个蓄意要"赠送",还有孤零零石呆子的好处吗?

甄香菱真酷,为学诗拜名师,传出梦得妙句一段佳话。一学王维、二学杜甫、三学李白,诗佛、诗圣、诗仙都刻苦学了,她不成材才怪呢!

(范文义　撰)

第四十九回 琉璃世界白雪红梅 脂粉香娃割腥啖膻

诗云:

琉璃胜境暗香浮,栊翠檀烟逊几筹。
玉骨精奇堪子傲,冰心睿洁自清幽。
腥膻野趣时调谑,粉嫩娇娃暂忘忧。
芦雪何辜遭劫掠,云诗恰在此中求。

(岳海青 撰)

图 1-97 琉璃世界白雪红梅

图 1-98　脂粉香娃割腥啖膻

【品评】时值大观园兴盛之际，借薛姨妈等人由头，宝琴、邢岫烟、李纹、李绮搬进园子，原有的李纨、迎春、探春、惜春、宝钗、黛玉、湘云，加上凤姐儿、宝玉，共十三个，主宾融融，人头攒动，如一朵朵鲜葩，一根根水葱，争奇斗艳，生机勃勃。一时"比先又热闹了多少"。叙论年庚，多同龄人，"不过是'姐''妹''兄''弟'四个字，随便乱叫"。一个"乱"字似拙实巧，少男少女的烂漫娇憨跃然纸上。

年少初读此章也曾暗忖：何以红梅为题却不着力写梅？玩味良久方觉：雪莽之中，黛玉"一件大红羽纱面白狐狸里的鹤氅"，众姐妹"一色大红猩猩毡与羽毛缎斗篷"，这一应粉雕玉琢的女孩儿家，才是作者心尖儿上的雪里红梅！栊翠庵的十数株寒香，端的是映照这些姐妹所画的镜像了。

一块鹿肉勾起别样野趣，素日里娇生惯养的脂粉香娃簇拥在芦雪广烤肉吃酒，释放天性，好不快活！正如湘云所道非如此"断不能作诗"。

（岳海青　撰）

第五十回　芦雪广争联即景诗　暖香坞雅制春灯谜

诗云：

　　　　椒墙香冷碎琼瑶，梅笛偏逢碧玉箫。
　　　　分炙引觞芦雪沸，敲诗抢韵蜡灯烧。
　　　　坞中谜格深难覆，槛外苔痕绿尚飘。
　　　　莫道一裘凫靥暖，翰林府邸倚谁娇？

（岳海青　撰）

图 1-99　芦雪广争联即景诗

图 1-100　暖香坞雅制春灯谜

【品评】芦雪广（读 yǎn，指依山傍水、推窗可垂钓的房子）即景联句，湘云果然不负"鹿"望，抢尽了风头。此番斗诗，黛玉、湘云、宝琴竟是"抢命"一般，娇笑间便将"二萧"韵几乎用尽。一番棋逢对手的酣畅博弈，发生在这样一群女孩子之间，煞是好看！我只道世间有抢钱抢物之人，几时见过"抢韵"的？

宝玉因贪看姐妹们联句而自落下风，被罚去栊翠庵乞梅，竟引出"衣上犹沾佛院苔"这样的妙句。宝琴得了凫靥裘，再与宝玉同去寻梅，莫非暗喻寻"媒"不成？所幸宝琴许了梅翰林家公子，方悟宝琴所寻乃是梅家之梅。"贤淑"的宝钗怕老太太不喜引经据典的雅谜，要大家作些"浅近的物儿"，湘云便作了个"溪壑分离，红尘游戏"的耍猴儿谜，真是笑煞人也！

（岳海青　撰）

【加评】真好！不亏"鹿"望，湘云出尽风头；"抢命"斗诗，才女用完"萧"韵！赛者解渴，读者惊嫣。多么勾人心弦！宝玉乞梅得妙句，宝琴寻梅思情郎。各有寓意。

（范文义　撰）

第五十一回　薛小妹新编怀古诗　胡庸医乱用虎狼药

诗云：

怀古诗题说到今，无由山水最知音。
春心早许梅中玉，谜韵时鸣槛内琴。
锦绣行头奢愈美，虎狼方剂猛难禁。
喜忧冷暖谁安顿？自在芹溪副册吟。

（岳海青　撰）

图1-101　薛小妹新编怀古诗

图 1-102　胡庸医乱用虎狼药

【品评】宝琴十首怀古诗谜颇具才情，雅俗共赏的诗句锁定十处古迹，且各自扣底了一个寻常物件儿。不管谜底是墨斗也好，纨扇也罢，至今仍被津津乐道且争论不已。

花袭人因母亲病重探家，衣饰颇为奢华，连包袱都是"弹墨花绫水红绸里"等考究之物，凤姐还怕人笑她"弄出一个花子来"。花母辞世赏银四十两，虽经后文赵姨娘爆料，此处也要提一笔：清朝县令的年俸不过四五十两罢了。"宰相门下七品官"，贾家虽非相府，一个下人已是如此铺张，阖府富贵可见一斑。

人说晴雯牙尖嘴利太刻薄，然而面对宝玉、麝月时，她却时常撒娇逗趣，病了还逞强说："哪里这么娇嫩起来？"

本章笔墨铺排得好似太极图一般虚实轮转。袭人表面风光无限，实则是芹溪先生替贾府"炫富"的棋子儿。

（岳海青　撰）

第五十二回　俏平儿情掩虾须镯　勇晴雯病补孔雀裘

诗云：

偶聆窗下音，惜取女儿心。息事明探病，缘情暗抚琴。
虾须黄灿灿，温玉碧岑岑。谁识卑微客，方为大写人。

钗坠倚熏笼，霞飞眉靥红。是非才一语，怒气决双瞳。
巧引残更线，密纫方寸衷。裘全曦色里，天地两朦胧。

图 1-103　俏平儿情掩虾须镯

图 1-104　勇晴雯病补孔雀裘

【品评】 平儿得知虾须镯是宝玉房里坠儿所偷，为了宝玉的颜面，决定暗中处理虾须镯。来至怡红院，见晴雯卧病在床，素知她性情刚烈，怕事情闹大，因说探病，将麝月引至一旁如此这般交代一番。并回王熙凤说，是镯子退了口，丢在草根下雪深没看到，雪化后黄澄澄映着日头还在那里，随即捡起。宝玉偷偷听到平儿与麝月有关虾须镯的悄悄话，深为平儿体贴自己房里的女孩儿之心所感动。"情掩"一事，烘托出平儿敦厚平和的性格，其美好品质不就是那黄澄澄的光芒吗？

宝玉去舅老爷府里贺寿，身着老太太送的金翠辉煌的俄罗斯产雀金裘，岂料第一天去便烧了一个洞，次日是贺寿正日，还要穿这件衣服。谁人认得这雀金裘，谁人敢揽此活？晴雯见此，决定带病夜补。十分技巧，十二分专注，心神消耗，月斜星淡，钟敲四下，头晕眼黑，晓色中雀金裘终于补完，晴雯却"哎哟"一声倒下去了。

（布凤华　撰）

第五十三回　宁国府除夕祭宗祠　荣国府元宵开夜宴

词【齐天乐】曰：

　　锦裳浓醉流光里，寒英欲将年饯。换罢桃符，重开祖庙，深府轩廊灯灿。屏声敛喘。看花簇丹墀，馔排香案。粉黛峨冠，烛光宝气映天半。

　　皇恩更兼世泽，玉衣朝觐处，思绪无限。魏阙青云，睢园绿竹，但祝荣华久远。清辉似练。见琼醴新温，壤歌声软。惹得蟾蜍，也聆吹凤管。

（布凤华　撰）

图 1-105　宁国府除夕祭宗祠

图 1-106 荣国府元宵开夜宴

【品评】年关将近，两府上下甚忙。拟定请吃年酒清单，佃户从遥远的地方送来了山珍海味及租税，各府贵族礼尚往来，不必细说。腊月二十九日，各色齐备，两府焕然一新。次日贾母等朝贺毕入宁府"贾氏宗祠"祭拜。供品传毕，左昭右穆，男东女西，见贾母拈香下拜，众人方一齐下跪。祭毕，贾母回至荣府，两府男女主仆依次为其行礼。压岁银子、屠苏酒、合欢汤、吉祥果……一片喜庆祥和。初一，贾母人等又大妆朝贺，兼祝元春千岁。回来与薛姨妈、李婶及众侄孙吃酒玩耍。十五夜各处张灯结彩，金碧辉煌。贾母命设酒席宴请族中男女，并请戏班助兴。高兴处，贾母一声"赏"，满台钱响，皆大欢喜。贾家的荣华富贵已达到巅峰。

（布凤华　撰）

【加评】年关丰盛，年货充盈，尽显礼仪做派；宵节欢欣，宵灯结彩，尤增台戏悠扬。

（范文义　撰）

第五十四回　史太君破陈腐旧套　王熙凤效戏彩斑衣

词【最高楼】曰：

银辉泻，钟鼎列猩毡，筝瑟正喧喧。笑谈妙诘陈规陋，摇唇巧逗太君欢。万花开，庄蝶舞，月婵娟。

暂且向、戏边停鼓乐，且莫向、酒边停进酚。愁夜短，感杯宽。传花主意凭谁会，怜香情愫是天缘。倚朱楼，酣鹿梦，暗生寒。

（布凤华　撰）

图 1-107　史太君破陈腐旧套

图 1-108　王熙凤效戏彩斑衣

【品评】元宵夜,荣国府宴会仍在进行。钟鼎馔玉,锣鼓筝琶,灯火灿烂,笑声阵阵,好不热闹。元宵端上来,贾母令将戏暂歇,欲听评书。《凤求鸾》一篇,女先生才一开口,便受到贾母批判。凤姐戏将老太太的一番话命名《掰谎记》,逗得老太太十分高兴。三更过后,宴席从大花厅转至贾母暖阁,男客散去,众女人陪老太太继续吃酒听戏。凤姐提议击鼓传花说笑话,老太太兴趣正浓,先讲了个戏弄凤姐的笑话。接着凤姐讲了两个冷笑话,惹得众人失声大笑。不料两个笑话中都带有"散了"二字。这岂不是一句谶语,预示着贾家后来树倒猢狲散的结局。

（布凤华　撰）

【加评】此回是贾府上下最热闹喜庆、富有人情味的一场戏,彰显了贾母的尊荣,凤姐的能干,尤其将凤姐把握分寸、控制气场、讨好献媚的能力描写得淋漓尽致,颇有独领贾府风骚、舍我其谁的气概。唯两个"散了"之笑话暗煞风景,却又是寓意深长之笔。

（范文义　撰）

第五十五回　辱亲女愚妾争闲气　欺幼主刁奴蓄险心

词【千秋岁】曰：

闺中抱负，风雨三千路。嫡庶论，几番苦。执权行大义，愚母偏生阻。嘈聒止，切肤情怯谁人悟？

蓄险刁奴聚，巾帼冲冠怒。语凌厉，先寻主。冰心图伟业，玉魄忠诚付。逢末世，清才壮志皆尘土！

（王志霞　撰）

图 1-109　辱亲女愚妾争闲气

图1-110 欺幼主刁奴蓄险心

【品评】本回是全书转折点,此后的贾府走上了无可挽救的衰败之路。凤姐病倒,府中群龙无首,便请出了"探春理家"。探春遇到的第一个难题竟是生母造成的。赵姨娘的弟弟死了,李纨想依袭人母丧例赏四十两,探春却坚持按旧例赏二十两。赵姨娘便闹上门来,怒斥探春:"如今没有长翎毛儿就忘了根本,只'捡高枝儿飞'去了。"探春没听完,就气得哭了起来。这时凤姐派平儿前来说情,也被探春拒绝。这时的探春,正想找个人立威,平儿当然是最好的人选。因为她是凤姐的秘书,素来人缘好,人们也因怕凤姐而奉承平儿。探春"冲"了平儿几句,平儿察言观色,一切听探春指挥。众人看到平儿臣服,不敢再造次。凤姐听罢平儿的转述,立即说:"好,好,好!好个三姑娘!我说不错。""他虽是姑娘家,心里却事事明白,不过是言语谨慎,他又比我知书识字,更利害一层了。"极力给探春撑腰。

(王志霞　撰)

第五十六回　敏探春兴利除宿弊　贤宝钗小惠全大体

词【水调歌头】曰：

脂粉有才俊，根柢志高悬。工诗吟赋，聪慧机敏敢为先。曲处深除宿弊，兴利节流精简，温厚策群贤。沥胆始忧患，澄澈自天然。

施小惠，全大体，暗周旋。开明挈领，高华卓荦起狂澜。但使须眉观止，泪洒春衫扼腕，壮士奈何天？真假玉连属，尽在有无间。

（王志霞　撰）

图1-111　敏探春兴利除宿弊

图 1-112　贤宝钗小惠全大体

【品评】探春邀平儿、宝钗、李纨同商改革之事。探春于千头万绪中发现一处弊端：姑娘们每月都有例钱，但头油脂粉钱还要府里出钱采购，而采购者往往偷工减料，拖拖拉拉，遂削减此项开支，规范买办之事。之后，又借鉴赖大家管理花园的先进经验，一改凤姐过去计划经济体制，采用"包产到户"的管理办法，把大观园里的花花草草、荷塘、竹林等分配给各个能干的媳妇，让她们多劳多得，每年只要贡献一点给贾府即可。这种做法既调动了大家的积极性，又节省了四五百两银子。宝钗还免征了承包者的附加税，并且对那些投标失败的人，也给了救济标准。这样一来，不但增加了收入，探春等人也不用再辛苦视察各处，可谓一举两得。

（王志霞　撰）

【加评】这真是：名媛家事理，纲举目张罗。绿水青山伴，人欢鸟啭歌。

（范文义　撰）

第五十七回　慧紫鹃情辞试莽玉　慈姨妈爱语慰痴颦

词【烛影摇红】曰：

春暖罗衾，竹轩默处风声浅。情辞忱悃试痴缠，劳燕双心乱。缚缕丝难破茧，任踯躅、枯形泪眼。暗抛红豆，并蒂求盟，幽怀缱绻。

软语承欢，噬脐勿悔贻天愿。慈言无据误佳期，鸾凤终为盼。唯剩黄粱梦远。只徒劳、柔肠百转。怅怜孤客，细数闲愁，空留嗟叹！

（王志霞　撰）

图 1-113　慧紫鹃情辞试莽玉

图 1-114 慈姨妈爱语慰痴颦

【品评】贾宝玉因为黛玉一时冷淡,坐在山石上发呆。正巧雪雁路过,把这情形告诉了紫鹃。紫鹃忙去安慰,编了一套谎言说黛玉要回苏州,宝玉听了,便如头顶上响了一个炸雷一般,变得"更加痴呆"。贾府上下因此忙作一团。紫鹃之试探,试出了宝玉真情。他深情地说:"活着,咱们一处活着;不活着,咱们一处化灰,化烟。如何?"紫鹃悄悄把宝玉的话告诉黛玉,黛玉伤感万分。后来薛姨妈和宝钗不约而同地来看黛玉,从邢岫烟的亲事说到宝玉与黛玉的婚事,薛姨妈显露出慈母的关怀,说:"不如把你林妹妹定给他,岂不四角俱全?"紫鹃顺势将了薛姨妈一军:"姨太太既有这主意,为什么不和老太太说去?"快言快语,直奔主题。不知薛姨妈是何等尴尬!

(王志霞 撰)

【加评】痴鹃是赤忠,善意谎言生大乱;慈姨徒伪善,慌骗潇湘饰暗心。

(范文义 撰)

第五十八回　杏子阴假凤泣虚凰　茜纱窗真情揆痴理

词【鹊桥仙】曰：

怡红心碎，潇湘竹瘦，只把相思愁怨。才言花落杏儿青，有道是，红颜易倦。
芳官解惑，藕官伤恋，假凤虚凰命断。茜纱窗下论呆痴，梦如水，一声长叹。

（李宝贵　撰）

图 1-115　杏子阴假凤泣虚凰

图 1–116　茜纱窗真情揆痴理

【品评】宝玉仰望杏子，想到病了才没几天，就错过了一树杏花开，现已"绿叶成荫子满枝"了。邢岫烟再过几年便也"绿叶成荫子满枝"了。见藕官在山石背后烧纸，婆子要拉她见奶奶，宝玉为之遮掩。

芳官与其干妈吵闹，宝玉为芳官辩护。待人都走后，宝玉问起芳官有关藕官烧纸的事。芳官便将藕官因与药官同演夫妻，温柔体贴，形影不离，药官死后，藕官痴心不忘，便烧纸祭奠之由说出。宝玉听后，不免痴想：这虽是假凤虚凰之事，却是真情所在。

（李宝贵　撰）

【加评】假凤泣虚凰，藕官悼药官，同性真情犹感慨；痴心揆痴理，公子叹人生，未知挚爱可随缘？

（范文义　撰）

第五十九回　柳叶渚边嗔莺叱燕　绛芸轩里召将飞符

词【蝶恋花】曰：

莫道清宵春睡短。柳叶风摇，欲把珠帘卷。叱燕嗔莺皆是怨，园中琐事谁人管？
扰闹怡红多妒羡。隐患倪端，各自真形现。慈厚仁心存善念，得饶人处天应见。

（李宝贵　撰）

图 1-117　柳叶渚边嗔莺叱燕

图1-118 绛芸轩里召将飞符

【品评】莺儿奉宝钗之命去黛玉那里取蔷薇硝,蕊官同去。路过柳叶渚,因见柳叶才吐浅碧,丝若垂金,莺儿便要编花篮。遂采了许多嫩条,边走边编。并随路采花,编出一个玲珑过梁的篮子送给黛玉。只见翠叶鲜花互映,别致有趣。黛玉喜欢,夸奖了莺儿。此为本回最美的风景,给大观园增添了生动可爱的亮色。莺儿也是两府小姐、丫鬟中唯一会手工编织的人。

春燕的妈和姑妈,见折了很多柳枝,采了很多鲜花,心中生气,又不敢惹莺儿,只好拿春燕出气,追打春燕,给莺儿颜色看。春燕跑回怡红院,她妈追打不放,袭人劝不住,麝月、宝玉也拦不住。最后经请示平儿,要打她四十板子并撵出去。那婆子听说后才吓得泪流满面,反过来求情,真是自讨没趣。

袭人见婆子央求当即心软,平儿也说"得饶人处且饶人",两人慈厚存心。晴雯偏说"打发出去",徒然结怨。

(李宝贵 撰)

第六十回　茉莉粉替去蔷薇硝　玫瑰露引出茯苓霜

词【鹧鸪天】曰：

何事姨娘故技施？只因茉莉替蔷薇。蛮浑打闹失身份，愚妄胡言惹是非。
珠泪落，泣声悲，无端受辱乱芳菲。丫鬟婆子偷声笑，怎料偏生冤案随？

（李宝贵　撰）

图 1-119　茉莉粉替去蔷薇硝

图 1-120　玫瑰露引出茯苓霜

【品评】赵姨娘出身卑微，缺少教养，自私自利又不自尊自爱，贾府上下都不待见。她发现芳官用茉莉粉当作蔷薇硝敷衍贾环，心中恼怒，更有夏婆子等人挑拨，便风风火火来到怡红院，将茉莉粉摔到芳官脸上，先骂后打。芳官也不示弱与她顶撞，更有藕官、蕊官、葵官、豆官闻讯赶到，先是豆官一头险些将赵姨娘撞倒，几人手撕头撞，前后两人用头顶住身体，左右两人拽住胳膊，令赵姨娘只有招架之功，没有还手之力，只有乱骂，真是丑态百出。芳官则躺在地上哭得死去活来。晴雯假意拉架，实在看热闹。只有袭人真拉架，却拉不住。还是探春来了才把赵姨娘劝走。

（李宝贵　撰）

【加评】本回好戏就是五伶官群斗赵姨娘。这些女孩子不在台上演戏了，却在台下演了这么一场不大不小的戏。自己演得过瘾，旁人看得热闹。其实，也是忘乎所以，忘了自己身份，为后来挨个被驱逐留下伏线。

（范文义　撰）

第六十一回　投鼠忌器宝玉瞒赃　判冤决狱平儿行权

诗云：

女人国里事偏多，里短家长总失和。
鸡蛋未蒸狂烈女，茯苓私送起干戈。
一宵泪眼奴儿怨，半句浮言主子讹。
莫问红楼冤与孽，释迷厘雾漫消磨。

（陈斯高　撰）

图1-121　投鼠忌器宝玉瞒赃

图1-122 判冤决狱平儿行权

【品评】以讹化舛，堪称良策；僵李代桃，非为权谋。

本回写了一件冤案的形成和结局。第六十回说柳氏的嫂子给柳氏一瓶茯苓霜，五儿便包了一些，连夜送给芳官，回来时碰见了林之孝家的，把五儿盘问了一通，疑心她是贼，因为王夫人这边丢了玫瑰露和茯苓霜。司棋要蒸蛋，柳氏不给她做，她大闹食堂，叫小丫头乱翻乱摸，发现了厨房里玫瑰露瓶子。林之孝家的便断定是五儿偷了，将她关了起来。而实际上，王夫人的玫瑰露和茯苓霜是赵姨娘唆使彩云偷的，五儿是冤枉的。如何处理？凤姐吩咐："将他娘打四十板子，撵出去，永不许进二门。把五儿打四十板子，立刻交给庄子上，或卖或配人。"平儿经调查后知道是彩云所偷，本欲坐实，又怕这事会伤害探春，所谓投鼠忌器是也。于是，就和宝玉商量。宝玉自揽责任。一件冤案，就此了结。一回故事，风生水起；各色人等，尽献演技。人性优劣，尽在眼前。

（陈斯高　撰）

第六十二回 憨湘云醉眠芍药裀 呆香菱情解石榴裙

诗云：

裀铺瑶翠榻，倩倩女儿身。眉笑娇还丽，腮红率亦真。
呢喃吟斗酒，懵懂宴生辰。风月盈盈漾，眠花醉美人。

女儿风月饶，斗草起浮嚣。柳舞柔枝绿，花藏嫩蕊娇。
泥裙羞暗解，菱蕙寄孤寥。相惜相知意，曹公着力描。

（陈斯高　撰）

图1-123　憨湘云醉眠芍药裀

图 1-124　呆香菱情解石榴裙

【品评】芍药圃眠花，千般风月；石榴裙种爱，一片真情。

宝玉生辰，亦是宝琴、平儿、岫烟等人生日，大家凑份子吃酒庆贺。厅堂里开席行令，划拳斗酒，风月无限。湘云呼三吆四，吃肉喝酒。席散了，却"卧于山石僻处一个石凳子上"。醉眠芍药裀，满头满脸红香散乱，憨态可爱，为这清寂园子平添了几分生气，几分亮色。

香菱与姐妹玩斗草，弄污石榴裙。宝玉过来见了，就让袭人拿来自己的裙子给香菱，香菱在宝玉面前，解裙换裙。香菱少年被拐，受尽苦难，后又嫁给薛蟠。爱是何物？她从来体会不深，所谓"呆香菱"是谓也。宝玉同情其不幸，关心她，呵护她，香菱感动，才"情解石榴裙"。一个"情"字，让读者联想出多少内容啊！

（陈斯高　撰）

【加评】两个故事两个特点。前者是暴露在阳光下的亮景，那么鲜艳，那么夺目。后者是香玉二人偶发的暗递情愫，是一种心心交流的情谊之美。皆可赞之。

（范文义　撰）

第六十三回　寿怡红群芳开夜宴　死金丹独艳理亲丧

词【水调歌头】曰：

欢饮怡红院，复又庆芳辰。大观园里风月，潇洒以时新。酒令瑶池红杏，曲唱夭桃碧径，都是雅娴人。席上玉壶满，门外月如银。

世畸零，心近远，别疏亲。翠庵寂露，能伴禅悦释纷纭。情在相知同味，爱便灵心融气，内外共芳芬。一院风流事，牵我叹嗟频。

（陈斯高　撰）

图 1-125　寿怡红群芳开夜宴

图 1-126 死金丹独艳理亲丧

【品评】怡红院中,群芳祈寿考;栊翠庵外,灵帖动尘心。

宝玉寿诞之夜,丫头请来姑娘们宴聚,继续为宝玉庆生。怡红院内,筛酒划拳,卸妆宽衣。芳官穿夹袄,束汗巾,散裤腿,面如满月,眼如秋水,和宝玉宛如兄弟两个。既写芳官之俏丽,也写宝玉之亲和,为下面芳官唱曲做好铺垫。至于醉酒后的芳官和宝玉如兄弟宿在一起,更是神来之笔。众人行酒令一节,无论是宝钗的"冠艳群芳",探春的"瑶池仙品",还是黛玉的"风露清愁",都恰如其分地预示了各自的秉性和命运。

宴散,宝玉偶然发现一张粉笺子,写着"槛外人妙玉恭肃遥叩芳辰",直跳了起来,忙问谁接的帖子。一个"跳"字,一个"忙"字,写出了送帖人在宝玉心中的位置。岫烟对"因不合时宜,权势不容,竟投到这里来"的妙玉的描述,令人肃然起敬。一个槛外,一个槛内,这种心灵牵挂只可意会,不可言传,正所谓"心有灵犀一点通"。

(陈斯高 撰)

第六十四回　幽淑女悲题五美吟　浪荡子情遗九龙佩

诗云：

泪眸相对诉同心，新意翻成五美吟。
多少幽寥凝碧赋，一腔贞静写微忱。
桑间人喜九龙佩，大宅院鲜鸾鹤襟。
一幅坊间风俗画，轻描漫写水云深。

（陈斯高　撰）

图 1-127　幽淑女悲题五美吟

图1-128 浪荡子情遗九龙佩

【品评】赋写孤寥,五美吟悲幽淑女;心存淫逸,九龙佩惹浪情人。

上半回写在宁府守孝的宝玉,至晚人散后去看黛玉,在砚下看到了几页诗稿,便读了起来。刚进门的宝钗问看什么,黛玉道:"我曾见古史中有才色的女子,终身遭际,令人可欣、可羡、可悲、可叹者甚多,今日饭后无事,因欲择出数人,胡乱凑几首诗,以寄感慨。"黛玉写了西施、虞姬、绿珠等,"红颜命薄古今同",借机表达她对自由幸福生活理想的大胆追求。宝玉看了,赞不绝口,又说道:"妹妹这诗,恰好只作了五首,何不就命曰'五美吟'?"于是不容分说,便提笔写在后面。一个写诗,一个命题,心与心的相扣,情与情的契合在这里昭然在目。

下半回写浪荡子贾琏情遗九龙佩,偷娶尤二姐的前后过程,真实自然。实际上,尤二姐与黛玉就"薄命"而言并无二致。不同的是,一则淫逸,一则贞静,都写得恰如其分,足见曹公写人写情的独到之处。

(陈斯高 撰)

第六十五回 贾二舍偷娶尤二姨 尤三姐思嫁柳二郎

诗云：

牛黄狗宝任讥嘲，敢把尊卑随意抛。
闹酒横眉惊楞眼，思婚重爱念归巢。
一痕雪脯风流浸，几处金声碧玉敲。
读罢尤三贞与烈，却听窗外竹枝呶。

（陈斯高　撰）

图 1-129　贾二舍偷娶尤二姨

图1-130　尤三姐思嫁柳二郎

【品评】撒欢泼骂，三更闹酒；破石惊天，一缕香魂。

贾琏偷娶了尤二姐，在外面置办了房子，过起了小日子，尤二姐便"已称了心"。尤三姐却清醒与自持，她对贾珍、贾琏兄弟充满了鄙夷、嫌恶和愤恨。她要报复：肆意挑银要金，拣珠取宝，吃鹅宰鸭，铰绫碎缎，大闹酒席。她指着贾琏冷笑道："你们哥儿俩，拿着我们姊妹两个权当粉头来取乐儿，你们就打错了算盘了！""倘若有一点叫人过不去，我有本事先把你两个的牛黄狗宝掏出来。"嘲笑取乐，痛快淋漓！这段文字，是书中最出色的篇章之一。尤三姐为了自己的尊严和骨气，将贾家的纨绔爷们儿玩弄于股掌之上。这是何等大快人心！她的心底，藏着自己的真爱，那是可以让她舍弃生命的爱啊！同时，回末还通过尤二姐和兴儿的对话，写了"明是一盆火，暗是一把刀"的王熙凤的阴险刁刻。这也为软弱的任凭摆布的尤二姐的命运埋下了伏笔。

（陈斯高　撰）

第六十六回　情小妹耻情归地府　冷二郎一冷入空门

诗云：

漫说痴情亦耻情，看官谁为辩芳名？
幽怀洁似寒林月，秉性刚如昆岳琼。
一剑惊魂鸳独去，几回并蒂玉双成？
三千烦恼丝除尽，莫问柳郎何处行！

（布凤华　撰）

图 1-131　情小妹耻情归地府

图1-132 冷二郎一冷入空门

【品评】尤三姐相中五年前有一面之缘的柳湘莲,非其不嫁,并折玉簪为誓:"一句不真,就合这簪子一样!"贾琏出差路上,巧遇湘莲,惊喜之余说了三姐之事,湘莲感念三姐五年情谊,就答应下来,并以祖传鸳鸯剑作为信物。贾琏回来将鸳鸯剑交予三姐。三姐喜出望外,连忙挂在床头,每日望着剑,自笑终身有靠。谁知柳得知尤三姐是贾珍小姨子后,决计要回鸳鸯剑退婚。三姐更绝,在还回鸳鸯剑时,一剑抹了脖子。鲜血惊醒了湘莲,泣道:"我并不知是这等刚烈人!真真可敬!"抚棺大哭一场告辞而去。在破庙里梦见三姐向他泣别,梦觉,遂断然斩发,随那道士不知去向。

(布凤华 撰)

【加评】柳尤性何急:疑对方不洁而退婚;闻对方退婚而抹脖。冷柳君,何不做点调研再判别?烈尤三,何不驳辩对方再决断?既心存高洁,何不多绽放一段灿烂,多溢放一段芳馨?特别是尤三,尔一死痛快,谁来救你懦弱二姐?

(范文义 撰)

第六十七回 见土仪颦卿思故里 闻秘事凤姐讯家童

词【青玉案】曰:

情丝一断由人度。最冷漠,王侯府。满面春风身后妒。有缘相识,无能相护,纵使身为主。

家山梦里应如故,见物思乡泪如雨。此念盈心挥不去。大观园内,潇湘馆处,日日添愁绪。

(师晓安 撰)

图1-133 见土仪颦卿思故里

图1-134 闻秘事凤姐讯家童

【品评】尤三姐自刎,柳湘莲出家,爱情的小船倾覆了。宝玉去探视黛玉,哄她开心,心下那份牵挂是显露无遗的,这俩人的爱在这侯门深院里继续蔓延着。再看薛姨妈尚且对尤三姐、柳湘莲之事心生惋惜。然而,宝钗只认为是与己无关的琐事而已,抵不过哥哥带回来的那些礼物要四处用心地分发,为自己的未来铺路。再一笔写到袭人,也是周全的好人,对老妈子的训教,对凤姐的关心,于己前途无关之事也视而不见。凤姐是在位的掌权者,对于死去的、出家的她不关心,她所上心的是尤二姐,这个活着的威胁。她审兴儿的整个过程,将读者带入了古时的公堂之上,从对下人们的描述看来,这显然已经不是第一次了。看得出凤姐是有着说到做到的狠辣手段的。这正是:芙蓉帐暖不知愁,读者担心枉自忧。凤姐帷中施手段,下回走马闹红楼。

（师晓安　撰）

第六十八回　苦尤娘赚入大观园　酸凤姐大闹宁国府

诗云：

妆银裹素换征袍，抹蜜唇边掩腹刀。
可叹尤娘资历浅，难禁凤姐计谋高。
诳于俎板成鱼肉，纳入金闺似铁牢。
妒妇毒心欺弱女，魂归幻境亦煎熬。

（师晓安　撰）

图1-135　苦尤娘赚入大观园

图1-136 酸凤姐大闹宁国府

【品评】当年吕后修理戚夫人,手段残忍;王熙凤之于尤二姐,远胜吕后。凤姐出场身上月白缎袄,青缎披风,白绫素裙,眉弯柳叶,高吊两梢,目横丹凤,神凝三角,杀气腾腾。面对尤二姐却是和颜悦色,无比亲热,一派贤良温婉,对贾琏纳妾表现出一副高兴还来不及的面孔,哄得实心眼的尤二姐认其为知己,随她进了大观园。凤姐还放下话,国孝、家孝期间,纳妾这事不可声张,先堵死了尤二姐的去路,然后换上心腹服侍尤二姐。这样关鸟入笼,就完全控制了局面。又背后唆使张华去状告宁国府,自己跟着登场。贾珍惹不起跑掉了,她又对着尤氏撒泼;侄子贾蓉不得不自打嘴巴。他们答应后面的一切事情都由凤姐安排。二姐头油没了,让丫鬟去要,反倒被丫鬟教训了一番,残羹冷炙的待遇也就顺理成章。当面,凤姐依旧是一副闺蜜的样子,亲亲热热,嘘寒问暖。

(师晓安 撰)

【加评】此种软刀子杀人手段,让人遭受凌迟还不能吭声,你说酷也不酷?

(范文义 撰)

第六十九回　弄小巧用借剑杀人　觉大限吞生金自逝

词【江城梅花引】曰：

床前安榻岂容侵？局深深。水深深。巧使张华，泥淖陷娇身。更借秋桐风雨剑，哪堪顾？五更寒、奈薄衾。

薄衾。薄衾。冷却心。姊不寻。妹不寻。错也错也，错上错、弱抵严森。误入鸿门，梦断一枚金。花谢水流红逝远，香魄散，万般情、泪雨淋。

（李鸿国　撰）

图 1-137　弄小巧用借剑杀人

图1-138 觉大限吞生金自逝

【品评】令人不忍卒读的文字。一朵艳丽无比娇翠欲滴的鲜花,被一点一点揉碎。而必欲置其于死地而后快的,竟然是另一个貌美如花的女人,一个阴、毒、辣、损、狠俱全的凤姐。当你随着曹公之笔一步步、一层层地揭示刽子手真面目时,不觉感到毛骨悚然,阴森发凉。清代大评点家姚燮说:"二姐堕胎,为凤姐生平第一罪。"

在这场力量悬殊的较量中,胜者不言自明。凤辣子布局如织网,张华,秋桐,甚至庸医,都是她手中的棋子。尤二姐除了有个错爱的纨绔子弟贾琏,还被凤姐支使得远远的;而至亲妹妹的利剑又只是梦中虚影。一个怀揣梦想的丽人,不死何待?杀人者,谁也?是凤姐,也是贾琏,更是封建礼教和专制制度。

(李鸿国 撰)

【加评】尤二姐被人引诱时明知对方家中有泼妇,还要去当"第三者",去跳火坑,是否也有贪恋荣华的因素呢?

(范文义 撰)

第七十回　林黛玉重建桃花社　史湘云偶填柳絮词

词【江城梅花引】曰：

潇湘凄恻绾桃花。枉嗟呀。更嗟呀。杜宇催春，弹泪望天涯。憔悴帘栊娇缱绻，瘦妆懒，燕楼空、谁惜华！

惜华。惜华。柳垂芽。雪卷遐，风卷遐。絮也絮也，絮片片、直上云霞。香雾芳尘，缕缕诉情佳。蝶恋花时如梦令，千阕韵，竞芳菲，漱玉家。

（李鸿国　撰）

图1-139　林黛玉重建桃花社

图1-140 史湘云偶填柳絮词

【品评】这是一回大观园女儿国尽展诗词芳菲的精彩篇章。由黛玉的古风《桃花行》起,将海棠社更名为桃花社,寓意春发兴盛。钗册名媛悉数挥毫题诗填词,遣兴抒怀,好一个快意春光。

然而暮春时分,难免伤逝,才又引发出柳絮填词的绝妙场。湘云的《如梦令》,是为引子。桃花社在黛玉主持提议下,选取几个小令,才女拈阄,焚香计时,以决胜负。宝钗便拈得《临江仙》,宝琴拈得《西江月》,探春拈得《南柯子》,黛玉拈得《唐多令》,宝玉拈得《蝶恋花》。几阕风格迥异的填词,或伤春悯怀,或寄情明志,或情景交融,均寄托了曹公对各位才华的赞美和对其命运的深深关切。尤以宝钗的《临江仙》和黛玉的《唐多令》为最。几首小令不只是构思精巧别致、凝练入味、独领风骚,更是两个红颜薄命的暗示谶语。回末,还借绳断筝落,喻示了这些少男少女们的命运。

(李鸿国 撰)

第七十一回　嫌隙人有心生嫌隙　鸳鸯女无意遇鸳鸯

词【风入松】曰：

八旬寿诞享尊荣，簪笏临庭。人生如愿承佳景，只匆匆、嫌隙频生。冰火炎凉时短，聒噪四起营营。

鸳鸯无意遇幽盟，表记心声。风刀霜剑常相佐，叹今岁、何慰浮萍？盛席华筵终散，悲欢草草堪惊！

（王志霞　撰）

图 1-141　嫌隙人有心生嫌隙

图1—142 鸳鸯女无意遇鸳鸯

【品评】此回主写三事：

一是庆祝贾母八十大寿。详写宴请皇亲国戚和贾家的合族家宴。南安太妃要见大观园中的众姐妹，贾母却只把自己看重的史、薛、林以及三姑娘带来见客，没有叫迎春和惜春，这引起了邢夫人的强烈不满。

二是尤氏发现大观园中正门与各处角门仍未关闭，深夜门上彩灯亮着，便派人传管事婆子关门灭灯，却引发贾府的一场轩然大波。邢夫人全然不顾儿媳凤姐的脸面，当众给两个犯事的婆子说情，故意让凤姐难堪。

三是鸳鸯来大观园办事出园时，无意撞上了迎春的丫头司棋和其表弟潘又安偷情。善良的鸳鸯承诺不告诉任何人。这事虽没经鸳鸯之口传扬出去，但两人的关系却在后来抄检大观园时暴露出来，导致了一场悲剧的发生。

由此揭示贾府"金玉其外，败絮其中"。其主子之间、嫡庶之间、主仆之间、仆人之间，矛盾重重，钩心斗角，危机四伏。

（王志霞　撰）

第七十二回　王熙凤恃强羞说病　来旺妇倚势霸成亲

词【渔家傲】曰：

未见芳容闻笑语，玲珑八面威风举。休说病身犹自苦，还如故，稳居宝座谋丰羽。
但惜彩霞愁几许，旺儿浪子强迎娶。豆蔻年华徒有误，凭谁诉？奈何仗势攀其主！

（陈瑞林　撰）

图 1-143　王熙凤恃强羞说病

图 1-144　来旺妇倚势霸成亲

【品评】鸳鸯安抚了司棋，也了却了她的心病。顺路来问候凤姐，凤姐正歇中觉，鸳鸯被平儿迎到东房，向她细述凤姐怠懒已有月余，近日又忙乱些，更添了病，竟逞强不请大夫吃药，每天还是查三访四的，对贾母格外殷勤周到。无非是借此揽权，窃积财富，连全府上下个人的例银，也要先放出去滚利再发，无孔不入中饱私囊。也正是因她的极度贪婪，加速了贾府的败落。为节省开支，把一部分丫头打发出去了，包括太太屋里的彩霞。

因旺儿是替凤姐在外面管账的，他们夫妇相中了彩霞，顺势求凤姐说媒，凤姐虽听言旺儿之子酗酒赌博，无所不为。但为一己之私，竟把彩霞推入火坑。林之孝叹曰："虽说都是奴才，到底是一辈子的事。彩霞这孩子……越发出挑的好了，何苦来白糟蹋一个人呢？"虽然赵姨娘素日深与彩霞好，卑微的身份终无济于事。

（陈瑞林　撰）

【加评】贪犯独裁，任性充盈私库；彩霞何罪？丧心推入火坑。

（范文义　撰）

第七十三回　痴丫头误拾绣春囊　懦小姐不问累金凤

词【鹧鸪天】曰：

生性愚痴可足奇，春囊误拾又何知？湍流暗涌层层浪，乱茧难分寸寸丝。

懦小姐，蹙蛾眉，任凭乳母竟非为。宁人息事唯心愿，终未周全独自悲。

（陈瑞林　撰）

图 1-145　痴丫头误拾绣春囊

图 1-146　懦小姐不问累金凤

【品评】宝玉为防明日父亲问话，夜习功课，竟焦躁难安。正此时，秋纹等跑进来喊道，有人跳墙了。晴雯借势生计，让宝玉称病，扬言受惊吓了，果然惊动了贾母。林之孝家的等见贾母动怒，忙去盘查，聚赌者二十多人，跪在院内求饶。因聚赌者有迎春乳母，物伤其类，众姐妹向贾母讨情未允。贾母歇晌，众人皆不敢回家。邢夫人在园中行走，迎头撞见傻大姐，手里拿着个花红柳绿的东西，邢夫人忙追问，傻丫头递过来说是从山石后面捡的。便知她不识此物，立即警告她今后再不许提及此物，否则会被打死。

迎春生性柔弱，听任乳母放纵。探春看不过，定要讨个说法。而迎春却有自己的信奉："'太上'说的好，救人急难，最是阴鸷事。我虽不能救人，何苦来白白去和人结怨结仇？"迎春确是不与世争，连其乳母偷当了她的累金凤去还赌债也且忍耐，以致最终为封建家庭殉葬。可悲可叹矣！

（陈瑞林　撰）

第七十四回　惑奸谗抄检大观园　避嫌隙杜绝宁国府

词【唐多令】曰：

一石浪千重，观园夜不宁。惑奸谗、仗势横行。岂让须眉闺阁秀，红颜怒、理纷争。
心冷杏眸睁，面沉不许情。皂白分、玉洁冰清。参悟人生怜少女，宁国府、绝门庭。

（陈瑞林　撰）

图 1-147　惑奸谗抄检大观园

图1-148 避嫌隙杜绝宁国府

【品评】王夫人拿着十锦春意香袋,到凤姐处问责,觉得凤姐跪诉有理,决定让周瑞家的等在园中暗查。此刻王善保家的也来了,借机为报私怨竭尽谄媚之能事。晴雯因此遭到王夫人的训责和辱骂。王夫人觉得此等"病西施""轻狂样"留在宝玉身边终究是祸患。王夫人听信了王善保家的,命其夜查大观园。这位家奴乘机抖威风,却连遭三次"当头棒击":先到怡红院,被晴雯当面倒箱子"打脸";紧接着在探春院内触犯小姐被搧了耳光;又因其外孙女司棋和表弟的风流韵事,令她无地自容。此乃曹公的辛辣之笔。再说惜春的丫头入画,私藏了贾珍赠其兄的银锞子,惜春必欲辞掉。尤氏相劝,惜春心冷嘴冷不许情。可叹惜春虽年幼却参悟了人生,洁身自好,从此与宁国府断绝往来,以致后来遁入空门。

(陈瑞林 撰)

第七十五回　开夜宴异兆发悲音　赏中秋新词得佳谶

词【风入松】曰：

银河微隐月姗姗，家宴正同欢。猜拳行令频传酒，歌喉婉、箫曲缠绵。孰料忽闻悲叹，三更但觉森然。

彩灯秉烛袅香烟，此夜共婵娟。传花击鼓添风趣，两公子、即呈诗篇。幸得中秋嘉赏，妄言世袭朝班。

（陈瑞林　撰）

图 1-149　开夜宴异兆发悲音

图 1-150　赏中秋新词得佳谶

【品评】贾珍因居丧不得游玩，无聊至极，为解闷日以习射为由，请了富贵亲友来较射。命贾蓉做局家，尽游侠纨绔，轮流做晚饭之主，吃喝玩乐。后日渐赌胜于射，公然斗叶掷骰，放头开局，外人皆不知。真个金玉其外，败絮其中。宁府不能过中秋，但十四可应景。于是宰猪羊，备蔬果，摆酒席，贾珍带领妻妾在会芳园丛绿堂中，开怀作乐，猜拳行令。酒酣，吹箫唱曲，不禁心动神移。将至三更，忽闻墙下有人长叹之声，顿觉毛发悚然，寒气森森。

次日晚饭后，贾珍夫妇过荣府陪贾母上香。嘉荫堂月台上，焚香秉烛，月明灯彩，品艳氤氲。拜毕，众人随贾母逶迤于凸碧山庄赏月。大家围坐，贾母命击鼓传花，到宝玉鼓止，贾政命限"秋"字即景赋诗一首。诗成呈于其父。贾政令小厮取两把海南扇子赏给宝玉。又行令，花落于环哥手中，也立就一绝。贾赦连声赞好，道："有气骨，竟不失咱侯门气概。"

（陈瑞林　撰）

【加评】习射赌钱，半夜忽闻悲叹；吟秋赏月，两诗皆获奖封。

（范文义　撰）

第七十六回　凸碧堂品笛感凄清　凹晶馆联诗悲寂寞

词【风入松】曰：

中秋月朗喜团圆，欢聚酒樽宽。桂香绿荫传天籁，笛声起、凄婉悠然。品茗清宵安坐，赏心顿觉舒闲。

小蟾投影碧波间，风拂叠微澜。黛湘赏月萌诗意，廿二韵、妙句连绵。鹤影诗魂嘉对，天成自是哀怜。

（陈瑞林　撰）

图 1-151　凸碧堂品笛感凄清

图 1-152　凹晶馆联诗悲寂寞

【品评】中秋节，贾府内合家团圆。虽李纨、凤姐二人因病缺席稍有遗憾，贾母还是颇有兴致，于凸碧堂命大杯吃酒，围坐赏月。月至中天，格外晴朗，因道："如此好月，不可不闻笛。"便令女伶于桂荫下徐徐吹来。阵阵悠扬之声，趁着明月清风，令人烦心顿释，肃然安坐，默然相赏，各有所思。

此时黛湘二人于凹晶馆清波处赏月。天上月，池中影，上下争辉，如置身于晶宫鲛室之内。于是诗兴大发，拈得十三元韵，二人妙语连绵。当接吟到"寒塘渡鹤影，冷月葬诗魂"时，湘云拍手赞道："非此不能对。好个'葬诗魂'！"但又叹道："诗固新奇，只是太颓丧了些！"这正是作者的绝妙之处，借黛湘之口，已预示各自悲惨命运。

（陈瑞林　撰）

【加评】曹公造就了凸碧堂、凹晶馆，也就造就了作乐吟诗的佳境。凸堂人多而笛声悠扬，凹馆人少而双姝对吟，此种对称画面怎不令人感慨万端！

（范文义　撰）

第七十七回　俏丫鬟抱屈夭风流　美优伶斩情归水月

诗云：

> 云暗风惊草木凋，大观园内冷萧萧。
> 私情儿女愠王母，满腹晴阴累倩娇。
> 蕊谢芳残皈净地，心高性烈赴寒霄。
> 芙蓉仙子尘缘尽，梦断红楼枉一遭。

（扈建新　撰）

图 1-153　俏丫鬟抱屈夭风流

图 1-154 美优伶斩情归水月

【品评】 王夫人处理完司棋之事后，心中余怒未消。转而思忖："宝玉是贾家的指望，别被那些小狐狸精们带坏了。"于是，带着一干人等来到怡红院。先是把晴雯从病床上揪起来扔出府去。接着，那个戏言"与宝玉同一天生日便是夫妻"的四儿（蕙香）也遭了殃。一转眼，又看见有些许姿色的芳官，问过方知是买来学唱戏的。于是吩咐道，这些唱戏的女孩子一律不许留在园内！可怜这些无辜的孩子们，个个都无端地被撵出了贾府。

晴雯一向拔尖，被踢出贾府，怨闷憋心。宝玉虽怜香惜玉，却无可奈何。偷偷看望仅了却一点心意。芳官并无过错，只因与宝玉长相相似，平日相处如兄弟无拘束，却连累藕官、蕊官等几个伶儿一同被炒了鱿鱼。她们虽年轻，却深知随便嫁人的凶险。遂以死相拼，争得分别到水月庵和地藏庵落发修身的结果。

这才是：霹雳骤降震床头，扫荡鲜葩到秽沟。藕蕊芳兰何过错，空门袴月避风流？

（扈建新　撰）

第七十八回 老学士闲征姽婳词 痴公子杜撰芙蓉诔

词【永遇乐】曰：

姽婳将军，知恩报主，不惜身碎。玉撰长歌，颂嘉钦慕，贞烈忠堪佩。芙蓉仙子，清纯俊逸，无奈却遭言诽。可怜便、心悲腹怨，愤愤逝水长寐。

古今佳丽，天姿国色，其殒惹人垂泪。尘世纷争，谁为刀俎？谁惜红颜悴？干宏枝末，卑尊难择，当问心安心愧。赋诗诔，情思道尽，芳魂得慰。

（扈建新　撰）

图 1-155　老学士闲征姽婳词

图 1-156 痴公子杜撰芙蓉诔

【品评】晴雯死后,贾政与幕友们品茗叙道之时,给大家讲了巾帼英雄"林四娘",又称"姽婳将军",为报主恩,率女将杀敌殉难的故事。道出奉旨褒奖原委,借机让儿孙们作《姽婳词》。在贾兰、贾环吟咏七绝、五律后,宝玉从容不迫,抑扬顿挫,跌宕起伏,吟出一部如《长恨歌》之类歌行体长篇,引得众人大赞一番。

宝玉回园,猛见池上水波潋滟,芙蓉娇艳,遂想起晴雯芙蓉封神之事,即进屋沐洗整衣,端坐执笔,一字一咽,一句一啼,写出一篇洒泪泣血的《芙蓉诔》。细数了与晴雯两小无猜、两情相悦的纯真感情,及晴雯因质贵遭忌、貌美遭妒、率性遭恨的不幸,终被谗言所毁,命丧荒丘。当晚,带着小丫头来在芙蓉花前,祭文挂枝,向晴雯倾诉衷肠。

这便是:诔撰芙蓉诗姽婳,遥思今古两佳人。

(扈建新 撰)

第七十九回　薛文起悔娶河东吼　贾迎春误嫁中山狼

诗云：

结贵攀高今古论，横挑竖选入豪门。
娇如春蕊千金妹，苦遇山狼万恶孙。
去故逐新淫不齿，玉颜蛇腹虐无痕。
两宗婚事一宗理，轻视品行埋祸根。

（扈建新　撰）

图 1-157　薛文起悔娶河东吼

图 1-158　贾迎春误嫁中山狼

【品评】宝玉夜吊晴雯，读罢诔文，被花阴中浅笑的黛玉听到。后发生两事：一是宝玉的二姐迎春匆忙嫁人；二是宝钗的哥哥薛蟠娶妻。

迎春所嫁，名叫孙绍祖，祖上系军官出身，家资饶富，是贾家的世交。本人袭指挥之职，现在兵部候缺擢升。本是门当户对，可贾母和贾政都不满意。只是贾赦一意孤行，别人的话他也不听。

薛蟠所娶之妻，名唤夏金桂。也是一大户人家之女，家资丰厚，单是桂花，就种了几十顷。整个长安城里城外的桂花局，都由她家提供。人也长得出众，颇有姿色，还识文断字。

从表面看这两桩婚事，论门当户对，论个人才貌都相当，似乎很完满。然而均未细查对方人品。只落得后面"迎春遭辱虐，一载赴黄泉"；"薛家从此无宁日，呆霸王悔娶河东狮"。

（扈建新　撰）

第八十回　美香菱屈受贪夫棒　王道士胡诌妒妇方

诗云：

世上难寻疗妒方，天生却有狠心肠。
秋菱不幸逢金桂，残雪何堪沐日光！
后院惊闻狮子吼，前厅恐怕美人伤。
宝钗能把恩仇解，怎奈红楼梦一场！

（师晓安　撰）

图 1-159　美香菱屈受贪夫棒

图 1-160　王道士胡诌妒妇方

【品评】此章开始，作者笔锋一转，以夏金桂暗算香菱大闹薛家之事，引出大厦将倾之态。这金桂言行没有任何底线，将薛姨妈家上下完全没有放在眼里。所谓的书香门第、大户人家，面对河东狮吼，竟然无能为力。更甚者，呆霸王薛蟠也躲了出去。虽有宝钗周全压下来局面，也难改整体颓势。

另着笔述迎春回来哭诉：嫁与孙绍祖，备受凌辱。因为贾赦使了人家五千两银子，就将迎春许了这中山狼去受苦，过后竟然不闻不问。试想，一任清知府，十万雪花银，区区五千两银子于贾家已经如此为难，败象已呈。宝玉不明就里，后来欲去求老太太安排接回迎春。宁荣二府风光之时，一个眉眼过去，十个孙绍祖也早就拿下了；而今让迎春认命，说明真的不比从前了。宝玉去寻医治妒妇之方，依道士所言，百年之后，也自然就都好了。岂非胡扯！

（师晓安　撰）

第八十一回　占旺相四美钓游鱼　奉严词两番入家塾

词【蝶恋花】曰：

欲解愁肠闲信步。物是人非，却向谁人诉？旺相成空天不与，心头只恐佳期误。

久慕七贤轻八股。何以抽身？不必撑门户。未料荣华终有数，一朝梦醒归何处？

（师晓安　撰）

图 1-161　占旺相四美钓游鱼

图1-162　奉严词两番入家塾

【品评】宝玉因迎春遭遇心中烦闷，去黛玉处排遣。在宝玉的认知中，女孩儿都是水做的骨肉，应呵护怜惜。但此去非但没有排遣，倒是引得黛玉跟着一同唏嘘。那黛玉又是个心极重的，所以又会往自己身世上联想。宝玉没能散心，倒是引得黛玉一番愁苦。回到怡红院，翻看闲书，见到放浪形骸处，似乎有所顿悟；但真的置身园中，见景物依旧，物是人非之感油然而生。宝钗搬出去了，迎春远嫁了，晴雯等熟悉的丫鬟们许多也不在了。这里出现的四美，较之从前之聚，不知黯淡了多少。比赛钓鱼，心中占卜也是徒劳无功，预示着心想事不成的结局。

贾政命宝玉再进家塾，从训教，安排老师见面，应酬娓娓道来后，作者却忽然一笔，提到了秦钟，令读者即刻回想起当初闹学堂时候的光景。秦钟——情种也，结局是夭折了。这是暗示之笔，亦是精彩之处。

（师晓安　撰）

第八十二回　老学究讲义警顽心　病潇湘痴魂惊恶梦

词【青玉案】曰：

通灵不屑功名路，来意在，潇湘驻。枉是先生言警句。两情相悦，同舟共渡。莫问归何处！

夜来冷眼痴魂悟，梦断真情呕心苦。不识黄粱余几许？一生清泪，满怀愁绪，且向神瑛付。

（师晓安　撰）

图 1-163　老学究讲义警顽心

图 1-164　病潇湘痴魂惊恶梦

【品评】宝玉二次进家塾学习，本硬着头皮而去，从上学到放学如死而复生。四书五经八股文章在宝玉眼中就是用来诓功名的工具罢了，故而一念私塾，又发起烧来。

贾代儒考举人而名落孙山，仕途无望，方混在贾府里教书，这也是那时读书人最后的归宿。这一点宝玉是知道的，所以在听讲"后生可畏"的中途，怕犯了老师的忌讳，没好直说"老大无成"的下文。这老师赶紧让宝玉讲"吾未见好德如好色者也"，以宝玉的短处回击回来，此处写得有趣。

袭人作为宝玉的贴身丫鬟，王夫人是默许她做妾的。依袭人所思，这个大家族未来女主人不可能是任性多心的黛玉，比较之下，更适合的是宝钗。老太太、王夫人等，包括黛玉都很清楚。宝钗嫁的是贾府，黛玉嫁的是个人。表面的亲热是假，梦里的冷笑是真。是黛玉的梦，直接把这掩盖的事实突然呈现出来。黛玉噩梦后咳血，是这个问题无解而忧思成疾。

（师晓安　撰）

第八十三回　省宫闱贾元妃染恙　闹闺阃薛宝钗吞声

词【蝶恋花】曰：

都是闺中花朵秀，鹦鹉帘前，细数相思豆。药鼎声微人渐瘦，绛珠仙草情依旧。宫阙秋风轻抖擞，绽尽芳华，恩宠将非久。闺阃争风蛇鼠斗，蘅芜含泪多宽厚！

（陶陶　撰）

图 1-165　省宫闱贾元妃染恙

图1-166　闹闺阃薛宝钗吞声

【品评】本回伊始大段文字续写前一回后半段"病潇湘痴魂惊恶梦"内容,而标题所言"元妃染恙""宝钗吞声"之内容却不足一半。是《红楼梦》之续者有意为之,抑或他故?黛玉本就多疑,偏遇一个老婆子在院子里骂自己外孙女儿,她听后竟仿佛是"专骂着自己",病势加重。尽管有探春、湘云相劝,但仍喟叹:"可怜我那里赶得上这日子?只怕不能够了!"

本回中间段,"省宫闱贾元妃染恙"似乎作为插曲出现。贾元春在《红楼梦》中正面出现只有两次,一次是贾元妃省亲大观园时,一次便是本章回的染恙。上一回是繁华,这一回是苍凉,真可谓"繁华终有苍凉时"。

后半段"闹闺阃薛宝钗吞声",通过薛家日常争吵,描述了夏金桂、宝蟾这一对主仆可悲可恨的面目,也在此展现出宝钗的贤淑与无奈、可怜,为后文铺垫。

(陶陶　撰)

第八十四回　试文字宝玉始提亲　探惊风贾环重结怨

诗云：

许是人间变化多，大观园里总蹉跎。
文章功课犹堪试，木石姻缘不待磨。
纵有牛黄驱热病，那来莲子解仇疴？
繁华一梦红楼去，还唱金陵好了歌。

（陶陶　撰）

图 1-167　试文字宝玉始提亲

图1-168 探惊风贾环重结怨

【品评】本回承前文贾元妃"疾愈",贾府"获赏"而引出宝玉之终身大事。此一引子,竟牵出几件事:一是贾政"试文字",实为"训课";宝玉所写八股文,被贾政点赞"也还使得",与前80回大异其趣。二是薛姨妈入贾府,闲谈之中,贾母评黛玉"心眼重"而宝钗"宽厚",可见贾母已倾向于宝钗为"孙媳妇儿"。三是由凤姐提出的"金锁"配"宝玉"来,为"木石姻缘"破灭伏笔。然而,君不见前文凤姐曾说黛玉"吃了我们家的茶,便是我们家的人"之事?自食前言。

这些悖理"转变",自有逻辑:其一,宝玉虽然讨厌八股,但在那种环境里不可能不学点以应付"考试";其二,贾母和凤姐对宝钗、黛玉态度发生变化,也是经过数年观察考核,不愿意让一个多疑多病的女孩来充当贾府未来的"主妇",谁不希望有一个通达健壮的媳妇来使子孙繁衍、家业兴旺呢?

(陶陶 撰)

第八十五回　贾存周报升郎中任　薛文起复惹放流刑

诗云：

禁宫斜照暂回光，贾府荣恩辟省郎。
花到芳菲蜂蝶闹，人归寂寞岁时凉。
可怜富贵戏三折，竟是繁华梦一场！
不怕此身多命案，风流满纸任荒唐。

（陶陶　撰）

图1-169　贾存周报升郎中任

图 1–170　薛文起复惹放流刑

【品评】前部分从北静王生日引出贾政"报升郎中任"。虽然贾赦、贾政带着贾珍、贾琏、贾宝玉同去贺寿，北静王却单留宝玉叙话，而不顾其他诸位，并为宝玉特制玉赠之，再次印证北静王对宝玉情有独钟！铺垫后文"喜信发动"。

再因"喜信发动"，贾芸处引出贾政"报升郎中任"。一环套一环，层层铺垫，实为妙笔。表面写贾政升迁，实际上不过暗示着贾府"最后的绚烂"罢了。

又因升迁引出"唱戏贺喜"。此段文字中，凤姐"戏称"宝玉、黛玉是"相敬如宾"，与前一章回背后提出"金玉姻缘"互相矛盾，展现了凤姐明一套暗一套的"阴阳脸"。此外，戏文亦有所隐喻：《冥升》中"嫦娥"喻黛玉"未嫁而逝"；《吃糠》则喻宝钗最后的悲剧；而达摩过江则寓宝玉最后的出家。三出戏文，隐喻《红楼梦》最重要的三个主角命运。

临结尾，引出薛蟠又打死人，然此时还能花钱消灾吗？

（陶陶　撰）

第八十六回 受私贿老官翻案牍 寄闲情淑女解琴书

词【鹧鸪天】曰：

自古官司莫差钱，金银到位黯青天。薛门每有通神技，冤鬼直须入土眠。
居浊世，感红颜。孤身弱女有谁怜？知音枉有多情种，片刻春风化作烟。

（师晓安　撰）

图 1-171　受私贿老官翻案牍

图1-172 寄闲情淑女解琴书

【品评】 薛蟠再次打死人,薛家又一次营救。无论难度多大,总是设法走关系。薛姨妈心里只有埋怨、担心、害怕,没有一点点反思:为什么会这样?儿子心里呢,想的是只要使足了银子,依然可以逍遥法外。官场里的黑暗,作者进行了细致的描写:从不打自招到如何翻案成过失杀人。死者家属的哀求,青天大老爷虚伪的嘴脸,一本正经的官腔背后,是那白花花的银子在颠倒黑白地说话。贾府里的一众"好人",如贾政、王夫人、薛姨妈、宝钗、贾琏等皆参与其中,无异于杀人犯的帮凶。

宝玉到潇湘馆探望黛玉,发现黛玉所看书里面的字,自己都不认得,调侃林妹妹在看天书,引得黛玉发笑。告诉那是古琴谱,两个互为知音者:一个娓娓道来琴理以及古人师襄、师旷、伯牙、子期之事;一个凝神聆听,目不转睛。琴理即为情理。知音难觅,若无知音,宁可独对着那清风明月抚琴寄兴。

(师晓安 撰)

第八十七回　感秋声抚琴悲往事　坐禅寂走火入邪魔

诗云：

惺惺寄语证哀身，暮色悲秋感夙因。
触物伤情追往事，题诗旧帕惹新嗔。
长扬琴韵禅中意，漫舞毫锋夜半人。
栊翠孤芳尘未了，分明自在性存真。

（赵凤玲　撰）

图 1-173　感秋声抚琴悲往事

图 1-174　坐禅寂走火入邪魔

【品评】主要写宝钗因其兄惹了官司而搬回家住，闺中念起与黛玉往日情愫，便捎来书信，信中尽诉惺惺相惜之意。黛玉因宝钗的知心而感慨，又为造访的湘云、探春等人所说的南边人而勾起思乡念亲之情。虽有外祖母的庇护，终究是寄人篱下，无处不留心。日中只以眼泪洗面的黛玉，再次泪水盈盈。

夕阳西坠，萧萧秋意中，一丝寒凉升起，雪雁打开的毡包再次惹起黛玉的眼泪，却原来是宝玉病时送来的旧手帕，因当时恼了便剪了穗子，如今，自己题的诗及泪痕犹在。郁郁之际，黛玉赋了四叠和了宝钗的四章，并乘兴操琴调弦抚了一番。

却说宝玉因着放学而闲来至蓼风轩，撞见惜春同妙玉正在下棋。妙玉尘缘未断，平日对宝玉早已钟情，如今与宝玉一样脸红，却是两样心事。棋散，在宝玉的引路下，两人在潇湘馆外同听黛玉的琴音。妙玉深通乐理，审音知兆，这又何尝不是贾府的末路悲音呢？

（赵凤玲　撰）

第八十八回 博庭欢宝玉赞孤儿 正家法贾珍鞭悍仆

词【一丛花】曰:

归来公子入深堂,行孝问安康。书房课业分高下,秉祖母,师赞兰强。史太君喜,李纨欣慰,期望好儿郎。

渐颓家道乱规章,奴胆愈猖狂。居然出手门厅上,贾珍怒,未问端详。趁势正法,鞭笞悍仆,何必费思量?

（陈慧茹 撰）

图 1-175 博庭欢宝玉赞孤儿

正家法贾珍鞭悍仆

图 1-176　正家法贾珍鞭悍仆

【品评】宝玉提着两个蝈蝈笼子来孝敬贾母。贾母疑他淘气。宝玉说是在学里帮贾环对对子，贾环送的。贾母遂问贾兰如何？宝玉说贾兰对得很好，师傅称赞他将来一定有大出息。贾母听后甚喜，看着李纨想到贾珠早殁，寡母拉扯孤儿不容易，不禁落下泪来。贾母又劝李纨不要逼得兰儿太紧了，弄出毛病来就糟了。李纨感动落泪。

贾珍来荣府料理诸事，交代周瑞点清庄头所送粿子。鲍二和周瑞拌嘴，周瑞的干儿子何三就与鲍二打起来。贾珍大怒，命人都捆了来。贾琏回来气得踢了周瑞几脚，贾珍又命人把鲍二与何三各打五十鞭子，撵了出去。事后，下人尽有议论。

（陈慧茹　撰）

【加评】贾珍鞭悍仆，固然一时立威，但上梁不正下梁歪，贾珍、贾琏辈主持家政者贪赃枉法、骄奢淫逸，才是真正的祸端！家法岂能正乎？

（范文义　撰）

第八十九回　人亡物在公子填词　蛇影杯弓颦卿绝粒

词【鹊桥仙】曰：

雀裘锦线，怡红痴念，睹物忆仙情切。粉笺挥洒寄绸缪，志洁傲，率真性烈。
瑶琴凤尾，知音难觅，蛇影映杯莹澈。涟涟珠泪洒潇湘，凭谁问？幽思独咽。

（赵凤玲　撰）

图1-177　人亡物在公子填词

图 1-178 蛇影杯弓颦卿绝粒

【品评】进入十月中旬，天气渐冷。袭人给宝玉带了件金雀裘。宝玉不忍穿，岂为俭省？明明是睹物思人，勾起他对晴雯的一片思念。多情公子缕缕情思无处倾诉，便以心烦为由在晴雯住过的屋子里焚香赋词以寄深衷。

抒发毕，直奔潇湘馆，看到黛玉房间墙上挂的《斗寒图》，月中霜里，耐冷斗寒，毕竟晨霜不久，宝黛之结局，已在图中映现。黛玉写完经，两人闲聊，黛玉一句："古来知音能有几个？"又何尝不是宝玉心里话！

黛玉正因宝玉近来说话半吐半吞，忽冷忽热，也不知他是什么意思而郁郁不已，不想无意中又偷听到雪雁与紫鹃传言宝玉定亲之语，一时千愁万恨堆上心来，情已不堪，索性糟蹋身子一心求速死。宝玉欲将实情相告，又恐黛玉疑心再添病症，只得浮言劝慰，黛玉见状越发确定日间听到的话为真。

（赵凤玲　撰）

第九十回　失绵衣贫女耐嗷嘈　送果品小郎惊叵测

词【祝英台近】曰：

冷风频，寒叶少。贫女失绵袄。侍婢言多，寻问惹烦恼。虽亏凤姐消平，又施恩赠。篱下味，无人知道。

几时了？谁主富贵穷通，为何也颠倒？公子生愁，提笔书怀抱。宝蟾忽献殷勤，疑猜原委，却惊得、魂飞魄杳。

（陈慧茹　撰）

图1-179　失绵衣贫女耐嗷嘈

图1-180 送果品小郎惊叵测

【品评】黛玉因误听宝玉定亲传言，绝食多日，奄奄一息，吓得紫鹃急忙禀明贾母、王夫人等。此时，侍书来瞧，雪雁又问端的，侍书说宝玉亲事老太太做主，一定要亲上加亲，就在园子里住的。黛玉听见又心生希望，病情大好。一日，凤姐过园子里，见一老婆子在紫菱洲畔吵嚷，原是邢岫烟的一件小棉袄找不见，丫头问了那婆子一声，婆子就不依。凤姐怒斥婆子，要撵出去，岫烟不愿因自己生事，遂求告凤姐饶过婆子。凤姐爱敬岫烟人品，送她几件冬衣。晚上，薛蝌在房中，想起岫烟品貌俱佳，受穷且寄人篱下；而夏金桂这样品行恶劣的人，却生在富贵之家，只叹天意不公！正自感慨，宝蟾笑嘻嘻进来送果品和一壶酒。薛蝌对此甚是疑惑难解，想想她们主仆两个的素日行径，怕是未安好心，令人胆战。

（陈慧茹 撰）

【加评】凤姐赠衣，雪中送炭；宝蟾送酒，流水落花。

（范文义 撰）

第九十一回　纵淫心宝蟾工设计　布疑阵宝玉妄谈禅

词【水调歌头】曰：

好事不常有，祸变总相连，一时难料，逆子能否保平安？荡妇何堪孤寂，更起淫心邪意，设计觅幽欢。侍婢同流污，几日息波澜？

观儿信，垂母泪，紧周旋。合家忙碌，连夜累病女婵娟。金玉良缘渐近，布局风声无透，公子困痴顽。幸得颦儿导，释惑妄谈禅。

（陈慧茹　撰）

图 1-181　纵淫心宝蟾工设计

图1-182 布疑阵宝玉妄谈禅

【品评】薛蟠因打死人在外吃着官司，吉凶难料，一时不得回家。金桂和宝蟾都耐不住寂寞，便在薛蝌身上打主意。主仆两人，各怀鬼胎，又互相利用，臭味相投。宝蟾积极地为金桂出谋划策，拉纤助力。金桂一心笼络薛蝌，便无心混闹，家中安静几天。一日，薛蟠来信，说是道里的关节尚未打通，让家里火速托人去求道爷，并让薛蝌快去县里照料。薛姨妈命家人连夜为薛蝌备行囊，兑银子。

王夫人一面让贾政帮着薛家疏通官司，一面趁机加紧促成金玉良缘，贾政答应。王夫人陪着薛姨妈来给贾母请安，王夫人把贾政说的现在放定，明春过礼，再择日迎娶宝钗的事告诉了贾母一遍，贾母甚喜。此时宝玉给姨妈请安，看薛姨妈神情，甚惑。晚间宝玉来找黛玉。黛玉急忙慧语化解，宝玉豁然开朗，随后谈起禅语。

（陈慧茹　撰）

【加评】薛蝌刻苦、规矩、晓事、守志。出污泥而不染，会淫妇而不晕，十分难得，值得点赞！

（范文义　撰）

第九十二回　评女传巧姐慕贤良　玩母珠贾政参聚散

词【风入松】曰：

千金巧慧志非常，仰慕贤良。消寒赴会身来早，说女传，领教端详。陶母孟光贤德，文姬道韫才长。

儿孙亲客聚高堂，共享荣光。母珠福重群珠庇，正如那，家道兴亡。大厦一朝倾倒，亲朋散落凄凉。

（陈慧茹　撰）

图 1-183　评女传巧姐慕贤良

图1-184　玩母珠贾政参聚散

【品评】宝玉来到贾母上房赴消寒会，见只有巧姐的奶妈带了巧姐过来。巧姐说妈妈打算请宝玉给她理书。宝玉问她认了多少字？巧姐答认了三千多字，念了一本《女孝经》，现读《列女传》。宝玉给巧姐讲解了古代各类奇女子，如姜后脱簪待罪、无盐安邦定国，还有曹大姑、班婕妤、孟光、陶母等人。

冯紫英带了母珠、鲛绡帐来找贾政，意图贾府购买。贾政可意，惜缺银子。并道，天下事出一理，如同珠子，母珠有福气，小珠子们都赖其灵气庇护着。大珠子像富贵人家当头人，庇护着家人、亲朋，一旦当头人有事，骨肉分离，亲朋皆散。江南甄家就是个例子。贾府又何尝不是如此呢？

（陈慧茹　撰）

【加评】宝玉讲"评女传"，一派正统，恐非曹公原意，姑且存之；"母珠"带"小珠"，言之有理。以甄家寓贾府，有些类似。

（范文义　撰）

第九十三回 甄家仆投靠贾家门 水月庵掀翻风月案

词【喝火令】曰：

月照清虚境，风吹富贵门。落英犹似乱缤纷。怜惜蓼汀花溆，从此玉为魂。

昨夜盈亏假，今朝聚散真。误将游戏负佳人。纵有痴迷，纵有恋红尘，纵有绛珠顽石，到底梦无痕。

（杨兵 撰）

图 1-185　甄家仆投靠贾家门

图1-186 水月庵掀翻风月案

【品评】此回主叙三事：

一是贾府应临安伯之请，宝玉随贾赦到南安王府看戏《卖油郎独占花魁》，极佩服男伶蒋玉菡之品貌演技，深为其在戏中服侍酒后花魁娘子之深情所迷醉。

二是甄府势败，遣包勇持书信来投贾府。宝玉从包勇口里，得知原和他一样德行的甄宝玉已幡然醒悟，唯以念书为事，还帮老爷料理家务。

三是贾府有人暗中张贴匿名榜文，披露贾芹以送月钱为由，与暂寄居在城外家庙水月庵里的小女尼、女道们间的"腌臜"事，即为"水月庵掀翻风月案"。而在风月案中，原为贾府的女伶芳官，独守贞不屈，涅而不缁。

故事中，蒋玉菡的重情重义，芳官的洁身自爱，如清风扑面；而贾芹依仗权势富贵，肆意放纵，污乱佛门圣地，似邪气骚人。至若行文草蛇透迤，细细品读，于情于义于理，俱妙笔生花。所言甄甄贾贾，文辞幽隐，不乏《红楼梦》叙事哲理，耐人寻味。

（杨兵　撰）

第九十四回　宴海棠贾母赏花妖　失宝玉通灵知奇祸

诗云：

　　海棠落尽属清愁，今又回魂意可收？
　　有恨无香沾夜雨，多情薄命满红楼。
　　痴人说梦还能寐，宝玉通灵不肯休。
　　粉黛原为花故事，残妆强抹剩迟留。

（杨兵　撰）

图1-187　宴海棠贾母赏花妖

图1-188 失宝玉通灵知奇祸

【品评】了却"水月庵风月案"后,贾府出了两件大事:

一是怡红院里几棵枯萎了的海棠,竟颠倒季候有了花骨朵,一时议论纷纷,说是宝玉有喜事者有之,说是妖孽作怪者亦有之。引得贾母、王夫人等都来观看,并叫宝玉、贾环、贾兰各作一首诗志喜。

二是忙乱中,宝玉佩戴的通灵宝玉丢失,于是拷问、翻找,甚至封园、搜身,都遍寻不见,更还找人测字,请妙玉扶乩,闹得阖府上下鸡犬不宁。

宝玉、贾环、贾兰的《海棠诗》,都不过是应景奉承之作,了无新意。倒是宝玉因这海棠花开,一会儿想起晴雯之死,一会儿想到凤姐要把五儿补入,念及诸般女儿之事,忽而转喜为悲,忽而转悲为喜,活脱出宝玉无意于海棠的枯荣,却因草木而思及女儿们的痴情,而对于佩玉的丢失,则反若无其事一般。清人王希廉(号护花主人)曾评说:"花妖兆怪,通灵走失后,从此……种种凶事,接踵而至。此回是贾府盛极而衰一大转关处。"

(杨兵 撰)

第九十五回　因讹成实元妃薨逝　以假混真宝玉疯癫

词【玲珑四犯】曰：

说笑渐悲，疯癫还喜，缘由真假难判。镜花初见梦，水月终成幻。拼将更生聚散。怎能留、艳红千万。木石盟疑，笛琴音冷，谁把此心乱？

风吹起、清商怨。恰胭脂暗落，枝蔓频剪。可怜词不就，不觉音偷换。今宵唱遍钗头凤，醉皆是、宫移弦转。醒又叹。潇湘曲、声声隔断。

（杨兵　撰）

图 1-189　因讹成实元妃薨逝

图1-190　以假混真宝玉疯癫

【品评】妙玉扶乩，推说难以解识乩语深意；宝玉因失玉而疯癫，终日懒怠走动；市井歹人献假玉骗钱。

黛玉得知宝玉失玉，想到"金玉良缘"的旧话，思量如若"果真'金''玉'有缘，宝玉如何能把这玉丢了呢"？遂不禁"反自喜欢"起来；而一想到海棠花开，竟又难免虑及宝玉是否吉祥，忧愁竟又涌上心头。于是忽喜忽悲，寤寐难安。宝钗得知她母亲早"应了宝玉的亲事"，现宝玉失玉，"心里也甚惊疑"，只是"倒不好问"，显得"竟像不与自己相干的"。这"惊疑"，其实是对"金玉良缘"的担忧；这"竟像不与自己相干的"，其实是假装坦然。对于黛玉、宝钗心性的不同，刻画得入木三分。

（杨兵　撰）

第九十六回　瞒消息凤姐设奇谋　泄机关颦儿迷本性

诗云：

阴云积雨满楼风，大厦将倾运不同。
乱象横生临府上，伊人待嫁守闺中。
镶金嵌玉能冲喜？接木移花似立功。
宝黛无辜惊梦断，缘来缘去尽成空。

（师晓安　撰）

图 1-191　瞒消息凤姐设奇谋

图 1-192　泄机关颦儿迷本性

【品评】贾琏虚张声势地把弄来假宝玉的骗子吓唬了一回。但笔锋一转，写到王子腾故去，四大家族失去了一个仰仗。宝玉痴傻不见好转，这未来的继承人出了问题。贾政又要外放做官去。山雨欲来风满楼。时人迷信冲喜，贾母、王夫人当然是最忠实的拥趸——给宝玉娶亲。娶谁呢？当然是符合她们心意的宝钗。功服期间，可以不大操办，移花接木瞒过宝玉即可，一切一切的困难似乎都有对策。黛玉的感受是没人理会的，爱情是多么的卑微！傻大姐的角色安排得恰到好处，借她之口揭开谜底，黛玉听来如同疾雷轰顶，久久不息，所有的期许，爱情到底还是破灭了。去问宝玉，通灵未返，魂犹梦中，也无结果。黛玉心灰意冷到无以复加的状况。袭人料到调包儿的后果，赶去王夫人老太太那里拿主意，王夫人没了办法，贾母的选择就是只顾宝玉，从另一个侧面反映出对外孙女的绝情。《红楼梦》的悲剧由此趋达高潮。

（师晓安　撰）

第九十七回　林黛玉焚稿断痴情　薛宝钗出闺成大礼

曲【双调·雁儿落带过得胜令】唱：

寒冰冷雪幽，万念成灰就。潇湘焚稿心，只愿洁身走。

（带）李戴粉荷羞，金锁定缘谋。情挑红丝盖，不知妹去留。忧忧，一片痴心瘦；休休，红尘天尽头。

（李鸿国　撰）

图 1-193　林黛玉焚稿断痴情

图1-194 薛宝钗出闺成大礼

【品评】黛玉的一片纯情,宝玉的一点痴心,被红楼上下的唯利是图,被凤姐的巧谋善辩击得粉碎。就连疼她爱她的老太太也全然不念祖孙情,生生地要夺黛玉的命。万念俱灰的黛玉,在临走之前拼尽全力做的事情,就是焚烧那寄托相思之苦的旧帕,那上边,有她和泪而就的题帕三绝,她要带走它:质本洁来还洁去。

成大礼的宝钗的命运也没有好到哪里去。先是婚前诸事的从俭将就,到揭了盖头后的宝玉疯癫,一个如花似玉的新人欲哭无泪。

柔弱的黛玉生命走到了尽头,却表现得清醒刚强:不求苟且,唯愿一死。忠诚的紫鹃拼命护主,赤诚之心苍天可鉴。

(李鸿国 撰)

【加评】为黛玉送行:在短暂生命历程中,你为我们奉献了几多美好诗篇!那连中前三元的咏菊诗,何等飘逸风骚!那字字血泪的《葬花辞》又何等哀婉凄艳!最后,你用焚稿来与污浊的尘世诀别,来为自己送行,走向自己的天国。你是永远的潇湘妃子!

(范文义 撰)

第九十八回　苦绛珠魂归离恨天　病神瑛泪洒相思地

曲【双调·雁儿落带过得胜令】唱：

香魂一缕遥，愁梦三更绕。新人坐帐时，离恨污泥淖。

（带）钗断奈何桥，痴病神瑛消。痛定思虚境，情缘几世了。迢迢，莫远金陵道。潇潇，相思雨泪飘。

（李鸿国　撰）

图 1-195　苦绛珠魂归离恨天

图1-196　病神瑛泪洒相思地

【品评】宝钗出阁日，黛玉哭死时。宝玉昏厥梦游阴司，表达了念念不忘林妹妹的一片深情，令人唏嘘感叹了几百年而不已。

除了对王熙凤的干练和计谋有浓墨重彩的落笔以外，对荣府未来新主人宝钗，亦有精彩描写。为保护好宝玉疯疯癫癫的病体，全府既定方针是上下瞒着黛玉的死讯。宝钗则深谙宝玉习性，大胆果断、直截了当地把黛玉已死的消息告诉了宝玉。她的聪明，在于她懂得快刀斩乱麻的道理。果不其然，宝玉除了号啕大哭一场外，又能怎么样呢？

宝玉痛定思痛之后，又见宝钗温柔得体，善解人意，便逐渐把对黛玉的好慢慢转移到宝钗身上了。聪明吧，情商高的宝钗，放到现在，也是个很好的可人的贤妻良母。这恐怕有违曹公原旨？

此外，本回对旧时婚姻礼仪，诸如过礼、回九、新媳妇礼制等也有描写。因此，《红楼梦》一直以来有百科全书之誉。

（李鸿国　撰）

第九十九回　守官箴恶奴同破例　阅邸报老舅自担惊

词【小重山】曰：

竹影敲窗独自愁，潇湘空缱绻、几人留？守官箴恶意难休，一声叹、何处觅清流？凤契结芳俦，三千离骨肉、爨先秋。一方邸报怎堪忧？浑无力、昌盛梦中求。

（王志霞　撰）

图 1-197　守官箴恶奴同破例

图 1-198 阅邸报老舅自担惊

【品评】贾政任职江西粮道之初，廉洁自律，想做好官，但幕友、胥吏、长随、家人等因捞不到好处，怨声载道。管门李十儿向贾政进言道："老爷常说是个做清官的，如今名在那里？现有几位亲戚，老爷向来说他们不好的，如今升的升，迁的迁。"贾政被李十儿一番言语说得心无主见，又看到自己众叛亲离，孤掌难鸣，只好猫鼠同眠。

几日内，贾政连接两封书信：一是在海疆任职的同乡旧友，想与贾家联姻，遂自主将探春远嫁南海边疆；一是刑部邸报，言薛蟠殴伤张三致死，串嘱尸证，捏供误杀一案。贾政大吃一惊：因他为此曾给知县吴良打过招呼，又听说贾琏还送过银两，现刑部追查下来，恐怕还要牵连到自己，不由得心事重重，黯然神伤。

（王志霞　撰）

【加评】本回就是一幅贪官堕落图。你想做清官吗？禁不住左右胁迫，先给你一个下马威，接连搅局不断。心中早无定盘针，进退失据！你不掉陷阱谁掉陷阱？

（范文义　撰）

第一百回　破好事香菱结深恨　悲远嫁宝玉感离情

词【青玉案】曰：

千金难易囚中苦，好大雪，终难驻。跋扈嚣张轻法度，倚娇作媚，蝎心善妒，结怨香菱处。

一朝远嫁凭谁主，孤棹残阳忍回顾。江水狂歌挥巨斧，空留遥想，深情托付，莫把行程误！

（王志霞　撰）

图1-199　破好事香菱结深恨

图 1-200　悲远嫁宝玉感离情

【品评】薛蟠的人命官司悬而未结。为能减轻罪责，薛姨妈花了很多钱，打通了衙内官员，最后才按误杀定罪。正当薛家变卖当铺准备赎人时，不料又遭人揭发，刑部驳审，办案的县官被革职等变故，最后衙门裁定薛蟠被判极刑，秋后问斩。薛蟠出事后，薛家当铺因无人经营亏空严重。有的当铺，因官司用钱不得已转让别人。听此信息，夏金桂大哭大闹，寻死觅活。经过宝钗的一番解劝才勉强息事宁人。夏金桂本滥情之人，不顾廉耻，与宝蟾合伙打薛蝌的主意。薛蝌是个正人君子，又碍于和金桂的叔嫂辈分，不做争执，遇到金桂，只好四处躲闪。夏金桂勾搭薛蝌不成，恼羞成怒，就拿香菱撒气。

贾政亲口决定将探春许配给镇守海门总制的周家，众皆伤心不已，宝玉尤甚。宝钗劝他："要这些姐妹都在家里陪到你老了，都不为终身的事吗？"宝玉虽明此理，但看到姐妹们一个个死的死，走的走，嫁的嫁，仍难自已。

（王志霞　撰）

第一百零一回　大观园月夜警幽魂　散花寺神签惊异兆

词【鹧鸪天】曰：

狗扑魂缠鬼魅欺，神签隐隐道玄机。已倾大厦根基动，将死寒蛩怨悔啼。
人意恶，雀裘疑。悔尤情爱有谁知。散花寺里听钟鼓，声遏黄云入耳迷。

（陈斯高　撰）

图 1-201　大观园月夜警幽魂

图1-202 散花寺神签惊异兆

【品评】将倾大厦藏幽鬼；无稽签儿说未来。

王熙凤去料理探春远嫁诸事宜，过秋爽斋，重重树影中，遇一只大狗扑来，向她拱爪，吓得心惊肉跳；惊慌之中，又见已死之秦可卿，更是浑身汗如雨下，毛发悚然，跌跌撞撞回到家中。听见下人骂女儿，又气，又无奈。就对平儿说，我感觉我可能不久人世了。平儿就哭，她说平儿"你们知好歹，只疼我那孩子就是了"。预感大厦将倾，做后事交代。贾琏对王仁的数落，更进一步渲染了树倒猢狲散的悲凉，也为贾政的革职埋下伏笔。散花寺的姑子大了说寺里菩萨根基不浅，所求必灵。凤姐就去求签，求到了"王熙凤衣锦还乡"的签后，别人都奉承说好签。她自己则"半疑半信的"，宝钗却不看好，说"另有缘故"。这一连串的描写暗示了王熙凤殓衣裹体、尸还金陵的结局。

这一回高氏补作，写了宝玉、宝钗"两口儿这般恩爱缠绵"，恐有悖于曹公的初衷。

（陈斯高　撰）

第一百零二回　宁国府骨肉病灾祲　大观园符水驱妖孽

词【鹧鸪天】曰：

阁榭依然寂寞长，卦爻隐约说凄凉。崇楼琼馆栖禽兽，白虎山鸡闹黑黄。

兴废理，盛衰纲。人间故事证沧桑。因因果果从头数，一梦红楼入渺茫。

（陈斯高　撰）

图 1-203　宁国府骨肉病灾祲

图 1-204　大观园符水驱妖孽

【品评】人殁鬼兴，冷落萧条，一梦成幻影；汐平潮涌，盛衰兴废，千番悟红楼。

姐妹们的相继离去使原本热闹的大观园寂寞萧条，满目凄凉。尤氏园中遇"鬼"而病，毛半仙阐释卦理，说是旧宅闹鬼所致。贾珍等又相继生病，大观园闹鬼喧嚣四起。于是，风声鹤唳，草木皆妖。园门封固，再无人敢到园中，以致崇楼高阁、琼馆瑶台，皆为禽兽所栖。晴雯表嫂死在炕上之事，更加剧这种恐怖。查园子的贾赦被一只公山鸡飞过，"腿子发软"而躺倒，请道士到园做法事驱邪逐妖。又传来贾政因失察属员，重征粮米，苛虐百姓，本应革职，姑念初膺外任，不谙吏治，被属员蒙蔽，着降三级。更令贾府上下哀叹不已。

此皆盛极必衰之气数使然。红楼贾家的风花雪月、纸醉金迷之梦即将完结。

（陈斯高　撰）

【加评】叙事简略，状物逼真。邪气鬼影，隐约朦胧。破败之迹象，覆灭之前形。神仙难救，作孽报应！

（范文义　撰）

第一百零三回　施毒计金桂自焚身　昧真禅雨村空遇旧

诗云：

俟时一念阴阳罔，旧友真僧寂草房。
计陷魂汤金桂殒，禅玄魄昧雨村伤。
红楼酒散虚荣尽，紫陌门深伪善妆。
若欲烦忧皆隐去，开篇诡异道癫详。

（谢允　撰）

图 1-205　施毒计金桂自焚身

图 1-206 昧真禅雨村空遇旧

【品评】薛蟠之妻夏金桂,自幼受寡母纵容娇养,生性乖戾,爱自己尊若菩萨,窥他人秽如粪土;外具花柳之姿,内秉风雷之性。嫁到薛家后,让薛家上下吃尽苦头。薛蟠获刑后,金桂富贵不成,"百邪无出",施毒计欲害香菱,怎知毒汤被宝蟾误易,反丢了性命。夏家浑闹撒泼,本想闹出个名堂,怎奈金桂身边丑事百出,只能不了了之。

贾雨村于急流津渡口破庙巧遇静修道士,疑似旧友甄士隐,几欲请教,却被道人"来自有地,去自有方""玉在椟中求善价,钗于奁内待时飞""'真'即是'假','假'即是'真'"等寥寥数语掩饰,虽疑窦丛生,却未敢冒昧相认。

（谢允　撰）

【加评】欲害人者反害己,私欲膨胀必自灭,疯狂终极即死亡。岂非夏金桂乎?夏金桂者,瞎金贵也!夏金桂现象何时了?当今"官二代""商二代""款二代"中甘步夏金桂后尘而为"虎"为"蝇"者,岂寥寥者乎?

（范文义　撰）

第一百零四回　醉金刚小鳅生大浪　痴公子余痛触前情

诗云：

士隐于天来去间，浊夫飨醉妄辞焉。
无风起浪飘摇境，未雨稠云落寞烟。
栊翠痴心熔烛盏，潇湘冷眼祭诗笺。
多情反遇嫌猜弄，长痛顇殇苦泪涟。

（谢允　撰）

图 1-207　醉金刚小鳅生大浪

图1-208 痴公子余痛触前情

【品评】贾雨村行轿间遇莽夫倪二恃醉耍赖，妄语狂言：皇天地土，谁人敢管。雨村本已心中郁闷，见状火起，命衙役鞭笞，并无视倪二酒醒告饶，将其拴了带回监押审问，然回头便忘了此事。以致牵出倪二妻女辗转求人讨情，贾芸夸下海口却因囊中羞涩，讨情未成，难赚体面；倪二闻言便怒曝出贾府仗势欺人、草菅人命之种种糗事来。

衙役来报奉命查看急流津渡口道士踪迹之事，闻之"蒲团、瓢儿"入手成灰，雨村自忖"方外之人""士隐仙去"，暗自神伤。

宝玉对家中诸事全然不知，郁郁寡欢，一心沉浸在黛玉已逝的悲痛之中，痴情难改，彻夜秉烛对袭人诉说心事，欲找紫鹃询问黛玉临终言谈细节，以写祭奠黛玉之文。

（谢允 撰）

第一百零五回　锦衣军查抄宁国府　骢马使弹劾平安州

诗云：

人间祸患不单行，奉旨查抄上下惊。
宁国府中封印紫，平安州里怒眉横。
金银无数从何得？水火一门由此生。
痛骂淋漓焦老大，言之入理卯寅清。

（陈斯高　撰）

图 1-209　锦衣军查抄宁国府

图1-210　骢马使弹劾平安州

【品评】福祸相依皆为利，荣衰易变不由人。

贾政回家，正设宴宴请诸位亲友，却因贾赦"交通外官"等被奉旨抄家。查出许多禁用之物，还有两箱房地契和一箱当票。房屋被封，贾赦、贾琏被带走，贾珍、贾蓉被捉拿，宁府乱成一团。女主儿们都圈在一处空房里。所有财产被抄。贾母等人吓呆了，凤姐晕了过去。一门上下，号啕大哭。贾政一连声地说："完了，完了！不料我们一败涂地如此！"

贾珍引诱世家子弟赌博，强占良民妻女为妾，逼死人命；贾赦包揽词讼，欺压百姓，为非作歹。他们为官不仁，欺男霸女，盘剥搜刮，无所不用其极。有此结果，应在情理之中。锦衣军查抄的是荣宁两府。小说正写查抄荣府，宁府被抄的惨况由焦大的嘴里说出。这样，既点出了作孽太过，咎由自取的结局，又避免了行文的重复。

（陈斯高　撰）

【加评】贾府衰败，事出有因。为官贪霸，治家腐淫，岂能有好下场！

（范文义　撰）

第一百零六回　王熙凤致祸抱羞惭　贾太君祷天消祸患

词【八声甘州】曰：

看寒风瑟瑟掠观园，贾府祸临头。赦珍乡里霸，自吞砒鸩，革爵成囚。熙凤机关算尽，万贯一朝丢。叹敛财高手，钱命难留！

急煞八旬老祖，伏地长叩首，泪咽凝愁。自省难辞咎，乞愿上苍求。想豪门，倚权弄势；罪孽深，失宠即归休。谁能料？荣华几代，尽付东流！

（扈建新　撰）

图 1-211　王熙凤致祸抱羞惭

图1-212 贾太君祷天消祸患

【品评】贾赦、贾珍因贪赃枉法被革职抄家后,只有贾政赦免无罪,官复原职,并返还贾政家产。

贾琏虽也被无罪释放,但其屋内财物被抄洗一空。王熙凤私自放贷的银子全被查没,总数有七八万金。凤姐眼见所有盘剥积蓄归零,当时就昏死过去,待众人唤醒,已是气息奄奄。又听见贾琏对自己又嗔又恨,自知惹了大祸,只想死了才好。遂向平儿托付了后事。

贾母眼见家产被查抄,儿孙被下大狱,两边家人抱头痛哭。虽然活了八十多岁,哪见过这阵势呀?一度惊吓气逆。被救醒后,挣扎着安排了邢夫人、尤氏等人的住处,又派人给凤姐送了些银两。便挂着拐杖来到院中,铺下红毡,焚香祷告:但愿上苍降罪其一人,让儿孙脱罪免责。

只有贾政还算镇定,把府内当差的二十多个男人一起叫来,查问家中的用度等事。待管家拿来簿记,不看则已,看后急得两脚乱跺:贾府已是严重亏空,内忧外患,大厦将倾。

(扈建新 撰)

第一百零七回　散余资贾母明大义　复世职政老沐天恩

诗云：

　　终因获罪去簪缨，远役迢迢欲苦行。
　　泪眼相依长夜暗，银囊散罢老心明。
　　复官可慰崇先祖，庶业无能赖后生。
　　富贵难逢知己面，从来落魄见真情。

（崔波　撰）

图 1-213　散余资贾母明大义

图1-214 复世职政老沐天恩

【品评】贾政到内庭听旨，知赦、珍案已结，从宽革去世职，派往海疆效力赎罪。贾政告与家眷，邢夫人、尤氏已成泪人。此时凤姐抱病卧床，府里上下六神无主。史太君俨然以老祖宗身份出面收拾残局。继而开箱倒笼，倾其所有积蓄的银两一一做了分配，指派贾政变卖田地，精减人员，压缩开支，并做好了收房产、交园子的准备。贾母自己说得好，你们别打量我是享得富贵受不得贫穷的人哪。这些描写使贾母形象更加丰满，同时从侧面印证了宝玉所言：男人是泥作的骨肉，污浊不堪。贾政便是其中之一。他虽接替贾赦袭了世职，实则无能之辈：为皇上办差，他失察属员，重征粮米，着降三级；他从不过问家事，过问家事就是打儿子；家奴包勇知恩图报，当街醉骂贾雨村忘恩负义，他却听信谗言反倒骂包勇一通。朝廷用这种人岂有不败！

（崔波　撰）

第一百零八回　强欢笑蘅芜庆生辰　死缠绵潇湘闻鬼哭

诗云：

惶惶贾府多愁事，风雨飘摇落败时。
欲宴生辰强取乐，闲投酒令惹相思。
心埋荒馆随枯木，泪对新篁诉苦词。
一缕香魂终不散，阴阳难断两情丝。

（崔波　撰）

图1-215　强欢笑蘅芜庆生辰

图 1-216 死缠绵潇湘闻鬼哭

【品评】薛家因薛蟠闹得家破人亡。王子腾死后,王夫人、凤姐异常沮丧。甄家被抄后,探春远嫁杳无音信。宝玉仍疯癫,宝钗过门后没过一天舒服日子。真真是"六亲同运"。湘云撺掇贾母为宝钗过生日,以冲淡大家抑郁心情。李纨行酒令掷出个"金陵十二钗"骰子,宝玉思念黛玉,执意走入满目凄凉的潇湘馆,似听到馨儿哭声,亦哭诉:"林妹妹,林妹妹!好好儿的,是我害了你了!你别怨我,是父母作主,不是我负心!"林黛玉以弱柳之躯与命运抗争,终未遂"木石前盟"之愿;薛宝钗顺从纲常礼教,亦终未得"金玉良缘"之果。她们都做了封建社会的殉葬品。

(崔波 撰)

【加评】宝玉之哭诉是对"调包计"的声讨。一段姻缘,三人演绎,被人为地扭了弯,三人都不舒服。最惨的是黛玉,她好像每天都在魂游潇湘馆,斥责负心的宝玉,控诉那个圈子、那个世界!

(范文义 撰)

第一百零九回　候芳魂五儿承错爱　还孽债迎女返真元

诗云：

念谁一宿阳台梦，错串前盟记事殊。
冷却佳人缘易解，花来色眼债多除。
最难拥到相离后，何苦归还未遇初。
悲在专情成浪子，通灵宝玉碎身无？

（杨兵　撰）

图 1-217　候芳魂五儿承错爱

图 1-218 还孽债迎女返真元

【品评】此回写宝玉一直悲伤不已,宝钗便假借与袭人闲谈,旁敲侧击安慰劝导宝玉,而宝玉则仍怀念着黛玉,借故与宝钗分房而睡,指望梦见一回黛玉的"芳魂"。宝钗也并不强求,任其自便,只是有意不让袭人而让麝月、五儿在外间陪夜,便就有了宝玉将五儿当作晴雯,"五儿承错爱"的故事。足见宝玉的心,仍在黛玉、晴雯身上。清代评点大家王希廉曾曰:"宝玉与宝钗自成亲后,虽相恩爱,终非鱼水。"此即论者通常所说:宝钗得着了宝玉的身,却没有得着宝玉的心。黛玉是悲剧,宝钗何尝不也是悲剧?

(杨兵　撰)

【加评】本回后半回迎春之死是虚写,诗词、品评均未涉及。为让读者了解全貌,特加补缀:迎春误嫁直接原因系其父贾赦贪财欠账,不了解孙绍祖之底细,便将女儿如绵羊送进狼口。"子系中山狼,得志便猖狂",孙绍祖乘机发狂将迎春蹂躏折磨而死。可以说,迎春之死系丑陋衰败的贾府最不堪的例证之一。

(范文义　撰)

第一百一十回　史太君寿终归地府　王凤姐力诎失人心

词【个侬】曰：

叹个侬何苦，竟随着、春浓而死。疏影冰姿，幽香清骨，雪化处、哭成天气。孤馆仙姝，潇湘媛女，恰寂寞西施，痛由心起。凤怨盈怀，浅颦抬袖，说尽了、红颜残泪。又把瑶笺，挑灯芯、焚诗自祭。从此那缕芳魂，终归梦矣！

寒盟旧契。一贯是、人亡频寄。情往缘来，叶飞雨落，只算作、寻常秋事。冷月窥谁，繁星援笔，对满纸空言，添些小字。恨也难生，爱皆如洗。剩不得、寥寥遗记。大厦将倾，便无妨、坐禅逃世。休管后院花锄，风中独倚。

（杨兵　撰）

图 1-219　史太君寿终归地府

图 1-220 王凤姐力诎失人心

【品评】此回重点铺叙贾母仙逝,王熙凤主持操办丧事,因宁国府查抄后不敢大事铺张,又银钱紧缺,空拳孤掌,遇事掣肘,以致焦心劳累得呕血晕倒。其间,写服丧时日,唯贾兰还诵读诗书,为贾府势败后,竟又"兰桂齐芳"留下了伏笔。又写宝玉见着史湘云"淡妆素服,不敷脂粉",觉得"更比未出嫁时犹胜几分",见宝钗"浑身挂孝","比寻常穿颜色时更自不同",遂发了一通"千红万紫,终让梅花为魁",自是"洁白清香"的感慨。继而不免想到"这时候若有林妹妹,也是这样打扮,不知怎样的丰韵呢"!"不觉的心酸",竟就"放声大哭"起来,被众人误以为他与湘云一样也是哭贾母,其实他们是"各自有各自的心事"。细笔勾勒出了宝玉怀念黛玉"不忘寂寞林"的心态。正如清代大评点家姚燮(号大某山民)所论:"因而知丧帷之哭,哭死的少,哭自己心事的多。"

(杨兵 撰)

第一百一十一回 鸳鸯女殉主登太虚 狗彘奴欺天招伙盗

诗云：

玉洁鸳鸯本自尊，怜伤隐忍大观园。
无凭殉主从天命，有意登仙避祸根。
花是美人虚幻境，梦为飞蝶色空痕。
又来狗彘奴才盗，贾府青灯说断魂。

（杨兵　撰）

图 1-221　鸳鸯女殉主登太虚

图1-222 狗彘奴欺天招伙盗

【品评】此回铺叙鸳鸯殉主,贾母财物被盗一空。其间,写鸳鸯决心自缢前的一番慨叹,自己"身子也没有着落",以后"乱世为王",又不甘愿遭人"掇弄"的悲凉心声。所以清人护花主人王希廉曾评曰:"鸳鸯殉主,固是义气,亦是怨气。"更有清人朱瓣香有诗赞她说:"女儿心性肯模糊,不受红尘半点污。百丈游丝粘未得,梅花应悔识林逋。"

本回又写妙玉那晚在强盗入户之前,去惜春那里品茗,坐谈,下棋。被几个贼人"偷看便顿起淫心","正要踹门进去",遭遇包勇赶来,只得"飞奔而逃"。

(杨兵 撰)

【加评】读此回,不禁为鸳鸯一哭:鸳鸯之死,实为贾母拖累之故。前有贾赦逼婚之闹剧,贾母当时痛驳之后,为防自己百年之后贾赦还会兴风作浪,就应早点给鸳鸯找个好人家嫁出去。是她太自私了,为了一时被伺候舒服,把个忠心耿耿的义仆活活牵扯而亡。

(范文义 撰)

第一百一十二回　活冤孽妙姑遭大劫　死雠仇赵妾赴冥曹

曲【小石调·青杏儿】唱：

母逝又连阴，家贼勾、大盗骏骏。太君所蓄席飞掠，更堪色匪，迷香劫美，玉殁污侵。〔幺篇〕眷属祖恩深，柩灵前、孝缅哭襟。忽如赵妾鸳鸯现，昔雠亦吐，新仇也罢，皆化冥喑。

（李鸿国　撰）

图1-223　活冤孽妙姑遭大劫

图1-224 死雠仇赵妾赴冥曹

【品评】本回写两人悲剧：妙玉、赵姨娘。

妙玉，何等冰清玉洁、秀外慧中的一个女子啊！她如清水芙蓉，平日里用绿玉杯啜雪花茶的奇女子，看淡了凡尘俗世，不甘食平庸的人间烟火；把一身高洁典雅，寄寓于栊翠庵，与晨钟暮鼓和袅袅佛香为伴。怎料到，狠心的高鹗君偏偏为这个冰美人安排这样一个结局，这让读者情何以堪？

赵姨娘的结局安排应在情理之中。俗话说，不做亏心事不怕鬼叫门。在铁槛寺这个佛门圣地，作者安排她被鸳鸯附身，尽吐罪孽，也算是"善有善报，恶有恶报"。

（李鸿国　撰）

【加评】妙玉之为人，出尘脱俗，清雅高洁，青灯黄卷，自入化境。除了对宝玉有一点暗恋、一点凡心，对刘姥姥有点居高临下、内心轻视之外，并无过错。何故给她安排被土匪海盗劫掠而不知所去的下场？窃以为此非曹公原意。其结局即使玉体被污也会抗争而死，以玉质清白而受人尊敬。岂有他哉！

（范文义　撰）

第一百一十三回 忏宿冤凤姐托村妪 释旧憾情婢感痴郎

诗云：

一堂悲祸乱，树倒散猢狲。
爱使情能远，恩催雪亦温。
炎凉淹病榻，哀怨锁衡门。
桑海人间事，与谁同比论！

（陈斯高　撰）

图 1-225　忏宿冤凤姐托村妪

图 1-226　释旧憾情婢感痴郎

【品评】莫说炎凉，姥姥感恩承重托；休言轻负，紫鹃舒垒对痴迷。

赵姨娘在铁槛寺内得暴病而亡。凤姐也得了重病，一时精神恍惚，由于贾琏对她十分冷淡，遂万念俱灰。刘姥姥听说贾母去世了，便从乡下赶到荣国府，一定要哭哭老太太，再给太太、二奶奶请个安。偶因济刘氏，巧遇得恩人。凤姐视刘姥姥为救命之人，托之以己命和女儿命。由于刘姥姥之眷顾，巧姐成为唯一一个得到善终的十二钗人，真令人感叹世事的变幻无奈。

宝玉听到妙玉被劫之事，想到《庄子》上的话，虚无缥缈，人生在世，难免风流云散！遂大哭不止。宝玉又想到紫鹃对他冷淡，亲自去找她解释，却吃了闭门羹。门里的紫鹃想起了黛玉，想到宝黛二人情深义重的临风对月，洒泪悲啼；理解了"可怜那死的倒未必知道，这活的真真是苦恼伤心，无休无了"，知道宝玉并非忘情负义之徒，于是便从心里谅解了宝玉。

（陈斯高　撰）

第一百一十四回　王熙凤历幻返金陵　甄应嘉蒙恩还玉阙

词【巫山一段云】曰：

　　昔日风骚展，今朝魂梦销。机关算尽恁凄寥，悲泪恸寒宵。
　　遗愿金陵返，犹叹桑梓遥。纸船纸轿照天烧，西去可相招？

　　权贵功勋后，豪门世祖亲。今朝蒙宠又回春，觐见谢隆恩。
　　衰盛谁能料，阴晴何与论？贾甄两府各寒温，往事叹氤氲。

（陈瑞林　撰）

图 1-227　王熙凤历幻返金陵

图 1-228 甄应嘉蒙恩还玉阙

【品评】凤姐病情危急，从三更天到四更时分不停说胡话，哭哭喊喊要船要轿，只说赶到金陵归入什么册子去。众人皆不懂，贾琏为安抚她，只得命人去糊船轿，凤姐那里喘着气等着。王夫人打发人来报信，琏二奶奶咽气了，请宝玉、宝钗过去。很多人都围在那里哭，见此状，他们也大放悲声。巧姐越发哭得死去活来，贾琏手足无措，加之手头不济，诸事拮据，此时想起凤姐平素的好处来，更是悲哭不已。人之将死其言也善，她死后要回金陵故里，入金陵正册。随其意吧。

功勋之后甄应嘉，金陵人氏，原与贾府有亲，素有走动。只因前年挂误革职，动了家产。今遇主上眷念功臣，赐还世职，安抚土疆，特从江南来京陛见。得知贾母新丧，特备祭礼择日去拜奠，先来看望。宾主寒暄中得知，近来越寇猖獗，海疆一带，庶民不安，甄又熟悉土疆，此行上慰圣心，下安黎庶。且叹贾甄两府风云变幻，可谓盛衰难料。

（陈瑞林　撰）

第一百一十五回　惑偏私惜春矢素志　证同类宝玉失相知

词【红林檎近】曰：

终了惜春愿，修行削发缘。勘破三春尽，木鱼净芳颜。相逢假真宝玉，形貌一样尘凡。禄蠹话不同源。失魄病痴癫。

和尚携旧玉，急唤耳边传。醒时攥玉，新愁呓语愚顽。欲脱红尘外，如狂似傻，却终身误迷梦残。

（高象昶　撰）

图 1-229　惑偏私惜春矢素志

图 1-230　证同类宝玉失相知

【品评】 本回主写两个人物：惜春与宝玉。

一是惜春决意出家。她听地藏庵尼姑谈妙玉说："我们修了行的人，虽说比夫人小姐们苦多着呢，只是没有险难了。""俗的才得善缘呢"，她觉得甚合心意，说自己早就有修行的心了。矢志坚定，连日绝食，只想铰头发，说："我又不出门，就是栊翠庵原是咱家的基址，我就在那里修行。""你们依我呢，就算得了命了；若不依我呢，我也没法，只有死就完了！"

二是双玉相会失望。宝玉见到同名同貌之甄宝玉，便一吐心中仰慕之情。不料对方满口文章经济之类，好不耐烦！回到屋中，又听了宝钗的抢白，不觉复发旧病，无语而傻笑。糊涂日甚一日。

和尚登门，手里拿着二爷所丢之玉，说要一万赏银。王夫人等绝处逢生，说："若是救活了人，银子是有的。"那和尚哈哈大笑，拿着玉在宝玉耳边叫道："宝玉，宝玉！你的'宝玉'回来了。"果然，宝玉睁了眼，攥住了玉，说一声"嗳呀！久违了"，活转过来。

（高象昶　撰）

第一百一十六回　得通灵幻境悟仙缘　送慈柩故乡全孝道

词【鹧鸪天】曰：

丢失通灵玉复还，太虚幻境悟仙缘。幽情公子魂飞散，衰府裙钗胆战寒。
思贾府，念观园，飘游隐若在人寰。神迷意乱随风去，扶柩回南入土安。

（于军　撰）

图 1-231　得通灵幻境悟仙缘

图1-232 送慈柩故乡全孝道

【品评】此回"宝玉魂游",描写宝玉因病魔复发被送玉索银的和尚引诱魂魄出窍至荒郊野外而再陷太虚幻境,恍恍惚惚地远远望见有一座牌楼,宝玉向前走去,隐隐约约看到尤三姐、鸳鸯、晴雯、秦氏、凤姐和迎春,迷迷糊糊看到"金陵十二钗正册",又去翻那十二首诗词,后由一个仙女引导见到潇湘妃子,宝玉说这是他的林妹妹,但黛玉并不与他搭话,众仙女将他驱逐出来,宝玉一阵痛哭。正要问明白,那和尚推了他一把才从梦幻中醒来。这一长段飘飘忽忽,曲曲折折,起起伏伏,朦朦胧胧,写景寥寥数句,写情点到为止,问人人不语,思探探不明,时峰回而路转,忽水尽而山穷,尽显宝玉懵懵懂懂、意乱神迷的情态。展示出《红楼梦》续作者有意衔接曹公开头几回而独有的清奇文笔。

宝玉身体复原,贾政按贾母遗言,将老太太与林黛玉灵柩一并送回南方安葬。贾琏也把闲置房子抵押出去,带着贾蓉、紫鹃等南下而去。

(于军、范文义 撰)

第一百一十七回　阻超凡佳人双护玉　欣聚党恶子独承家

诗云：

一僧还玉索金银，神色从容话语深。
花主多情迎远客，太虚幻境悟红尘。
杯擎令酒诙谐乐，子恶承家醉逸频。
贾府书房传故事，浮沉起落总牵神。

（于军　撰）

图 1-233　阻超凡佳人双护玉

图 1-234 欣聚党恶子独承家

【品评】本回伊始,宝玉病情稍有稳定,又受和尚以索要一万钱勾引,要跟和尚出行,找回真正的自己。袭人、紫鹃拼命拦阻不住。宝玉与和尚见面交谈中还吐出大荒山、青埂峰、太虚境、斩断尘缘这些话,宝钗听后感到不妙。

后叙贾政南下为贾母安葬未归,贾琏因父病重也要走,便将家事托付贾芸、贾蔷照应。贾芸、贾蔷在贾政的外书房住下,与贾环、邢大舅、王仁等成天赌钱喝酒,行酒令,罚吃喝,唱曲讲故事,传播小道消息:如妙玉被强盗抢劫下海杀害,贾雨村因勒索下属官员祸害百姓等罪名被参奏下狱等。尤其听说外藩有王爷要纳小户官府家女儿为妃。王仁想到外甥女巧姐,心生诡计。

(于军 撰)

【加评】宝玉为僧心定,空有佳人双护阻;顽儿当户邪行,招来鬼魅共翻腾。

(范文义 撰)

第一百一十八回 记微嫌舅兄欺弱女 惊谜语妻妾谏痴人

诗云：

削发为尼贾惜春，紫鹃随主步禅尘。
奸兄缺德伤天理，狠舅谋财害至亲。
公子幽情魂入境，太虚胜界梦牵神。
痴人妻妾痴心语，静室书房历苦辛。

（于军 撰）

图 1-235 记微嫌舅兄欺弱女

图1-236 惊谜语妻妾谏痴人

【品评】惜春出家修行得到邢、王二夫人的应允。便问彩屏等人有谁愿跟姑娘修行？紫鹃走上前，说出了情愿服侍四姑娘的愿望。

王仁竟然趁贾琏不在家与贾环串通一气，勾结贾芸、贾蔷、邢大舅要将巧姐卖给一外藩王爷家为奴。平儿觉得事情蹊跷便私下打听，终悉真相，王夫人也很难过。

宝玉会了那和尚以后便欲断尘缘，一心想太虚仙境之事。贾政捎回家书，教宝玉、贾兰备课应考。宝玉暂听宝钗劝解，到静室准备应考。

（于军　撰）

【加评】惜春出家，紫鹃陪伴。多亏宝玉吟诗"敲边鼓"："勘破三春景不长，淄衣顿改昔年妆。可怜绣户侯门女，独卧青灯古佛旁。"此非其当年从警幻仙子之"金陵十二册"判词中暗记乎？此诗恰好敲在四妹心上，也为紫鹃解围。善哉！

（范文义　撰）

第一百一十九回　中乡魁宝玉却尘缘　沐皇恩贾家延世泽

诗云：

辞行疯语意重重，笃定天涯志在胸。
金榜题名家有冀，红尘遁履影无踪。
皇怀祖德还新色，钗恨夫心自苦容。
兰桂齐芳延世泽？水中捞月一场空！

（崔波　撰）

图 1-237　中乡魁宝玉却尘缘

图1-238 沐皇恩贾家延世泽

【品评】宝玉与贾兰叔侄赴乡试大考前与家人辞行，宝玉所言意味深远。对王夫人说，中个举人让太太喜欢，儿子一辈子的事也完了；对李纨说，只要有了个好儿子，能够接续祖基，就是大哥哥不见，也算他的后事完了；对宝钗说，我自己也知道该走了。这个"走了"，一则契合开篇《好了歌》之含义，二则为宝玉遁入空门做铺垫，所谓一了百了，四大皆空。直至贾兰哭报："二叔丢了！"王夫人、袭人哭作一团，宝钗却心中已知八九：她是何等聪慧之人，难道不知金玉良缘已尽吗！任凭身怀六甲，凄苦难当。

巧姐先是遭奸兄贾芸、贾蔷和狠舅王仁迫害，后经凤姐周济过的刘姥姥救于庄上。也算凤姐作孽多多，一点善举，给女儿留下的一条后路。因宝玉、贾兰皆中举，皇上念及当日贾公功勋，免了赦、珍之罪，归还家产，官复原职，家道复初。但"兰桂齐芳"非旧日，"结末稍振"又如何？

（崔波　撰）

第一百二十回　甄士隐详说太虚情　贾雨村归结红楼梦

诗云：

鸟飞食尽各超尘，细说根由且有因。
渺渺太虚收孽鬼，冥冥地府抱冤身。
兴衰岂仅言家事？真假还须解梦人。
掩卷方知谁最苦，悼红轩里十年春。

（崔波　撰）

图 1-239　甄士隐详说太虚情

图1-240 贾雨村归结红楼梦

【品评】大结局。宝玉迷失后以出家人装束现身,以示归宿。巧姐依刘姥姥牵线嫁与庄上周家为媳,村居纺绩为生。香菱扶为正室,因难产而亡,遗一子于薛家。袭人有缘于蒋玉菡,是因见到宝玉的松花绿汗巾才摒弃死念,过上小日子。

本书贯彻始终的是曹公前80回所定基调,高鹗后40回为续波。本回与第一回首尾呼应:甄士隐以有道高僧身份将宝玉回归太虚幻境的来历告之贾雨村。所谓来历即无材补天,枉入红尘,情缘已了,通灵复原之类。像宝玉这样一个封建逆子亲身经历了贾府由盛及衰的过程,岂是"枉入"红尘!贾雨村自知无此天分,便将记述顽石下界一事托与曹雪芹。曹公披肝沥胆,于悼红轩中将真事隐(甄士隐)去,用假语存(贾雨村)于《红楼梦》中。至于曹公当初匠心设计的种种脉络、结局,因病故未能尽显,只能任凭后人苦心竭虑、见仁见智地评论续说吧。

(崔波、范文义 撰)

第二辑

人物篇

贾宝玉与金陵十二钗

1. 贾宝玉

图 2-1 贾宝玉

【贾宝玉】 长篇小说《红楼梦》中人物。出身于贵族家庭，天分聪颖，"任性恣情"，不苟同流俗，爱好诗词戏曲、杂学旁说，喜欢清纯少女，鄙视功名富贵，厌恨八股科举，甚至对儒学和仕途经济之学等，都曾表示过怀疑和不满。如此种种，导致了他个人与整个环境的剧烈冲突及其无尽的痛苦。他因与林黛玉思想一致而成了知己，相互爱恋，以至于刻骨铭心。但不为家族各方所容，最终以黛玉含恨而死、他出家为僧为结局。是一个叛逆者的形象，但亦存在着软弱、虚无、庸俗的一面。在他的爱情悲剧和人生悲剧中，既展现了人性内涵的丰富与复杂，也揭示了这种人性在环境压抑下的深沉悲哀，因而成为中国古典文学中最突出的艺术典型之一。①

---

① 《辞海》（2009年版）第 1054 页。

【今声】6首

七律·贾宝玉
邓世广

等闲辜负补天身,翻做胭脂队里人。
有靓皮囊怜短浅,无穷毛病许纯真。
荣华殆尽良缘断,艳福虽多喟息频。
好了歌声犹在耳,通灵惜未解前因。

蝶恋花·贾宝玉
李锡庆

貌似癫狂无妄语。只道今生,木石前盟固。如海深深荣国府,纷纭未解相思苦。
百岁尘寰谁共煮?轻启面纱,不是心中侣。往日情怀余几许?始知人世无行处。

卜算子·叹宝玉
宋梁缘

可怜补天石,枉入红尘处。富贵功名又何为?梦醒方成悟。
木石叹无缘,玉带终须负。聚散悲欢尽偶然,踽踽望归路。

七绝二首·贾宝玉
李乐年

其一
痴情痴义恋颦颦,金玉良缘假作亲。
骤毁前盟寒彻骨,置身浊世泪泗巾。

其二
姻差缘错已形成,苦海茫茫现慧明。
暮鼓晨钟驱乱绪,香熏贝叶伴余生。

【黄钟·红锦袍】宝玉真性情
韩存锁

(那宝玉)本来是真性情,(为甚)女儿群惹败名,拜菩萨招祸痛。林中泪雁鸣,雪里玉花生。未经世态炎凉,何怨高堂庸教?(看楼外)大江风惊梦醒。

【清韵】3 首

题画诗·贾宝玉
瞿应绍

青埂峰头容再游,分明身世此红楼。
还容富贵闲人到,尚有情天册子留。
十载经销几粉黛,一心破作两恩仇。
出门大笑从今去,扫却平生万种愁。

[加注] 编者将为改琦绘《红楼梦图咏》(下简称《图咏》)所题诗作称作"题画诗",不再标注诗的体裁。所题词作仍以词牌加人名。下同。

长相思·贾宝玉
袁桐

说多情,未多情,每到多情情转轻。相思没正经。
人通灵,玉通灵,金玉姻缘到底成。累伊空泪零。

悼红十二梦·贾宝玉
姜祺

意稠语密态温存,摄尽名姝百种魂。
二十一年情赚足,恝怀一撒入空门。

[加注] 纵观数以千计的题红诗,清嘉庆年间的红楼题咏名家姜祺(字季南,号蝉生,上海人)撰写的144首(分"荣庆""荣禧""碧纱""会芳""怡红""缀锦""含芳""嘉荫""榆荫""梨香""太虚""悼红"12辑,每辑"十二梦")七言绝句,颇具特色。晚清著名书画家王墀在其《王墀增刻红楼梦图咏》中将"蝉生之诗可用者配以九十余首,其不足者自为创之"。本书所选姜祺诗之题,皆以"悼红十二梦·贾宝玉"等类形式出现;王墀自创诗之题,则以"自题诗·人名"命之。两者皆不冠以诗体"七绝"。

2. 林黛玉

【林黛玉】 长篇小说《红楼梦》中人物。贾宝玉的表妹。出身仕宦家庭，从小体弱多病，聪慧敏感，但因父母早亡，长期寄寓外祖母家（贾府），过着寄人篱下的生活。她深刻感受到自己所处的屈辱地位和环境的压抑，憎恶周围的丑恶事物，蔑视权势利禄，内心蕴积着反抗的情绪，形成了既"孤高自许、目无下尘"又自伤无力、多愁善感的性格特点。因与宝玉思想一致，彼此相爱，但不为环境所容，郁悒成病，于宝玉被骗与薛宝钗成婚之夜，焚诗呕血而死。她与贾宝玉都是作者在书中浓笔重彩描写的主要人物，也是中国古典文学中著名的典型形象。①

图 2-2 林黛玉

【今声】10 首

七律·林黛玉

邓世广

服信才多泪亦多，孤高未肯认婆婆。
潇湘别馆无余子，木石前盟剩表哥。
篱下寄身身本瘦，诗中任性性堪磨。
葬花总是耽风雅，离恨天遥叹奈何。

---

① 《辞海》（2009 年版）第 1393 页。

七律·林黛玉
郑尚可

同讴宝黛动人情,悼玉词章入管笙。
难得生平能契已,共鸣琴瑟奏谐声。
纵然婚变灯将灭,也要诗焚气可争。
如愿洁来还洁去,临风绛草更娉婷。

五律·林黛玉
熊东遂

投胎已然错,再错是投亲。
遇着痴呆种,翻成保护神。
世由清入浊,云以幻为真。
焚尽当时草,来生莫做人。

七律·林黛玉
刘双起

金钗十二齐争艳,首席颦卿别样红。
慧业灵心吟逸赋,悲歌热泪葬花丛。
神仙下界孤零女,杨柳扶风脆弱蓬。
可叹生来多善感,痴情夙愿竟成空。

七绝二首·林黛玉
李乐年

其一
素日多愁病态云,唯凭知己寄情殷。
调包一策成婚计,玉殒香消两界分。

其二
落花锄土瘗香尘,菊会三诗味最醇。
梦绕魂牵因一玉,终究偿泪绛珠神。

江城梅花引·黛玉焚诗
扈建新

凄风竹影病娇身。怕听闻,却听闻。金玉结缘,梦魇已成真。情线难牵思未了,怎回首?一帘帘,痛断魂。

断魂。断魂。日渐昏。念赠文,怕赠文。冷月瘦影,不再有、木石温存。惟有炉前,红焰映啼痕。今夜为侬乘鹤去,尘泪尽,太虚寒,切莫询!

蝶恋花·黛玉焚诗
李锡庆

一梦红楼终不醒。竹掩潇湘,摇曳流光冷。憔悴钗裙慵未整,因伊思念因伊病。
焚尽诗笺心却哽。暮去朝来,难见春风影。堪恨良缘成画饼,芳华飘落无人省。

鹊踏枝·林黛玉
宋梁缘

美景韶光能几许?饮罢愁肠,泪已无重数。寂寞潇湘斑迹竹,初衷试遣诗情诉。
莫笑葬花痴怨语。石木前盟,惆怅终须误。可叹红颜春不驻,徒留一曲梦残处。

【正宫·柳梢月】黛玉
韩存锁

(隐隐)生来痛,(悠悠)楼空梦。(一片)冰心清冷,(几度)花月朦胧。(虽可叹)疑猜自生,(且当赞)才华世惊。(却不知)诗书难以扶天命。尘冥,可怜真意少缘情。

【清韵】6 首

题画诗·林黛玉
孙坤

英皇夜泛红丝瑟,寒入潇波孕兰质。
承泪幽篁点点斑,一生尽是含愁日。
卿家少小闭妆楼,薄命梨花不耐秋。
故国高堂俱早世,外家戚里盛通侯。
迢迢一旦香车至,兰锜繁华照天地。
长日虽邀掌上怜,西风谁识心中事?
名园春色到琼台,稚蝶娇莺作队来。

赏月不关金屈戌，酹花争泛玉交杯。
众中别有关心处，宜笑宜嗔总无据。
红烛宵深忆过寻，绿窗昼静同低絮。
从来幽恨已难禁，从此闲愁日又深。
当户每憎鹦舌唤，断肠唯擘凤笺吟。
闺中女伴称诗格，漫许才华世无敌。
谁道风批月抹词，无非粉泣珠啼迹。
雨过雕栏取次行，落红满径又伤情。
封泥为筑埋香冢，杀粉亲书瘗玉铭。
归来日日无言语，慵病残妆强梳理。
意绪唯应独自知，泪丝时背旁人堕。
一点孤灯黯绮栊，轻魂容易逐罡风。
笙歌何处金堂沸，环珮今宵绣阁空。
平泉回首伤遗事，草死红心愁满地。
瘦影伶俜望不来，夕阳犹锁丛筠翠。

七律·黛玉葬花
佚名

远离丘墓附姻亲，蓬梗飘零惜此身。
况复经过寒食节，更教愁杀断肠人。
有缘玉骨归香土，无主芳心泣暮春。
底事红颜同薄命，问花花亦悄含颦。

七律·黛玉焚诗
周绮

不辨啼痕与墨痕，无情火断有情根。
者宵果应灯花谶，往日空怜蜀鸟魂。
慧业已随人遁世，痴鬟休为竹开门。
鸭炉兽炭寒如水，剩得心头一缕温。

【北双调·新水令】葬花
吴镐

甚韶华如许易飘零？冷惺忪梨云梦醒。兰风吹袂举，香屩踏莎轻。池水盈盈，照见我病根苗，愁形影。

图赞·林黛玉

人间天上总情痴，湘馆啼痕空染枝。
鹦鹉不知侬意绪，喃喃犹诵葬花诗。

[加注] 编者将《增评补图石头记》一书人物画后的配诗称作"图赞"，不再标注诗的体裁。下同。

碧纱十二梦·林黛玉
姜祺

脉脉含情苦未酬，盈盈欲泪揾还流。
啼鹃哀雁愍鹦鹉，销尽秋窗雨露愁。

3. 王熙凤

【王熙凤】 长篇小说《红楼梦》中人物。出身贵族家庭，"自幼假充男儿教养"，既才貌双全、精明能干，又泼辣狠毒、贪婪成性，嫁入贾府后不久，就成了当家主妇。她凭借手中的权力，"嘴甜心苦，两面三刀"，损人利己，营私舞弊，肆无忌惮地制造了一系列悲剧，如毒设相思局，弄权铁槛寺，逼死尤二姐，以及向王夫人献"调包儿"计谋，帮助拆散贾宝玉与林黛玉的婚姻等，但最终也将她自己一同毁灭。是书中最生动出色的反面形象，也是中国古典文学中著名的艺术典型。[1]

---

[1] 《辞海》（2009年版）第2339页。

【今声】2首

七律·王熙凤

邓世广

宁荣府里负芳名，大业巍巍厌啄争。
稚嫩双肩曾任重，玲珑八面未端平。
惩奸小设相思局，怜女预联车笠盟。
孤木难支楼欲倒，机关算尽误卿卿。

【正宫·柳梢月】王熙凤

韩存锁

（笑声）听还远，（心意）知难见。
（一事事）风干血汗，（一天天）算尽机关。
家多债钱，人无靠山，锦丝粉黛劳飞燕。
堪怜，空楼冷雨落花残。

图 2-3　王熙凤

【清韵】2首

题画诗·王熙凤

武念祖

倜傥风流四座惊，金闺独许占寸名。
解围惯博诸郎粲，戏彩常怡大母情。
不避嫌疑原脱略，便招猜忌只聪明。
伧奴中酒真狂瘦，百犬何劳更吠声。

图赞·王熙凤

才调风流迥出尘，宫花分得一枝新。
侬家乍醒阳台梦，斜掠烟鬟半未匀。

4. 薛宝钗

【薛宝钗】 长篇小说《红楼梦》中人物。贾宝玉表姐。出身皇商家庭，从小受过良好的文化教养，"品格端方，容貌美丽"，"行为豁达，随分从时"，为人处世"装愚守拙"，形成了"冷美人"的性格特点。本为入宫选才女而进京，寄居贾府后，不仅博得了主子下人的欢心，而且宝玉也为其美貌才华所吸引乃至忘情发呆。但因她以"读书明理，辅国治民"相规劝，二人才"生分了"。后来即使在家长的包办下成了宝玉的妻子，却因丈夫出家为僧，留给她的是无穷无尽的孤寡生涯。因而也成为著名的悲剧形象之一。①

图 2-4 薛宝钗

【今声】5 首

七律·薛宝钗

郑尚可

可悲金锁徒工计，打水竹篮能不空？
白絮纷扬融厚土，青云直上借春风。
立身处世心怀异，待物为人道岂同？
无本婚姻成涩果，何况"荣宁"已败穷！

---

① 《辞海》（2009 年版）第 2602 页。

七律·薛宝钗

邓世广

仪范端庄城府深,羞花咏絮不输林。
纵教秀项悬金锁,未必芳猷失本心。
自有家规承祖训,宁无心事对箫吟。
可怜独守空房日,褒贬纷争直到今。

七律·薛宝钗

石俊茹

信步幽园独赏春,忽逢蝶舞正迷人。
柔荑悄悄挥团扇,娇喘微微湿汗巾。
半醉半痴皆意趣,一颦一笑亦天真。
可怜斯女青云志,性格由来最可亲。

七律·薛宝钗

崔波

有道丰腴人更美,雍容聪慧暗争强。
诗题蟹宴扬才气,蝶绕亭廊舞扇香。
嫁得豪门春日短,夺来公子夜衾凉。
奈何金玉良缘尽,望断天涯各一方。

【中吕·迎仙客】宝钗

韩存锁

美女神,梦红尘,道德文章捉弄人。
细修身,难见心,寻觅知音,多少真情问。

【清韵】7 首

题画诗四首·薛宝钗

罗凤藻

其一

艳冠群芳拥绛纱,风流妩媚晕朝霞。
瑶宫仙蕊知多少?此种端推第一花。

其二
泥人风韵本天然，秀色明明若可餐。
解识芳兰真竟体，阿侬刚服冷香丸。
其三
宫麝新颁一串金，浓香染袖贮深深。
一双玉腕白于雪，忍俊有人情不禁。
其四
一种温柔偏蕴藉，十分浑厚恰聪明。
檀奴何福能消受，空赚红颜误此生。

七律·宝钗扑蝶
佚名
纷飞蛱蝶绕楼台，暖逐东风扑几回。
扇影乱摇忙玉腕，粉痕斜溜湿香腮。
偶因游戏闲消遣，岂为迷藏暗捉来。
恰怪亭中私语久，防人忽把绮窗开。

【中吕·千秋岁】薛宝钗咏菊花
吴镐
论诗家，总不在韵险题纤巧，分什么怀珠拾瓦。也不在斑管云飞，斑管云飞，便显的七步风樯阵马。只要的灵机逗，多潇洒，新词秀，多闲雅。水到凭渠泻，便是钩心斗角，散彩纷霞。

荣禧十二梦·薛宝钗
姜祺
绛芸轩里鸳鸯梦，滴翠亭前蛱蝶图。
攘得月圆旋复缺，半生赢受绣帏孤。

5. 史湘云

【今声】3首

七律·史湘云
李金娥

芳名端在册中标,胆量横生苦自消。
笔引清流香气满,文滋枯柳叶眉娇。
偶惊才子争翘指,时令佳人笑折腰。
可叹凤飞悲失侣,痛将绮梦逐风飘。

鹧鸪天·史湘云
陈瑞林

生得豪门尊贵容,须眉才气正填胸。
海棠诗社风骚展,芍药花丛遗梦踪。
吟柳絮,挽春风,繁华似锦转头空。
寒塘渡鹤怜茕影,底事双星难再逢。

【仙吕·后庭花】湘云
韩存锁

金陵浮水流,红楼云梦休。爽朗江湖气,辛勤针线头。欲何求,生来苦命,无心再问愁。

图2-5 史湘云

【清韵】4首

虞美人·咏史湘云
侣山

天真烂漫多憨态,独出群钗内。酡颜柔摩醉娇慵,何处潜藏偷睡、落英中。
抽身悄出琼筵闹,幽兴来同调。倚阑联句月三更,鹤影寒塘妙思、压颦卿。

七律·湘云醉眠芍药裀
周绮

席翻脂粉醉飞觞，酒力难支近夕阳。
无限春风困春睡，不胜红雨覆红妆。
倘非玉骨还宜暖，幸是冰肌未碍凉。
一种痴憨又娇怯，画工要画费平章。

七律·湘云眠石
佚名

宴罢群芳酒满卮，云根小憩力难支。
碧萦苔篆侵双鬟，红沁花香入四肢。
醉态朦胧身欲化，春情约略梦先知。
偶闻啼鸟微惊觉，扶起还应倩侍儿。

图赞·史湘云

拾得麒麟去，非关风月媒。
芍裀沉醉后，花向夕阳开。

【品评】 史湘云：金陵十二钗之一，贾母的内侄孙女，贾府通称史大姑娘。史湘云自幼父母双亡，由叔父忠靖侯史鼎抚养。尽管湘云身世比林黛玉还苦三分，但她从没像林黛玉那样多愁善感，在贾府随时可以听到其爽朗的笑声。她心直口快，性格开朗，诗思敏锐，才情超逸，在诗社中雅号为"枕霞旧友"。"醉眠芍药裀"，中秋联诗"寒塘渡鹤影"，都给人们留下了深刻印象。史湘云之判词"富贵又何为？襁褓之间父母违；展眼吊斜辉，湘江水逝楚云飞"，揭示了其身世与结局。宝玉失落之金麒麟恰巧被湘云拾到，而湘云也有个金麒麟，初看起来倒像是暗寓湘云与宝玉有"缘"。红学界对此看法不一。高鹗所续后40回，湘云嫁了个才貌双全的男人，偏偏丈夫得了痨病而死，最后独守"寒塘"，孤老一生。

（翟海潮　撰）

6. 贾元春

图 2-6 贾元春

【今声】3 首

七律·贾元春
李鸿国

端庄贤淑石榴红,三载幽清凤藻宫。
盛世全凭双德貌,奢华尤靠一橼弓。
省亲纵使千般好,归梦依然万籁空。
路远山高寻故里,长将骨肉寄魂中。

七律·贾元春
崔波

仙姿丽质为皇生,恩准回亲一日行。
极目奢华金造苑,难言苦闷泪吞声。
深宫大树猢狲聚,贵府残春草木惊。
哀恸报薨天地暗,谁知虎兔惧相迎。

扬州慢·元妃省亲
扈建新

慢舞蟠龙,帘飞彩凤,八抬金辇归程。净香街十里,正鼓乐声声。见荣府,尊卑匍地,领衔贾母,制礼相迎。大观园,旌烛争辉,歌宴升平。

深宫六载,幸君恩,方得尊荣。纵桂殿巍峨、山呼千岁,难测阴晴。掩面泪垂谁诉?如冰履、夜夜心惊。叹今宵圆后,何时再享亲情?

【清韵】3 首

题画诗·贾元春
周绮

椒房更比碧天深，春不长留恨不禁。

修到红颜非薄命，此生又缺女儿心。

题画诗·贾元春
沈耀钤

宫花含笑对新妆，云髻凤鬟下御床。

侬是承恩香殿里，也应仙艳冠群芳。

荣禧十二梦·贾元春
姜祺

凤藻承恩第一才，百花头上倚云栽。

宫车一过铜山裂，珍重如天雨露来。

【品评】贾元春：身为公府千金，自幼承祖母教养，花容月貌，聪慧贤淑。她体恤母亲，主动教养幼弟。因贤孝才德，十三岁选入宫廷做女史，处处小心，事事谨慎，凭自己的努力被封凤藻宫尚书，加封贤德妃。荣宠一时，令她的家族显贵至极。

可怜的人呀！都羡你享尽荣华富贵，谁解那深宫似海，骨肉分离；都羡你备受皇恩，谁解那激流暗涌，步步惊心；都羡你仪仗威赫，谁解你寂寞长夜，望穿秋水；都羡你凤驾归省，谁解你忧虑重重，不能自主。

好一个才貌贤孝超群且责任心极强的女子，在宫里熬过二十年后因病而终。

（陈慧茹　撰）

7. 秦可卿

图 2-7 秦可卿

【今声】

七律·秦可卿

陈慧茹

貌比仙娥体态娇，品行才略见丰标。
待人和善宗亲敬，处事周全美誉昭。
情海相逢情做主？孽缘未了孽生苗。
可怜薄命寒门女，魂断天香大梦消。

【清韵】3 首

题画诗·秦可卿

沈文伟

黛怨钗香总可怜，阿谁唤作梦中仙。
春花不寿秋云薄，拂衣先归补恨天。

题画诗·秦可卿

罗凤藻

管领情天第一人，雪肤花貌玉精神。
尘缘易醒繁华梦，幻境先抽色相身。
过眼浓春怜草草，关心小字唤真真。
仙班觅得金鸳替，从此瑶宫证上因。

南柯子·秦氏

香案帘前使,瑶台月下逢。卿卿本是许飞琼,争被芳名唤起梦魂中。

露冷珠旋落,人遥豆不红。低枝无奈五更风,一点幽情还逐晓云空。

【品评】秦可卿:金陵十二钗之一。生下来就遭弃,幸被营缮郎秦邦业抱养。她长得袅娜纤巧,性格风流,行事又温柔和平,长大配得宁国府嫡长孙贾蓉为妻。女儿喜,嫁得豪门贵公子;女儿乐,阖府疼爱皆欢悦;女儿愁,公公私会天香楼;女儿悲,好景不长大梦归。可怜一个风情月貌、处事周全、温和贤惠的薄命女子,费尽心机,在豪门公府赢得了上上下下的疼爱与尊重,享受着锦衣玉食的生活,最终因一段"孽情"而死。

(陈慧茹 撰)

8. 贾迎春

【今声】3首

七律·贾迎春
师晓安

枉有亲爹不见娘,身虽富贵亦堪伤。
天生怯懦多柔媚,本性忧疑懒要强。
预示歌筵俄顷散,谁知命运翌年亡。
中山故事虽悠久,岂料红颜又遇狼。

七律·贾迎春
崔波

富贵园中缀锦楼,美人梳镜挽春留。
银针碌碌千金手,讷语呆呆二木头。
无奈许身还父债,岂知俯首入狼喉?
凄风肆虐催花命,一载芳魂逝水流。

图 2-8 贾迎春

减字木兰花·贾迎春
周晓梅

休言此恨,身在侯门亲不问。子手谁牵?苦短生涯泪湿笺。

皆因懦弱,夜雪晨霜埋芍药。命系于狼,不是东风也断肠。

【清韵】2首

图赞·贾迎春
菱洲亭畔水萦回,泪湿阑干空自哀。
底事闲愁挥不去,一篇感应却疑猜。

碧纱十二梦·贾迎春
姜祺

紫菱洲畔水云空,感应空传不语中。
闲谱群芳数开落,此花最不耐东风。

【品评】贾迎春:金陵十二钗之一。荣国府长子贾赦庶出的女儿。可羡她,豪门一千金,奴仆亦成群;可爱她,丽质出天然,沉静又温婉;可怜她,自幼丧生母,有父不如无;可叹她,诚厚少才情,与世无纷争;可恨她,懦弱受欺凌,不问累金凤;可悲她,嫁得中山狼,一载赴黄粱。她把自己活成了一块木头,对周围的一切,不闻不问,木然处之,面对矛盾,一味躲避,力求安静。可是,命运的恶魔没有因为她的善良和委曲求全就善罢甘休,不做任何抗争反而下场更悲惨。

(陈慧茹 撰)

9.贾探春

【今声】2首

七律·贾探春
郑尚可

小试锋芒挑重肩,逼人英气理荒田。
明纲除弊披丛棘,兴利开源挺秀莲。

荣府鳌头应独占，观园闺阁亦当先。
虽逢末世难为力，巾帼能行破浪船。

七律·贾探春

陈慧茹

俊眼修眉窈窕身，文华风采冠三春。
理家除弊良谋远，结社吟诗雅趣真。
长恨香闺终锁梦，每因生母总伤神。
回天无力空惆怅，遥望乡关涕泪频。

【清韵】3首

题画诗二首·贾探春

刘枢

其一

拾得残蕉试墨新，桐阴小立月如银。
海棠开到秋逾媚，合替群芳作主人。

其二

蛾眉远嫁最心伤，太息三春景不长。
铁甲声中银烛艳，小乔真个配周郎。

图 2-9　贾探春

题画诗·贾探春

兰因居士

千金声价不羁才，伉爽人宜秋爽斋。
绮阁贤名兼妇职，芳园韵事骋吟怀。
玫瑰刺手香偏好，甘蔗旁生味转佳。
只惜匆匆悲远嫁，封侯夫婿在天涯。

【品评】贾探春：金陵十二钗之一，贾政与妾赵姨娘所生，贾府通称三姑娘。迎春和探春都是庶出的，而性格却截然不同。迎春被人称为"二木头"，探春则诨名"玫瑰花"。玫瑰花无人不爱，只是带刺戳手，就连凤姐和王夫人都畏她几分。探春削肩细腰，长挑身材，鸭蛋脸面，俊眼修眉，文采精华，见之忘俗。探春是海棠诗社发起者，自号"蕉下客"，诗词略逊于黛钗。探春关注家族命运，富有忧患意识，在抄检大观园时，她勇于反抗，怒打王善保家的那一幕，实在痛快之至。探春极具管理才华，曾奉王夫人之命代凤姐理家，主持大观园改革，兴利除弊，实施"承包责任制"。《红楼梦》曲《分骨肉》"一帆风雨路三千，把骨肉家园，齐来抛闪"，预示着探春的结局。

（翟海潮　撰）

10. 贾惜春

图 2-10　贾惜春

【今声】2 首

七律·贾惜春

崔波

蓼风轩里落余晖，一寸斜光一寸悲。
妙笔成全心上景，残棋渐失手中威。
芳华未老春先去，大厦将倾梦不回。
觉悟佛门还夙愿，青灯龛焰自相依。

减字木兰花·贾惜春

周晓梅

天工巧夺，彩笔描春春独活。虚月临窗，谁料三春景不长？

缁衣顿改，忍把初心沉石块。一碗青灯，照见当时梦已醒。

【清韵】2 首

题画诗·贾惜春

瞿应绍

玉炉清晓炷沉檀，笔砚香灯一几安。
买得十千新绢素，画他三百曲阑干。

棠花社里秋吟懒，疏磬声中粉墨残。
悟彻太虚真幻境，此生只合老蒲团。

碧纱十二梦·贾惜春
姜祺

暖春别坞小壶天，小妹丹青剧自怜。
色即是空空是色，从来画理可参禅。

【品评】贾惜春：金陵十二钗之一，宁国府贾敬之女，在贾府众姐妹中排行第四，人称"四姑娘"。惜春生得身量未足，形容尚小，但好模样。由于缺乏父母怜爱，惜春养成了孤僻冷漠的性格。在抄检大观园时，她撵走毫无过错的丫鬟入画，对别人的流泪劝解无动于衷。惜春喜欢作画不善写诗，曾受命来画大观园。惜春判词"勘破三春景不长，缁衣顿改昔年妆。可怜绣户侯门女，独卧青灯古佛旁"，预示其结局。高鹗所续后40回中，三个姐姐之不幸结局，使她产生了弃世念头。妙玉之走火入魔对惜春产生了深刻影响，她想："妙玉虽然洁净，毕竟尘缘未断。""我若出了家时，那有邪魔缠绕？一念不生，万缘俱寂。"贾府败落，惜春披缁为尼，在栊翠庵出家。

（翟海潮　撰）

11. 李纨

【今声】2首

七律·李纨
崔波

镜里恩情早已空，锦衣携子享昌隆。
闲心即兴筹诗社，崇德时常话女红。
才冠簪缨威赫赫，遂成冢鬼去匆匆。
兰花谢了回春梦，槁木成灰好事终。

图 2-11 李纨

七律·李纨
周同顺

嫁入豪门命苦酸,大观园内涌波澜。
寡欢守节心如槁,独善存温志未残。
结社寻芳飘雅韵,奉亲教子享衣冠。
飞花逐水终须去,徒有题名一茂兰。

【清韵】4首
七律·青女素娥李纨悲黛玉
周绮

月中霜里拟翩翩,姊妹班头掌翰仙。
定为清才遭白眼,岂宜红粉逝青年。
情虽有为情应笃,病到无辜病最怜。
竹自迎人人寂寂,嘻吁我独泪潸然。

图赞·李纨

抱得松筠操,青青耐早霜。
鸾飞孤月影,桂发一枝香。
爱雪邀开社,追凉玩插秧。
教儿知稼穑,妇德自流芳。

题画诗·李纨
高崇瑚

其一

只影常时掩素帏,稻香生爱境清幽。
芦花亭外空如雪,惆怅何人共白头。

其二

卯角娇儿玉不殊,秋灯课读月明孤。
评诗吟社群花笑,岂独昭容赏夜珠?

【品评】李纨：金陵十二钗之一。出身名门，嫁得豪门，怎奈丈夫早逝，青春守寡。身处于膏粱锦绣之中，孤灯长夜，寂寞苦挨；威赫赫公府人来利往，都是他人的世界。虽然正值青春，光鲜亮丽已经无缘。你道她真个有德无才，心如"槁木死灰"？君不见大观园里诗社掌坛谁可比，评诗精当有见解，群芳夜宴堪活跃。只为了避开是非，教子成才，隐忍苦熬许多年。终于苦尽甘来，却怎知黄泉路近，大梦如烟。她是封建社会贤女节妇的典型，妇德妇功的化身。时代造就了她的悲剧人生。

（陈慧茹　撰）

12. 妙玉

【今声】2 首

七律·妙玉

郑尚可

栊翠栖身未绝埃，洁空自许且吟怀。
剧怜绵白芦庭雪，独赏胭红槛外梅。
茶道精求清瓷水，禅缘易尽冷坛灰。
厦倾鸟散谁能免，玉陷污泥不胜哀。

【中吕·迎仙客】妙玉尼姑

韩存锁

泪水娃，镜中花，粉红庙堂飞片霞。叹神家，泥土巴。妙玉云纱，风雨尼姑画。

【清韵】3 首

七律·妙玉听琴警悟

周绮

机微领略不言中，一曲丝桐忍听终。
好梦未醒长恨客，美人已定可怜虫。
从前枉受情痴累，此后都归色相空。

图 2-12　妙玉

无限伤心成独想,余音任付月溟濛。

女冠子·妙玉
王希廉

六根净了,自是不干烦恼,绝纤尘。避俗藏青眼,随缘托白云。
听琴神理会,咏月语清新。何事竟逢劫,佛无灵?

菩萨蛮·妙玉
袁桐

玉容却与梅花瘦,围棋小劫禅心逗。香火有前因,传笺(槛)外人。
烹茶容小坐,知己谁堪数。弦外有余音,孤听指法深。

【品评】妙玉:金陵十二钗之一。自幼因病入空门,青灯黄卷夜深沉。心未了,出身仕宦,美丽聪颖,为何红尘不容?梦未了,身处清静之地,竟修得才华馥郁,品位高雅。栊翠庵品茶可见她的茶艺精湛,中秋夜联诗足见她才华超群。情未了,大观园里有她的知己知音,尘缘难尽。岫烟是故交,宝黛钗湘惜是新知。品茶有体己茶送与宝黛钗,宝玉生日她送帖子。恨未了,心性高洁遭人妒,举世难容。菩萨似的李纨都厌她为人。孽未了,贾府势败,终落得遭劫遭污,去向不明。

(陈慧茹 撰)

13. 贾巧姐

【今声】2首

减字木兰花·贾巧姐
周晓梅

人生几味,势败休云曾富贵。莫问因由,失恃孤儿亲作仇。
金装玉饰,不若寻常粗纺织。漠野荒村,感受刘家姥姥恩。

【熊东遨点评】周晓梅词《减字木兰花》三章(迎春、惜春、巧姐)连类而成,各具个性。迎春之懦弱,惜春之彻悟,巧姐之侥幸,影其形、传其神,红楼人物小传之精写,此其谓也。

七律·贾巧姐
于军

闺秀娇生自福门，锦衣玉食不愁温。
一株树倒猢狲散，满宅人衰兄舅浑。
巧姐逢凶离险境，村婆相救报慈恩。
妇随夫唱农耕乐，归隐田园育子孙。

【清韵】

雨中花慢·贾巧姐
徐渭仁

翠拥涛翻，鹭飞鱼散，凄凉怕上层楼。幸溪山深秀，廊阁清幽。满地绿云渺渺，一摊流水悠悠。阑干十二，伤心何所，风满汀洲。

衡门栖息，狼藉如花，天教尝尽闲愁。且躲过，珠飘纷堕，春又成秋。不分重经前地，十年一梦如鸥。几回肠断，雕帘珠幌，圆月当头。

图2-13 贾巧姐

【品评】贾巧姐：金陵十二钗里最小的一位，贾琏与王熙凤的女儿。生得富贵，母亲是荣国府的大总管，敛财有道；长得艰难，幼时多灾多病；经得凄惨，家败亲亡，被狠舅奸兄所卖；遇得巧合，幸遇刘姥姥，刘氏因得过凤姐恩济遂竭力搭救；落得安宁，在刘姥姥的救助下逢凶化吉，嫁到乡村，纺线织布，安然度日。因娘亲偶积阴德，其结局还算幸运。

（陈慧茹 撰）

贾府及与贾府有关的爷儿们

14. 贾政

图 2-14 贾政

【今声】3 首

五律·贾政

熊东遂

衣钵从容继，风花次第陈。
圣朝灰底色，霜叶赤基因。
只有无心货，能为两面人。
嵩呼不辞响，毕竟是皇亲。

七律·贾政

李金娥

大业未成双手空，亏言胆气贯长虹。
仕途终是命途舛，家运难于国运融。
唯诺侍亲承孝悌，宣威训子肃庭风。
人情已信薄如纸，卫道无能乃朽翁！

【中吕·朝天子】贾政

韩存锁

府衙，县衙，总是招人骂。懒疏红顶破乌纱，冰雪楼头压。端砚犹佳，栋梁已差，惊魂扛木枷。爱家，治家，儿女谁听话？

【清韵】

自题诗·贾政

王墀

家迹防范纵顽子，政拙催科容恶奴。

中夜无眠长太息，有人围烛正呼卢。

【品评】贾政：荣国府二老爷，贾宝玉父亲。贾政为人端正方直，谦恭厚道，大有祖父遗风。他是除贾母之外荣国府的最高掌权者，但同贾母一样不常管理府中大小俗务，是名副其实的甩手掌柜。他教子甚严，平时一副冷若冰霜的严父模样，宝玉见他如鼠避猫。宝玉的叛逆思想与其格格不入。"大观园试才题对额"是父子之间矛盾之初现，"宝玉挨打"则是矛盾发展之顶峰。贾政想做好官，可是不谙世情。在高鹗所续后40回中，贾政遭属下蒙骗，弄得声名狼藉。他一贯"勤俭谨慎"，不贪污纳贿，却不能管束手下人奉公执法，弄到属下打着他的旗号为非作歹的地步。被抄家后，承蒙北静王、西平王看顾，荣国府世职失而复得，贾政袭职，但仍未能挽回家族颓运。

（翟海潮　撰）

15. 贾赦与贾琏

【今声】3 首

七律·贾赦

陈慧茹

荣国公孙爵位高，袭官一等自陶陶。

胸无壮志荒书剑，事有私心恋色醪。

嫁女抵银情已灭，仗权夺扇罪难逃。

为儿为父时乖谬，基业倾颓笑尔曹。

七律·贾琏

李金娥

自诩生来即碧梧，几经富贵梦常孤。
命中有劫沾香满，胸内无才恨运殊。
曾入仕途空执笔，未谙国事却称儒。
风流落拓随心性，枉做人前大丈夫。

【中吕·朝天子】贾琏

韩存锁

草花，玉花，春夜一张画。琏爷贾府捧金砂，无奈斜阳下。偏色情槎，省心官罢，浮云几片霞。赞他，贬他，尽是风流话。

【清韵】

自题诗·贾赦与贾琏

王墀

天生刚愎与柔邪，强弱机关付一家。
欲吊鸳鸯七十二，东风开遍断肠花。

图 2-15　贾赦与贾琏

【品评】贾赦是荣国府大老爷，虽为长子，但不受贾母待见。他虽然上了年纪，仍左一个右一个小老婆放在屋里寻欢作乐，后来竟看上了贾母的贴身丫鬟鸳鸯，幸亏鸳鸯坚决抵制，借贾母之力阻止其企图。贾赦平时依官作势，因看重石呆子几把古扇，便与贾雨村勾结，拿石呆子到衙门问罪。正是由于其作恶多端，最后遭抄家革职，发往边疆效力赎罪。

贾琏是贾赦之子，王熙凤之夫，住叔叔贾政家帮着料理家务。荣国府内部事务由王熙凤掌管，贾琏主要负责管理荣府外部事物。贾琏与其父亲一样是个好色之徒，凤姐生日坐席，他趁机与女仆鲍二媳妇偷欢，被凤姐发现厮打一场，致使鲍二媳妇羞愤自尽；他还与多姑娘有染。他借口没有子嗣承继，偷娶尤二姐，在府外另立门户。后被凤姐发现，二姐受尽折磨，吞金自杀。

（翟海潮　撰）

【加评】贾琏与其父贾赦有所不同。贾赦,正如清代评点家诸联所说"赦则言其获罪也"!其人,在整部《红楼梦》中,可谓乏善可陈,基本上是被曹公全盘否定的人物。贾琏在"石呆子案"中是反对贾赦的。第48回,曹公通过平儿的口咬牙骂道:"都是那贾雨村,半路途中那里来的饿不死的野杂种……二爷只说了一句:'为这点子小事,弄的人坑家败业,也不算什么能为!'"就被贾赦"打的动不得"。可见,贾琏的良心尚未完全泯灭,故不能与贾赦"一视同仁"。

(刘承彦 撰)

16. 贾敬

【今声】

七律·贾敬

陈慧茹

皇朝进士国公孙,绝代才情耀祖门。
放眼前程铺锦绣,置身道法度晨昏。
荣华一掷飘然去,子女无拘恣意论。
纵是成仙何足用?家邦难托愧隆恩。

【清韵】

自题诗·贾敬

王墀

丹汞谁知是祸胎,学仙西去访蓬莱。
汉家讲尽长生术,秋雨飞莺泣露台。

【品评】贾敬:宁国公贾演的长房嫡孙。枉为人子,父亲贾代化苦心教子,他天资聪颖,刻苦读书,考中进士,又有世袭的官职,真个是前程似锦;但他不去光宗耀祖,而抛却功名置身道观。枉为人父,生下儿女,不管不教,致使不肖子贾

图 2-16 贾敬

珍胡作非为,把宁国府弄得不成体统;幼女惜春寄居荣国府,无人问津,完全感受不到父兄亲情。枉为人臣,既考中进士,必有一定学问,又有祖父荫泽,不出力报效朝廷,却一味炼丹炼汞,中毒身亡。似这般不负责任的人,才使得箕裘颓堕、家业衰败。

(陈慧茹 撰)

17. 贾珍

【今声】

七绝·贾珍

杨路平

祖上箕裘竟未珍,传家诗礼岂无循?
可怜大厦倾颓去,一个挖基毁业人。

图 2-17 贾珍

【清韵】

自题诗·贾珍

王墀

生来富贵亦何求?声伎繁华着意搜。
若将墉茨拼扫却,豪家子弟尽风流。

【品评】贾珍:头号败家的主,不肖子孙当首选贾珍。宁国府的封建家长贾演,不仅给曾孙留下了世袭三品爵威烈将军的封号,同时还有享不尽的荣华富贵。所以他才有穷奢极欲的资本,原有的一妻二妾竟不如偷情。

这个威烈将军一副道貌岸然的样子,却尽干坏事。热孝中,他敢带着贾蓉等一干子侄集众聚赌;在夫人尤氏眼皮子底下他敢乱伦睡儿媳;在贾琏的金屋藏娇处,他敢公开调戏尤氏二姐妹。直气得忠心护主的焦大怒骂"爬灰的爬灰"。

荒淫至无道。儿媳秦可卿死后,他如丧考妣,哭成个泪人儿。花一千两银子买一副王爷规制的楠木棺材破格厚葬,又花一千二百两银子为儿子贾蓉捐了个五品龙禁尉。可谓用心良苦!

(李鸿国 撰)

18. 贾蓉

【今声】

五律·贾蓉

崔波

末世豪门嗣,生来变态心。
无才通庶务,不耻觅荒淫。
祖德蒙羞面,儿孙恋绣衾。
狂风掀笏板,牢狱泣悲音。

【清韵】2 首

题画诗二首·贾蓉

廖鸿荃

其一
橐橐靴声隔座听,五陵公子正芳龄。
灵犀一点潜通久,不在玻璃十二屏。

其二
温柔绝少勃谿声,无限情文痛子荆。
惟有一端堪艳羡,天生伉俪两倾城。

图 2-18 贾蓉

【品评】贾蓉:人称蓉哥儿。容貌,身材,没得挑。然而就是这样一个美服华冠的男子,除了听命于封建家长,无一长处。秉承父辈的骄奢淫逸,倒是青出于蓝而胜于蓝,真乃是有其父必有其子。小小年纪,耳濡目染,调戏起姨娘来,一套一套的。他的可取之处,就是言听计从。如调理贾瑞有他,计赚尤二姐有他,还有一些和凤姐联手的勾当,都少不了他。可他作为一个顶门立户的丈夫,却连身边的妻子都保护不成,夺妻之恨,竟然来自父亲。他不但没有半点反抗，还沾沾自喜父亲为他花银子捐来的五品龙禁尉。

宁国府有这样的后生，焉有不败之理？

（李鸿国　撰）

19. 贾环与赵国基

【今声】2首

五律·贾环

陈斯高

庶出忧轻慢，顽嚚自贱人。
荒疏心眼小，猥琐器局贫。
孰种仇和妒？何留爱与纯？
殷殷情一段，莫忘彩云真。

七绝·赵国基

陈斯高

舅佬款儿名分珍，虎威一假有丰神。
可知王道深如海，人死难加二十银！

图 2-19　贾环与舅舅

【清韵】

自题诗·贾环

王墀

梼杌凶顽世耻之，奴才也赋渭阳诗。
而翁少子偏怜爱，合是传心赵左师。

【品评】贾环：环哥儿。也是贾政老爷之亲生子，就因为娘胎系庶，便矮了半截子。虽年少童心，也知进上学，但仍旧是奶奶不疼、姐姐不爱，以凤姐为首的一干人等处处打压年幼的贾环。

在这样一个嫡尊庶卑环境中成长的少年，多歧视，少疼爱，加之母亲赵姨娘为人不尊，小环儿一门心思憋坏：与众人玩耍时撒泼耍赖；故意打翻蜡烛台烫伤宝玉；甚至在贾政面前诬陷宝玉。

可怜的环哥，虽贵为主子，却在封建家族嫡庶之争下，变成了"坏哥"。

（李鸿国　撰）

20. 贾兰

【今声】

菩萨蛮·贾兰

布凤华

生来本是逍遥客，黯然偏少承恩泽。寂寞读诗书，春归期木苏。

稻香村里住，秉烛吟梁甫。马革梦魂销，曾经披蟒袍。

【清韵】3首

题画诗·贾兰

沈耀钤

闲愁花月儿无分，凤好诗书母有功。
应遂四方弧矢志，果然蕊榜掇秋风。

题画诗·贾兰

沈文伟

春来春去不关情，嚼烂熊丸渐得名。
最喜晓风残月候，稻花香里读书声。

图 2-20　贾兰

悼红十二梦·贾兰

姜祺

诗成筵上笔呈芬,弦响山坡鹿失群。

他日倘教承祖德,也应奋武更揆文。

【品评】贾兰:荣国府贾政嫡长子贾珠之子。自幼失怙,生得文雅俊秀,承寡母李纨教养。他虽是长房长孙,却没有得到祖母的关爱,祖母的眼里只有宝玉,太祖母的心里被宝玉占去大多半,阖府人等只看老祖宗的喜好行事,所以小小年纪已经习惯了冷落与寂寞。好儿郎当自强,贾兰无视荣华,避开是非,刻苦攻读,日夜勤勉,间习武艺,以求挣得功名,光宗耀祖。日后,贾兰果然爵禄高登,为寡母挣来凤冠霞帔。虽然命运无常,但他的奋斗精神着实可贵。若有半数儿孙似贾兰,国公也能笑九泉。

(陈慧茹 撰)

21. 薛蟠

图 2-21 薛蟠

【今声】

【双调·快活年】薛蟠

韩存锁

清浊本是一池间,同胞难共天。只生不教毁薛蟠。逆子谁娇惯,蠢事何堪见,多笑谈。

【清韵】

自题诗·薛蟠

王墀

生长豪华不识愁,祖宗大业霎时休。

霸王情性狂且习,不是风流是下流。

【品评】薛蟠:说他呆,是因为他在曹公笔下,就是一个不学无术,一应经济世事，全然不顾，终日斗鸡走马，游山玩水。说他霸，是因为他干的几件欺男霸女的丑事：一是仗势欺人，强买香菱为婢；二是目无国法，喝令手下打死冯渊；三是见到柳湘莲竟动歪心。可见他任性弄事的丑陋一面。但这个诨号薛霸，在曹公的笔下，也有性情中人重义气的一面：当他知道柳湘莲和尤三姐的事情后，由衷敬佩柳湘莲的为人，并到处找寻柳的下落，还为此而流泪。

假之威曰"霸"，美之称曰"呆"。

（李鸿国　撰）

22. 薛蝌

【今声】

鹧鸪天·薛蝌

陈瑞林

失怙承担双任肩，皇商后裔孝忠贤。
老成持重能谋事，少俊兼修待跨鞍。
文采雅，品行端，有缘婚配也心欢。
花堂未拜期何日？舍妹犹需嫁在先。

【清韵】2首

七绝二首·薛蝌

刘枢

其一

通眉长爪小郎君，兰气吹来欲化云。
如此风流堪掷果，不教新妇配参军。

其二

何人翠衣倚天寒，闺阁偏教一饭难。
盼断紫菱洲畔路，泠花簇簇带风残。

图 2-22　薛蝌

23. 贾芸

图2-23 贾芸

【今声】

五律·贾芸

崔波

西廊英俊后，潦倒欲争强。
谄媚工心计，生存放眼光。
高枝犹可倚，落叶亦堪伤。
解帕知芸意，红花分外香。

【清韵】2首

探芳信·贾芸

黄仁

探芳圃。正草种宜男，花栽娇女。个人门外愁绝，几延伫。小红偷谱霓裳艳，一霎羞眉妩。拂鸳笺，媚态幽情，都传毫素。

明月澹窗户。叹春雨飘萧，秋风来暮。仙子蓬莱，何日启琼宇？哀蝉落叶回心曲，泄露防鹦鹉。断愁肠，逗起幽闺诗句。

自题诗·贾芸

王峄

园亭水木自清华，管领群芳信足夸。
一霎西风无赖甚，等闲吹落隔墙花。

24. 贾芹

【今声】

五律·贾芹

崔波

远亲求子事，司庙欲称王。
聚赌昏天日，窝娼暗月光。
佛门清净地，妖鬼溷污房。
案发遭嗔斥，终将苦果尝。

【清韵】

自题诗·贾芹

王墀

座上旃檀信手焚，凭空法雨降缤纷。
野狐不是禅家种，也许皈依叩佛云。

图 2-24 贾芹

25. 贾代儒与贾瑞

【今声】2 首

浣溪沙·贾代儒

布凤华

瑟瑟风中一老儒，褐衣敝履影模糊。长嗟儿媳赴冥途。
何事不怜卿命蹇，有孙偏使此身孤。倚门兀自忆当初。

七律·贾瑞
李鸿国

老儒尝望子成龙,怎料孙生奇懒慵。
好色贪财污祖训,痴心悖理败芳容。
凛寒浊味一头粪,欲火薄身三九冬。
宁可花前为俏鬼,不瞧宝鉴陋骷凶。

【清韵】

自题诗·贾代儒与贾瑞
王犀

翩翩风雅袭儒名,泾渭何从辨浊清。
昏暮乞怜遭粪溺,薰莸到底未分明。

图 2-25 贾代儒与贾瑞

26. 贾蔷

【今声】

五律·贾蔷
崔波

托孤珍府上,仗势甚乖张。
入学闲滋事,寻花乱出墙。
春残知败落,家破罢膏粱。
弱弱龄官手,相携共远方。

【清韵】

七律·贾蔷

程庭鹭

舞榭歌台笑语亲，羡君管领艳阳春。
风流独许司花主，缱绻应怜画地人。
絮果兰因皆夙定，莺啼燕语莫相嗔。
开笼鹦鹉如传说，为有桃源来问津。

图 2-26 贾蔷

27. 孙绍祖

【今声】

七绝·孙绍祖

郭五堂

子系分明孙辈藏，缘何荣府卧东床？
黄昏横祸从天降，请看中山血口狼！

贾府的夫人、妾及贾府相关女人

28. 贾母

【今声】

七律·贾母

布凤华

霞帔凤冠金玉身,鸣钟列鼎不嫌贫。
养闲珠阁威仪在,绕膝王孙宴乐频。
家道渐随筋骨老,根基难逐庙廊新。
焉知安富尊荣者,却是红楼梦里人。

【清韵】

荣庆十二梦·贾母

姜祺

呈祥五福画堂前,酷妇顽孙独见怜。
慈爱有余明不足,无边欢笑乐年年。

【品评】贾母:生在侯门,嫁入公府,一生锦衣玉食,儿孙满堂,享尽了荣华富贵。她精明强干,是一个维护封建纲常、高踞于贾府之上的"太上皇",曾经长期掌管荣国府;她品位高雅,对音乐戏曲的品赏无人能及;她热爱生活,注重养生,经常带领着媳妇们、孙子孙女们聚会行乐,对饮食、酒令、茶道颇有讲究;她慈善博爱,虽然最疼宝玉,其次黛玉,但对其他孙女、重孙女及媳妇们也都眷顾着,对下人多恩,对亲戚关照,对外人也是怜贫惜弱。她

图 2-27 贾母

有一些缺点，溺爱子孙淫乐，纵容凤姐弄权，依赖鸳鸯过度等，这些也加速了贾府的衰败。

（陈慧茹　撰）

【加评】清代大评点家王希廉在《红楼梦总评》中写道："福寿才德四字，人生最难完全。宁荣二府，只有贾母一人。其福其寿，固为希有；其少年理家事迹，虽不能知，然听其临终遗言，说'心实吃亏'四字，仁厚诚实，德可概见；观其严查赌博，洞悉弊端，分散余资，井井有条，才亦可见一斑；可称四字兼全。"

（刘承彦　撰）

29. 王夫人

【今声】

鹧鸪天·王夫人
陈瑞林

望子成龙掌上珍，调包妙计误良姻。施威金钏冤魂女，怒目晴雯弱病身。

驱婢子，正家门，观园抄检起风云。苦心煞费何如愿？终底无依孤独人。

【清韵】

荣庆十二梦·王夫人
姜祺

家政操持理治赊，信谗溺爱享纷华。早知白玉床终毁，应悔心心护母家。

【品评】王夫人：荣国府贾政之妻。她接替贾母掌管荣国府，因能力有限，却借口年高把自己的亲侄女王熙凤借来管家。她言语极少，却说谎从容，谎称袭人的名字是老太太起的，谎称金钏打碎了东西，谎称晴雯得了女儿痨。她自私狭隘，心里眼里只有宝玉，她疼宝玉的目的只是为自己的将来考虑；她从来想不起亲孙子贾兰；她私下

图 2-28　王夫人

里一直在拉拢、培植自己的势力,把娘家人弄到身边,拉拢袭人。她时常吃斋念佛,却面慈心狠,为一句玩笑话逼死金钏,亲手策划抄检大观园,听信谗言断然撵出四五日水米未进的晴雯,撵走四儿和芳官等女伶。这样一个表面"佛爷似的"人,却害死了好几条人命。

(陈慧茹　撰)

30. 邢夫人

【今声】

浣溪沙·邢夫人
李锡庆

灰暗心灵贪且苛,郎君不肖妾偏多。纵封诰命又如何?

尴尬人为尴尬事,冷森魔鼓冷森歌。豪门从此起风波。

【清韵】

荣庆十二梦·邢夫人
姜祺

上失承欢下寡恩,尊荣安富处侯门。
如何娇女和屏息,一委中山一外藩。

图 2-29　邢夫人

【品评】邢夫人:一个处境尴尬又贪婪乖僻的人。她的尴尬之处在于,她是填房,却没生出一儿半女来。在母以子贵的封建家族,她既比不得有两子的王夫人,又赶不上有一儿一女的赵姨娘。这还不算,偏偏春心不老的丈夫贾赦,经常纳妾。小户人家的邢夫人,唯有恭顺服从丈夫才是出路。因此,当老贾看上谁时,她会不顾一切地去操持料理。比较有看点的,就是劝说鸳鸯那一回,满当当地碰了一鼻子灰。即便她很努力地为老贾纳妾,依然是落得个婆婆不待见,丈夫不领情。其实,她也不甘心于如此尴尬,找到机会也会反击一把。她抓住傻大姐拾得五彩绣春囊这个千载难逢的契机,引爆了抄检大观园事件。然而成败异变,命运之手反捉弄了她,司棋的情书,使她反而陷入尴尬的困境。

（李鸿国　撰）

31. 薛姨妈

【今声】

落梅风·薛姨妈

孙树娟

红楼如梦梦如烟,珍珠似土堆山。寄居贾府促成缘,两强联。

面慈虚善言温婉,梨香院内参禅。柳风吹絮眷青莲,意千千。

【清韵】

荣庆十二梦·薛姨妈

姜祺

抛离乡国远依亲,金锁凭空撰宿因。

第一机心深绝处,笑将爱语慰痴颦。

图 2-30　薛姨妈

【品评】薛姨妈：早年寡居,是薛家的实际掌门人。因寄居在贾府,身份显贵而低调,常为贾母的座上宾,陪伴贾母聊天打牌,察言观色颇会凑趣,巧于辞令,她会在酒席上说文雅的酒令,诗歌对联也能应付一二,和别人从不争论,随和。对女儿爱惜有加,对儿子宠溺无度。每每对黛玉关切有加,也让黛玉十分感动,直呼她"妈妈"。但实际上,她为了女儿的终身,早早散布出"金玉良缘"的流言,是彻底葬送宝黛爱情的始作俑者,体现了她颇有心计又藏而不露。薛姨妈也有懦弱的一面,儿子三番五次惹出人命来,哭哭啼啼,六神无主,面对泼媳夏金桂毫无招架之力。在曹公笔下不显山露水,而又性格多变,确实是个有血有肉活灵活现的所谓菩萨心肠的贵妇人。不过到头来,还是竹篮打水一场空,"金玉良缘无善终"。

(陈瑞林 撰)

32. 尤氏

图 2-31 尤氏

【今声】

七绝·尤氏
杨路平

博取贤良少怨尤,长将屈辱隐心头。
醋缸倾倒飞酸凤,苦楚谁知噎满喉。

【清韵】

会芳十二梦·尤氏
姜祺

女德本来无妒好,有时能妒亦称才。
但看顺子从夫者,一意柔嘉反蕙灾。

【品评】尤氏:虽为正三品诰命夫人,却过得并不舒坦。虽是明媒正娶,但没能摊上个好丈夫。贾珍,一个出了名的纨绔子弟,骄奢淫逸是主流强项,整日里最爱在女人身上下功夫。最令她难以启齿的,是丈夫居然和儿媳爬灰,这种乱伦,任凭什么样的家族都是不能允许的。可偏偏她又不能张扬。试想,如果她奋起反抗,非但不能解决问题,弄不好,她还会以不贤之名被休了。自家儿子都不敢管,也只能睁一眼闭一眼。唯一能做的小小抗争,就是当秦可卿死后,抱病不理丧事。

逆境,练就了她揣着明白装糊涂的本领。当贾珍、贾蓉父子调戏奔她而来的二尤时,她不闻不问;当贾琏偷娶尤二姐后,她不理不睬;当酸凤姐大闹宁国府时,她更是无奈而忍受。幸亏她有个可悲的灵魂。

(李鸿国 撰)

33. 赵姨娘

【今声】

菩萨蛮·赵姨娘

陈斯高

半拉主子争强势，心机用尽难如意。算计在红楼，闹腾春复秋。

育儿成宵小，怨女听从少。莫笑忒愚氓，坊间多直声。

【清韵】

荣禧十二梦·赵姨娘

姜祺

托质蠢愚赋性偏，含沙兴浪费周旋。
女生不肖真堪幸，有子翻嫌太象贤。

【品评】 赵姨娘：在红楼里的几个姨娘中，赵姨娘是个另类人物。她凭着自己的死打蛮缠，不甘屈服，不断抗争，努力保住姨娘应有的地位。

图 2-32 赵姨娘

在人际关系险恶的贾府，要做到这样谈何容易。她从正反两个方面下功夫：一是牢牢抓住丈夫贾政的认可和宠爱，二是对打压她的王夫人、王熙凤耍些可行的小手段，尽管有些手段并不高明，经常被人诟病。在正统的封建家族里颇不得口碑，就连亲生女儿探春也看不起她。她不在乎这些，只要能保住自己的那一份，她也就心满意足了，谁让她是个小老婆呢。

从家奴到丫头，从丫头到通房，从通房到姨娘，她一步一个脚印地苦苦挣扎，最后仍不免惨死，皆在作者的成功刻画中生动凸显。

（李鸿国　撰）

34. 平儿

【今声】

七律·平儿
王志刚

善解知人大义明，从容处乱未曾惊。
临机护主心思苦，息事怀仁镯案平。
尚德恩施无杂念，温和惠举有贤名。
柔身自带梅兰质，不与群芳艳丽争。

【清韵】5 首

题画诗二首·平儿
沈耀铃

其一

虾须条脱绮罗身，偏傍痴儿供笑频。
恰忆怡红深院静，残脂剩粉也移人。

其二

粉泪盈盈拭晓妆，菱花镜影碧纱旁。
侍儿也算承恩宠，公子归时凤匹凰。

七律·平儿藏发
佚名

行李归家着意看，伊谁剪发赠新欢。
浪交原是痴郎错，表记须将大妇瞒。
诡说同心机善变，仅存把鼻罚从宽。
如何乘间反来夺，深恐留藏作祸端。

图 2-33 平儿

七律·俏平儿被打含情
周绮

究未呼天剖素胸，泪纷纷咽屈重重。
好花风总凭空妒，闲草春多不意逢。
薄责原非长恨事，无言确是有情钟。
美卿心底分明甚，要学夫人却易容。

荣禧十二梦·平儿
姜祺

浅笑轻颦一段情，解纷应务善持衡。
俗夫妒妇周旋久，貌不平平语自平。

【品评】平儿是《红楼梦》中重要人物。据本书附录《人物索引》统计，在《红楼梦》120回中，就出场71回，除贾宝玉、林黛玉、王熙凤、薛宝钗外，是仅次于贾政和贾母的第七号人物。对其评价，也是"仁者见仁，智者见智"。有人骂她奴性十足，惯于见风使舵，两面三刀。但多数人抱以赞扬和同情。在《增评补图石头记》中，著名评点派涂瀛说道："求全人于石头记，其唯平儿乎！平儿者，有色有才，而又有德者也。"然同一书中的另一评点大家姚燮则说："人谓凤姐险，我谓平儿尤奸。盖凤姐亦被其笼络也。"这话是讽是赞，得两面听：试问在贾府那种"风刀霜剑严相逼"的恶劣环境中，你让一个"并无父母兄弟姊妹，独自一人"的弱女子，为了自身生存，该如何做才好呢？

（刘承彦　撰）

35. 香菱

【今声】

七律·香菱
陈慧茹

品性高标小姐身，幼年罹祸失家亲。
久遭凌虐犹柔善，偶遇垂怜亦率真。
斗草污裙憨态足，学诗琢句雅怀纯。

桂花开处菱花谢，魂返仙乡泪满巾。

【清韵】3 首

七律·香菱学咏

周绮

花前月下自凝眸，寸寸柔肠寸寸搜。
着意个中诚足惜，处身如此不关愁。
眠餐好在吟成后，啼笑都从梦里头。
知否苦辛天报汝，芳名非仗可儿留。

七律·香菱斗草

佚名

艳阳天气草缤纷，团坐庭前喜结群。
姐妹喧呼皆雅谑，夫妻名色本新闻。
狂风乱扑揎红袖，积雨微沾浣茜裙。
恰笑东君情太热，惜花别具意殷勤。

图 2-34　香菱

题画诗·香菱

高崇瑚

剪红刻翠费寻思，风动琅玕听讲时。
郎主新丰斗鸡去，空房月冷独吟诗。

【品评】香菱：位列金陵十二钗副册之首，出身诗礼之家。模样标致，温柔安静，在大观园里斗草玩耍见其娇憨天真，学诗入迷足见其极富才情，急切盼迎夏金桂可见其单纯善良。本是甄家大小姐，有命无运遭三劫：第一劫，四岁时被拐走，遭打骂无数，受尽折磨；第二劫，长到十二三岁，卖给冯渊，正待脱离苦海，不想又被薛蟠强买为妾，改名香菱，呆霸王不过半月就视之如草芥了；第三劫，最终香菱难产而死。

（陈慧茹　撰）

36. 刘姥姥

【今声】3首

七律·刘姥姥
邓世广

当年贻笑大观园,省识妍姝秀可餐。
凤附虽非求富贵,狼吞固已示饥寒。
庙廊失宠风波起,草莽怀恩胸次宽。
大厦倾颓见忠义,时穷始信寸心丹。

七律·刘姥姥
布凤华

朱门三进竟如何,笑语大观园里多。
身处敝庐存德礼,义从落魄结丝萝。
贫寒不碍襟怀阔,智慧端凭岁月磨。
莫以癫痴看老妪,可知弹铗那支歌。

图 2-35 刘姥姥

七律·刘姥姥
王志刚

胸襟豁达意尤坚,秉性诙谐自乐天。
贾府攀亲希冀好,真诚入戏使招怜。
囊空受助知恩重,物舍施仁把义全。
且看红楼污浊里,村媪纯朴似清泉。

【清韵】

荣庆十二梦·刘姥姥
姜祺

休嗤临老入花丛，识趣投机世事工。

狗苟蝇营都禄蠹，潜飞合让母蝗虫。

【品评】刘姥姥：人们经常用"刘姥姥进大观园"来揶揄那些没有见过世面之人，或是自谦、自嘲，可见刘姥姥给人印象之深。刘姥姥一介村妇，是曾与王夫人娘家连宗之王家子孙王狗儿的丈母娘，幽默风趣，明事理，重情义，她曾四进荣国府，给沉闷之朱门带来欢声笑语，也见证了贾府兴衰荣辱过程。一进为求助，初识凤姐；二进为报恩，把头一茬摘下的瓜菜送来，以感谢贾府的关照，意外受到贾母的厚待，目睹大观园之豪华以及贾府的兴盛；三进为探望，贾府被抄，贾母离世，凤姐弥留，凤姐把巧姐托付给了刘姥姥，这与巧姐之判词"余留庆"相呼应；四进荣国府，当"狠舅奸兄"要把巧姐卖给外藩王爷的时候，正是刘姥姥到荣国府救出了巧姐。

（翟海潮　撰）

37. 尤二姐

【今声】

七绝·尤二姐
杨路平

月貌花容也酿愁，狂蜂浪蝶竞风流。

哪堪更坠连环计，撒手人寰恨不休。

【清韵】2首

七律·苦尤娘遭赚堕计
周绮

花是丰姿月是神，东君应不负终身。

伤心漫怨庸医药，委曲难通妒妇津。

未必无情归幻境，定然有恨隔凡尘。

红颜大抵都如此,肠断千秋命薄人。

荣禧十二梦·尤二姐

姜祺

逐水桃花逝落红,九龙遗佩怨东风。
泪珠洗面此朝夕,熊梦惊醒虎口中!

图 2-36 尤二姐

【品评】尤二姐:贾琏之二房,贾珍妻子尤氏的异父异母妹妹,系尤老娘和其前夫所生。她和妹妹尤三姐一起随母亲尤老娘因贾敬丧事进入宁国府,从此身不由己地卷入灭顶之灾。尤二姐模样标致,温柔和顺,在未嫁贾琏之前就与贾珍、贾蓉父子厮混。贾琏偷娶尤二姐后,养在府外,她便一心一意恪守妇道,希求做一个好媳妇。当凤姐发现其秘事后,花言巧语将其骗入大观园。尤二姐轻信王熙凤,身陷危境而不自知,贾琏的仆人兴儿曾对尤二姐说过凤姐心狠毒辣的话,哪怕她听进了半句,也不会死得那么惨。她天真地以为只要自己对王熙凤以礼相待,凤姐就不能把她怎么样,她的软弱幼稚,真是一步走错,全盘皆输,最后只有吞金自尽一条路。

(翟海潮 撰)

38. 秋桐

图 2-37 秋桐

【今声】

七绝·秋桐

陈斯高

甘作他人一杆枪,胸无丘壑枉张狂。
秋之桐叶生机少,雨打风飘亦自荒。

【清韵】

会芳十二梦·秋桐

姜祺

半缘蓄意半酬劳,受命潜来肆叫号。
到底狡奴原自戆,又为人使代操刀。

39. 夏金桂

【今声】

七绝·夏金桂

陈斯高

狮吼河东成异端,温柔堆里竖眉看。

人间万象莫矫饰,俗雨尘风百尺澜。

【清韵】

缀锦十二梦·夏金桂

姜祺

半从会意半谐声,纵威食骨着笔明。

金桂原来是精怪,顿教夏雪尽消倾。

图 2-38 夏金桂

40. 李嬷嬷

图 2-39 李嬷嬷

【今声】

七律·李嬷嬷

李金娥

一肩重荷在凡尘，未觉卑微尝苦辛。

唠噪时常无理字，往来总是有缘人。

精心侍主鬓丝白，处事怀恩秉性纯。

饱看世间难得静，又思富贵又怜贫。

41. 赵嬷嬷

【今声】

【正宫·塞鸿秋】赵嬷嬷

祁国明

真个不知轻和重，奴才尽做攀高梦。几分依仗贪心动。时时尽显张狂纵。常招主子烦，每每持骄横。到头还是奴才命。

42. 赖嬷嬷

【今声】

七律·赖嬷嬷

师晓安

身虽妇道且为奴,一世经营胜丈夫。
遇主谦恭尊长幼,逢人礼让少悬殊。
教儿总管豪门守,育后筹谋大事图。
惯看兴衰勤算度,谁知梦醒有还无。

贾府的丫鬟、女伶们

43. 袭人

图 2-40　袭人

【今声】

浣溪沙·袭人

陈瑞林

花气氤氲怜自芳，心高萦梦九回肠。怡红帷幄露锋芒。

公子痴情难尽意，妾身凤愿待思量。孰知婚配蒋家郎？

【清韵】

题画诗·袭人

罗凤藻

一种奴星备小星，梨花妙舌惯将迎。

佳肴特赐偏承宠，罗帕深藏早缔盟。

郎貌自然饶妩媚，妾身从此始分明。

人生一死谈何易？却唤痴儿误用情。

【品评】袭人：温顺善良，恪尽职守，善解人意，是宝玉贴身四大丫鬟之首，被列金陵十二钗又副册第二位。这可不是空得虚名。贾府两个最高家长贾母和王夫人均投了她的赞成票，早已经暗里确定了她的准姨娘地位。

前人常以封建卫道士来评判袭人，其实细细琢磨起来，有点失之偏颇。想想一个贫寒之家的女孩，有这么一个好的归属，善莫大焉。她小小年纪，就能在复杂多变的封建大家族里安身立命，其实靠的是她的善良贤惠、为人亲和、忍辱负重和顾全大局。这样的优良品质，放到今天也不会过时。

遗憾的是，袭人和宝玉有缘无分。她有了自己更合适的归宿。

（李鸿国　撰）

44. 晴雯

【今声】2首

七律·晴雯

邓世广

命贱心高集一身，罔谙世故误前尘。
风流亦且矜才识，伶俐非关工笑颦。
撕扇拈酸知气傲，补裘抱病见情真。
金陵另册裙钗首，缘是红楼饮恨人。

离亭燕·晴雯泪

韩存锁

雨霁晴空如画，谁见丽人潇洒。心比天高何罪有？箭影刀光齐射。鬼怪大观园，岂比竹篱茅舍。

身世雾中悬挂，真性且难低亚。烈火点燃啼笑事，撕扇几声闲话。血泪别红楼，敢笑斜阳西下。

图 2-41　晴雯

【清韵】4 首

题画诗·晴雯
瞿应绍

桃花扇底惯呼来，破竹声中晕屬开。
极尽温存如我意，太因娇好被人猜。
空留针线悲当日，能得芙蓉笑几回？
冷指环和长指爪，只愁浊玉未同灰。

七律·晴雯补裘
佚名

熏笼斜倚鬓蓬松，手把裘裳仔细缝。
未抱衾裯心已碎，强拈针线力还慵。
剧怜衣上余金缕，何意人间断玉容。
他日启箱重认取，不胜惆怅对芙蓉。

七律·晴雯死领芙蓉神
周绮

一现优昙命太轻，临题那得不怜卿？
便填痴诔难偿恨，真做花神始称名。
素愿何尝形色笑，平生转为误聪明。
从来此事销魂最，已断尘缘未断情。

怡红十二梦·晴雯
姜祺

芳姿憔悴怨东风，掩扇披裘恨未穷。
阿母代人行嫉妒，秋江冷谢一枝红。

【品评】晴雯是《红楼梦》中重要人物。虽未居金陵十二钗之列，却为第五回"判词"之首。《辞海》"红楼梦"词条写道：作品"生动地塑造了贾宝玉、林黛玉、王熙凤、薛宝钗、尤三姐、晴雯等许多具有鲜明个性的艺术形象"。晴雯常被说成是最具反抗精神的奴隶们的代表，包括画家在内的题咏派人士如周绮等对其也赞许有加。当代著名红学家蔡义江说："《红楼梦》一出来，传统的写人的手法都打破了，不再是好人都好，坏人都坏了。作者如实描写，从无讳饰，因而每个人物形象都是活生生、有血有肉的。贾宝玉、林黛玉、史湘云、晴雯，都非十全十美。"清代评点大家涂瀛说得好："有过人之节，而不能自藏，此自祸之媒也。晴雯人品心术，都无可议。唯性情卞急，语言犀利，为稍薄耳。使善自藏，当不致逐死。"

（刘承彦　撰）

45. 麝月

【今声】

鹧鸪天·麝月
布凤华

云自横空月自流，一痕蟾影鉴沉浮。
心诚可见仁兼厚，齿利堪当盾与矛。
天渺渺，路悠悠，独扶公子度残秋。
荼蘼开罢芳菲歇，看尽荣华春梦休。

【清韵】

怡红十二梦·麝月
姜祺

眼中人是镜中颜，两两情怀脉脉间。
一笑凭肩相视处，郎君亲为整云鬟。

图 2-42　麝月

【品评】麝月：宝玉身边的一等丫鬟。从小受袭人的调教和影响，有袭人的影子但不全同。麝月不像袭人那样有心计，她善解人意，为人单纯宽厚，能与性格刚烈、语言尖刻的晴雯相处融洽。晴雯生病了，麝月去关心照顾她。她敢说敢道，能以有身份的老太太和宝玉丫鬟来降服闹事的婆子；同时又安分守己忠实于主子。宝玉虽然娶了宝钗，但对黛玉始终难于忘怀，金玉良缘情同虚设。尽管麝月温存体贴，最后宝玉还是抛却红尘，出家为僧。麝月空守旧庄园，成了封建家族的牺牲品。正是：开到荼蘼花事了。

（陈瑞林　撰）

46. 鸳鸯

图 2-43 鸳鸯

【今声】

鹧鸪天·鸳鸯

陈瑞林

一片衷心莫道痴，委身奴婢可卑微？
宁人息事惟良愿，傲骨纯情有淑姿。
轻鼎族，守闺闱，青丝一剪竖蛾眉。
冰清玉洁堪为叹，似锦年华且仰悲。

【清韵】2 首

题画诗·鸳鸯

罗凤藻

绣阁珠帏拥寿萱，女贞花傍一枝鲜。
痴情合证情天果，艳色偏空色界缘。
银烛半枯孤月冷，红萝三尺寸心坚。
宫中寄语诸同伴，愿作鸳鸯不羡仙。

七律·鸳鸯殉主全贞

周绮

芳心迟早固难胜，待得人归付幅绫。
为日之多岂所愿，此身以外更何凭？
休怜碎玉销香恨，应愧沽名钓誉称。
竟可梦中先醒梦，金钗十二有谁能？

【品评】鸳鸯：贾母的大丫头，家生奴。颇受信任，贾母平日倚鸳鸯不离左右：贾母玩牌，她给出主意；贾母摆宴，她入座充司令。故而她在贾府丫鬟中享有很高的地位。但她自重自爱，从不以此自傲仗势欺人，也赢得贾府上下各色人等的好感和尊重。司棋虽不是她自幼要好的姐妹，当发现她与其表弟幽会，并没去告发邀功，而是主动去看望劝慰司棋：千万要放下心安心养病，别糟蹋了身体。这体现出鸳鸯心地善良、对人体贴、能息事宁人的美好品格。同时她的性情还有刚烈的一面：对贾赦的逼婚誓死不从。贾母死后，她悲痛欲绝。因老太太对她恩重如山，她毅然悬梁自尽，以此报答。鸳鸯虽然不能摆脱奴隶的枷锁，但她以死保持了一个婢女的清白与自尊，彰显出高尚的情操。正是：贫贱不能移，威武不能屈。

（陈瑞林　撰）

47. 紫鹃

【今声】3首

七律·紫鹃

布凤华

遍数群芳谁与同？鹃花独照绮园红。
勇谋只为伊人尽，聪慧惟缘清鲠忠。
水濯石磨孤竹碧，露滋雨润两心通。
草枯若问身何处，寂寞灯摇古寺风。

七律·紫鹃

李金娥

从来未觉此身卑，万事回眸手一挥。
但爱君心恒不变，岂知天意竟难违？
送炉放胆主人暖，煎药燃情凤愿祈。
鹃谶无踪缘了了，孤灯伴影黯皈依。

图 2-44　紫鹃

浣溪沙·紫鹃

布凤华

杜宇娇娇耀眼明,处身泥沼洁如冰。
一生只为一人生。

不惧权威缘赤胆,总因木石动真情。
芳心漠漠对青灯。

【清韵】3 首

七律·冰寒雪冷慧婢恨怡红

周绮

妒花风雨瘁花姿,义愤偏钟小侍儿。
果易分明仍一梦,信难凭准是相思。
怡红意气能无恨,湘馆情怀为甚痴。
几许伤心何处诉?顿教重立不多时。

凤凰台上忆吹箫·紫鹃

刘枢

竹径调鹦,花阴温药,三生并住潇湘。奈玉人多恨,生小离乡。为说故山风景,休眷恋,又怕心伤。同消受,葬花春短,梦雨秋凉。

休忘,正经主意,愿玉镜团圞,早下温郎。甚零星绣线,泪渍红香。到底因缘没分,只少个金玉相当。都看破,梦痕泡影,便上慈航。

含芳十二梦·紫鹃

姜祺

昔年翠馆侍湘妃,啼尽春风不忍飞。
一自青灯伴朝暮,又将血泪染缁衣。

【品评】紫鹃:紫鹃原是贾母身边的丫鬟,林黛玉进贾府后,贾母因见黛玉带来的两个仆人一老一小,故而让她去服侍黛玉。紫鹃与黛玉的关系可谓"亦婢亦友",紫鹃作为黛玉最知心的朋友,不仅全身心地关注着黛玉的身体,而且更透彻地了解黛玉的心思。由于黛玉体弱多病,又爱生气,动不动就掉眼泪,是紫鹃给了她最大的安慰。她不仅激将薛姨妈为宝黛做媒,而且"情辞试莽玉",为黛玉婚事操碎了心。在高鹗所续的后 40 回中,当

"木石前盟"最终被"金玉良缘"扼杀,黛玉因绝望而"焚稿"时,是紫鹃陪黛玉走过了生命最痛苦的时刻。紫鹃是宝黛爱情悲剧的见证人,从而使她对生活感到绝望,最后选择了陪伴惜春出家为尼的道路。

（翟海潮　撰）

48. 司棋

【今声】

太常引·司棋

陈瑞林

鸡飞狗跳竖双眸,底事占风头？逞势紫菱洲,懦小姐、文温且休。

青梅竹马,清规莫问,身许不能羞。但愿共兰舟,凤愿绝、魂归恨留。

【清韵】2首

题画诗·司棋

徐渭仁

灵鹊无声璧月残,一帘花影上阑干。
从今领略愁滋味,真觉相思入骨寒。

含芳十二梦·司棋

姜祺

盼得郎归顾更赊,风前顿萎一枝花。
机关早露旁观眼,应悔初心一着差。

图 2-45　司棋

【品评】司棋：贾迎春的丫鬟,身材高大丰壮。《红楼梦》中有关她的场景：一是大闹厨房。司棋因为是二小姐的大丫鬟,二小姐软弱,司棋就显得比较强势。她因想吃蒸蛋,让小丫鬟去厨房吩咐,结果被厨房管事柳家的拒绝,司棋便带领几个小丫头,大闹厨房,并打砸厨房的东西。二是司棋与表弟潘又安约会,被鸳鸯撞到。三是抄检大观园。在司棋处抄出潘又安的情书，王善保家的万万没有想到这次抄检，不仅打了自己的脸，还害了自己的外甥女司棋。司棋被撵退，潘又安逃走。在高鹗所续后40回中，潘又安又回来探望司棋，司棋恳求妈妈成全他们，但母亲坚决不同意。司棋无奈，便一头撞墙而死。司棋的母亲哭着让潘又安偿命，潘又安叫人抬来两口棺材，把司棋盛殓后，潘又安竟用自己带的小刀自刎了。

（翟海潮　撰）

49. 金钏

图2-46　金钏

【今声】

七律·金钏

李鸿国

一从荣府十年长，侍主茹辛品亦良。
豆蔻情开思及第，胭脂绛点望寻香。
口无遮挡荒言吐，心有痴追烈性偿。
明媚芳华魂魄断，痛生公子诔文扬。

【清韵】

含芳十二梦·金钏

姜祺

不染尘埃小洞天，半潭秋水葬婵娟。
香魂缥缈惊鸿杳，一盏寒泉荐水仙。

【品评】金钏：王夫人房里的丫鬟。平时与宝玉关系亲昵，喜欢宝玉吃她嘴上的胭脂。金钏虽跟随王夫人十多年，却不深解主子的心思。宝玉来到王夫人房里，见太太合着眼，便与金钏调笑，要向太太讨了她。金钏直言不讳地说："金簪儿掉在井里头——有你的只是有你的。"孰料一语激怒了王夫人，她起身便打了金钏一耳光，并命赶出贾府。金钏跪下苦苦哀求无果。王夫人这个手捻佛珠的伪善人，对触犯她封建家庭利益的人毫不留情。金钏之所以苦求，一则贾府是攀龙附凤的靠山，二则难耐家庭和外界的舆论压力。最终不甘受辱以死来证明自己的清白，更是对命运的抗争。正是：耳光一记送黄泉。

（陈瑞林　撰）

50. 瑞珠

【今声】

五绝·瑞珠

孙可华

妙龄簪翠钿，岂料鬼魂缠？

血溅厅堂柱，随登极乐天。

【清韵】

会芳十二梦·瑞珠

姜祺

身视鸿毛忍弃捐，泉台宛转侍婵娟。

东君泪洒登仙阁，夜夜香魂泣杜鹃。

图 2-47　瑞珠

【品评】瑞珠：宁府秦可卿身边的丫鬟，生性伶俐，容貌姣好，深得主子的欢心；而秦可卿美丽异常，性情温柔，主仆间感情融洽。因贾珍发现瑞珠知道了他们公媳之间的暧昧关系，对她嫉恨并曾示以威胁。当瑞珠见秦可卿死后，痛惜万分，便随之触柱而亡。瑞珠此壮烈之举，是最明智的选择。否则，贾珍这个道貌岸然的伪君子，为了维护封建家族的尊严定会除掉这个身边隐患的，而且会死得不明不白。瑞珠之死是对封建专制的控诉，是对生活在社会底层婢女遭遇的呐喊！正是：惊天触柱无声吼！

（陈瑞林　撰）

51. 莺儿

图 2-48 莺儿

【今声】

七律·莺儿
范文义

善用梅花与柳条，编篮织络斗风骚。
春光沿路皆奇景，慧质随时放彩毫。
常侍蘅芜诚入戏，偶淋仙草确为高。
丫鬟要选谁为俏？乖巧方能竞冠鳌。

【清韵】3 首

题画诗·莺儿
姜皋

金稊笼梦白雪飘，蘸萍芳岸吹长条。
雏燕一舞莺尤娇，手花翻处丝丝撩。
东风卷袖飞双蝶，活色生香枝与叶。
仙篮几度采蘅香，祷得双星不如妾。
编烟织露流苏长，含嗔一掷春茫茫。
细撷回文金线买，前日红闺结腰彩。

七律·莺儿结络
佚名

倚床斜坐态盈盈，费尽工夫组织精。
玉䙆双肩看秀削，丝抽十指任纵横。
花团已觉翻新样，絮女犹怜话小名。
更把柳条轻折取，编篮余技亦聪明。

含芳十二梦·莺儿
姜祺

劈柳分花幻剪裁，巧拈彩线系琼瑰。

紧将美玉潜笼络，笑指佳人五美来。

【品评】黄金莺：宝钗的贴身丫鬟。因嫌呼之拗口故直称莺儿。她生性娇媚可爱，心思细巧，善解人意，聪明伶俐。擅长打长络子，编花篮，所编花篮很博得黛玉的赞赏，颇称宝钗的心意。当宝钗鉴赏宝玉出生时所衔之玉上面镌刻的字时，莺儿不忙去上茶，却嘻嘻地笑道："我听这两句话，倒像和姑娘项圈上的两句话是一对儿。"可见莺儿在主子面前毫无顾忌，可伺机插话，说话也得体。宝钗是以淑女情状示人，城府颇深。莺儿跟宝钗多年，也会沾染些世故圆滑，但其奴性没有袭人深厚。宝钗命她去黛玉处取蔷薇硝，途中见到花红柳绿，便随心所欲编起花篮来。最后随宝钗出嫁做了陪房丫鬟。正是：水到渠成为善终。

（陈瑞林　撰）

52. 小红

【今声】

少年游·小红
陈瑞林

伶牙俐齿巧如簧，生就性儿强。几分俏丽，几分豪爽，凤姐识红香。

凉棚千里终须散，春短梦犹长。暗递秋波，传情罗帕，好事喜成双。

【清韵】3 首

七律·小红遗帕
佚名

年来心事渐知愁，手帕遗忘何处求。

感悦无声谁拾取，沾巾有泪自双流。

秋波斜睨曾留约，春梦微酣尚带羞。

差幸小鬟能解意，隔窗私语诉绸缪。

图 2-49 小红

题画诗·小红

瞿应绍

十五盈盈一味痴,吴绫短幅记相思。
春生芳树樱桃小,语隔亭栏蛱蝶知。
偷嫁可能如碧玉,娇歌端合唤红儿。
麝兰囊是寻常物,中有心香好护持。

怡红十二梦·小红

姜祺

一从遗帕惹相思,巧语关关病起时。
好趁东风抬举力,从今掉弄上高枝。

【品评】小红:原为贾宝玉房里的小丫头,聪明伶俐,是一个有主意、好强、有志向的女孩子。小红本姓林,小名红玉,由于"玉"字犯了宝玉、黛玉之名,便叫她"小红"。其父林之孝为荣国府负责收管各处房田事务的管家,母亲林之孝家的也是有脸面的女管家。后来,凤姐见小红办事麻利,就收她做了丫头。小红给人留下印象最深的是她和贾芸之间的私情,所谓"痴女儿遗帕惹相思"。小红最后的结局,高鹗所续后40回只顺便提及一次。

(翟海潮 撰)

53.雪雁

【今声】

双雁儿·雪雁
孙树娟

离巢雏雁伴潇湘,羽未满、试飞翔。
历经争渡落寒塘,尚天真,戏画廊。
可怜春尽惜时光,命运舛、叹无常。
别京回望雪茫茫,覆繁华、泣断肠。

【清韵】

缀锦十二梦·雪雁
姜祺

桃僵李代漫相依,何事离群又别飞。
惆怅二分明月夜,南来哀雁不同归。

图 2-50　雪雁

54. 傻大姐

【今声】

一剪梅·傻大姐

陈瑞林

豆蔻年华天足肥。生性痴愚,且喜新奇。
春囊偶拾笑低眉,骤起风波,激荡层漪。
一语伤情如疾雷,道破心机,黛玉魂飞。
此愁何计可消除?怨也无凭,恨也难追。

【清韵】

嘉荫十二梦·傻大姐

姜祺

百愁不识一心宽,谁料频频惹祸端。
一笑一啼晴黛死,而今方晓做人难。

图 2-51 傻大姐

55. 绣橘

【今声】

五律·绣橘

李锡庆

金枝何怯懦？卑者至真诚。
仗义追阴贼，怀仁慰落英。
索银豺虎意，陪嫁主宾情。
小姐夭亡后，何堪问死生？

【清韵】

嘉荫十二梦·绣橘

姜祺

喋喋闺中斗齿牙，妆台凤去玉钗斜。
佳人自是无声木，妙舌全凭婢灿花。

图 2-52 绣橘

56. 翠缕

图 2-53 翠缕

【今声】

七律·翠缕

李金娥

莫言地狱与天堂，书帙勤搬手自香。
主子面前分贵贱，石榴树下论阴阳。
轻迈莲步愁何在，微漾酒窝喜欲狂。
纵使多情曾揣梦，不知何日做新娘？

【清韵】3 首

题画诗·翠缕

荻州

圆荷叶叶水鳞鳞，月扇风清最可人。
怪道阴阳分二气，金麒麟配玉麒麟。

长相思·翠缕

沈耀铃

惜花心，护花心，花到开时微欲吟，侬身访绿荫。
思香衾，怨香衾，春去人间消息沉。罗衫怯不禁。

缀锦十二梦·翠缕

姜祺

分花拂柳缓随行，意趣横生一笑倾。
人爱蠢愚吾喜慧，喁喁问答不胜情。

57. 侍书

【今声】

浣溪沙·侍书

陈瑞林

秋爽斋中身影忙,烹茶秉烛伴芸香。芭蕉叶下好乘凉。

仗义执言瞋杏眼,远行随嫁着红妆。忍悲含泪别高堂。

【清韵】

含芳十二梦·侍书

姜祺

秋爽宅前绿意浓,敏才也步主人踪。
申申詈汝凭城崇,老妪难撄舌剑锋。

图 2-54 侍书

58. 入画

图 2-55 入画

【今声】

七律·入画

李金娥

忽有缘来侍惜春,园中遗落笑声频。
清风爱拂桃花面,香径疾行杨柳身。
伴主挥毫生仰慕,虔心研墨见单纯。
何知厄运悄然至,从此谁怜画里人。

【清韵】

含芳十二梦·入画

姜祺

藕花香里写云岑,弄粉调脂佐艺林。
惆怅画中人既去,画图消息也沉沉。

59.宝珠

【今声】

五绝·宝珠

孙可华

悲号掩恐慌，任孝守灵堂。

铁槛孤灯冷，哀愁路渺茫。

【清韵】

会芳十二梦·宝珠

姜祺

围幕嘤嘤痛主声，螟蛉娇女伴铭旌。

东风抬举浑无着，鱼目俄从掌上擎。

图2-56 宝珠

60. 抱琴

图 2-57 抱琴

【今声】

鹧鸪天·抱琴

李金娥

贾母曾挽奴婢身，消愁弹曲破迷津。
宫门关闭难捎信，心海沉浮不染尘。
风底事，梦中春。任它与叶落纷纷。
有谁能解抱琴意，休向人间觅足痕。

【清韵】

荣禧十二梦·抱琴

姜祺

静锁深宫不记年，内家外戚锦屏前。
二身合是嫦娥伴，来侍人间第一仙。

61. 善姐

【今声】

如梦令·善姐
李锡庆

外室入园来住,凭甚长相看顾?深得主人心,岂忌台前狼虎。无故,无故,忍睹花零朝暮!

【清韵】

嘉荫十二梦·善姐
姜祺

半逞奸顽半逞愚,此中日夕奈号呼。
堂前授意骄强口,来作佳人促命符。

图 2-58 善姐

62. 彩云

图 2-59 彩云

【今声】

七绝·彩云
杨路平

枉入侯门薄命身,芳华如许喟情真。
岂因误会翻成怨,一片痴心付错人。

【清韵】

含芳十二梦·彩云
姜祺

悔恋春风悔觅愁,等闲未暇别薰莸。
况且辜负殷勤意,吩咐云情逐水流。

63. 玉钏

【今声】

五律·玉钏
崔波

娇容含姊恨,入室且弯腰。
见玉仇心起,尝羹怒气消。
独垂廊下泪,自是雨中蕉。
欲作何人妾,虚言上九霄。

【清韵】2 首

七律·玉钏尝羹
佚名

忆调阿姊恼萱堂,强送杯羹暗自伤。
欲藉柔情消彼恨,故将巧说赚先尝。
怀疑试辨膏腴味,侥幸微沾口泽香。
为问嚼丹人在否?一经回首转凄凉。

图 2-60 玉钏

含芳十二梦·玉钏
姜祺

渺渺前车水鉴明,含愁揾泪啜残羹。
帘前犹自含微怒,未解萧郎不了情。

64. 芳官

图 2-61 芳官

【今声】

唐多令·芳官
陈慧茹

丽质亦聪明，离亲上帝京。饰青衣，演绎闺情。幸得怡红公子顾，虽任性，尚轻盈。

棱角太分明，受欺泄不平。待知交，一片真诚。伶俐倚强遭妒恨，宁落得，对青灯。

【清韵】2 首

念奴娇·芳官
顾恒

柳枝春小，怎禁他、一阵无情风雨。娇鸟开笼，能俏骂，不管燕疑莺妒。绿醑斟欢，红牙度曲，沉醉缠绵语。晓来惊起，昨宵春上媚妩。

刚道曲院藏钩，雕阑斗草，绮节东君护。不料莺花成小劫，欢笑都无凭据。露酿玫瑰，粉研茉莉，总被人猜沮。一声钟梵，笑寻春梦何处？

梨香十二梦·芳官
姜祺

氍毹单上步生花，出类声容利齿牙。粉面未教傅粉末，夜来记否染微瑕？

65. 藕官

【今声】

山花子·藕官

陈慧茹

假凤虚凰假作真，百般恩爱恁温存。
不幸佳人舍君去，太伤神！

杏子阴前诚落泪，鲛绡帐里好逢春。
曲散岂由抛浊世，入空门。

【清韵】2 首

七律·藕官焚纸

佚名

逢场作戏历年年，优孟衣冠亦偶然。
岂料痴心成幻想？错疑结发缔良缘。
魂销夜月埋香玉，肠断春风泣纸钱。
扑朔迷离浑莫辨，鸾胶今尚续新弦。

图 2-62 藕官

梨香十二梦·藕官

姜祺

斜阳宿草杏花尘，蝴蝶灰飞泣暮春。
旧日痴情浑未了，又来怜取眼前人。

66. 龄官

图 2-63 龄官

【今声】

水调歌头·龄官

宋梁缘

花下挽簪落,倚立雨霖中。不知局外公子,痴念与谁生?小旦柔嗔娇怪,又作儿女情态,谁料意难终。不求困梨院,金雀盼凭风。

自江南,幼学唱,做家伶。悲欢尽展,何曾颜卑事权翁。犹似颦儿神貌,更喜真淳姿采,醉梦百花红。但愿春常驻,风信莫匆匆。

【清韵】3 首

七律·龄官画蔷

佚名

忽闻花外发哀音,知是何人带泪吟。
身隔云霞难识面,眼随波碟亦关心。
画成依样文无异,事若书空怪转深。
急雨飞来浑不觉,相呼始讶各沾襟。

点绛唇·龄官

袁桐

细数金钗,试看他蔷薇花底。隔层篱障,微雨吹来矣。

不辨谁何,一笑频相视。想不尽,莺愁蝶怨,漫把相思寄。

梨香十二梦·龄官

姜祺

满架蔷薇小院西,金钗宛转画香泥。
擅场色艺痴情绪,一笑翻醒局外迷。

67. 蕊官

【今声】

七律·蕊官

陈慧茹

弦管悠悠清韵长,桃花粉面俏梳妆。
梨园春梦春宵短,荣府秋光秋意凉。
唯觉赠硝情笃厚,哪知犯上气嚣张。
宁为玉碎何堪辱?志守青灯古佛旁。

【清韵】

梨香十二梦·蕊官

姜祺

转向闺房仿笑颦,浑忘本是女儿身。
旧时同伴飘零甚,独侍梨香旧主人。

图 2-64 蕊官

68. 豆官

图 2-65 豆官

【今声】

七绝·豆官

陈慧茹

小小身量极鬼精,诙谐打趣笑盈盈。
莫言斗草顽皮甚,更有怡红抱不平。

【清韵】

梨香十二梦·豆官

姜祺

花面丫头弁易钗,轻歌妙舞杂诙谐。
隔帘记曲拈红豆,调笑风流亦自佳。

69. 葵官

【今声】

七绝·葵官

陈慧茹

油彩勾描粗犷形,男儿装束有豪情。

曲终幸得湘云惜,惠赐芳名韦大英。

【清韵】

梨香十二梦·葵官

姜祺

戏怜儿女本英雄,脱略钗丛粉队中。

柳絮新词豪兴举,谱成合唱大江东。

图 2-66 葵官

70. 柳五儿

图 2-67 柳五儿

【今声】

鹧鸪天·柳五儿

李金娥

秀丽端庄得美名,攀亲如愿自精明。
知恩侍主恐缘浅,举步惊心怕祸横。
财易断,事难宁,茯苓霜内有冤情。
可怜翻作她人面,梦里凭谁携手行?

【清韵】

含芳十二梦·柳五儿

姜祺

是真是错不分明,未解郎心转自惊。
唤指芙蓉求李代,两般心事一般情。

71. 茜雪

【今声】

七绝·茜雪
陈斯高

贞心慰助为公子，何怨当年枫露茶！
不见殷殷情致厚，狱神庙里绽如花。

[作者自注] 茜雪狱神庙慰助宝玉一事，是被"借阅者"给"迷失了"的。这是曹雪芹已然写就的相关的五六稿中的交代：是说宝玉遭难后，茜雪挺身慰助宝玉。脂评本可见端倪。曹雪芹通过茜雪表现出下层人的人性之美。

【清韵】

怡红十二梦·茜雪
姜祺

谪下蓬山去不回，悔教怒撇掌中杯。
一从郎手轻抛弃，不与相如止渴来。

图 2-68 茜雪

72. 春燕

图 2-69 春燕

【今声】

瑞鹧鸪·春燕

李锡庆

唤名春燕不双飞,世代为奴亦可悲。
亲长无行唯有孝,尊卑有信两无违。
三珠妙引通情理,一语善陈明是非。
只盼他年身自主,总归人世有春晖。

【清韵】

怡红十二梦·春燕

姜祺

喃喃絮聒画桥东,嬛巧轻盈入翠丛。
好逐乌衣公子队,画堂深处语春风。

73. 秋纹

【今声】

七绝·秋纹

布凤华

卑贱奴前自视高,常缘媚主气生豪,

虽怀一片悯怜意,德薄名声不可逃。

【清韵】

怡红十二梦·秋纹

姜祺

罗衣虽旧主恩新,受宠如惊拜赐频。

笑语喃喃情琐琐,拾人余唾转骄人。

图 2-70 秋纹

74. 素云

素云

【今声】

七律·素云
李金娥

生来许是命中贫，琐事繁多也认真。
送粉随缘情不待，尽心联谊主偏嗔。
焉知梦想为何物？但借观园寄此身。
已惯人前常缩首，而今去路总无垠。

【清韵】

含芳十二梦·素云
姜祺

院宇沉沉静掩门，寂寥风日稻花村。
云容冶荡原宜淡，雅合佳人缟素尊。

图 2-71 素云

75. 琥珀

【今声】

七绝·琥珀
陈慧茹

身微难掩玉精神,史太君前得力人。
稳妥聪明堪信赖,大观园里往来频。

【清韵】

碧纱十二梦·琥珀
姜祺

老人举动笑龙钟,杖履扶持锦绣重。
不共春风斗颜色,托根长合伴苍松。

图 2-72 琥珀

76. 万（卍）儿

图 2-73 万（卍）儿

【今声】

七绝·万儿
石俊茹

卍字由来缘梦中，身虽微贱也多情。
一从春事人惊后，何惧浮名清不清！

【清韵】

会芳十二梦·万儿
姜祺

满地相思满地春，不妨唐突画中人。
春风一度匆匆别，赢得郎君慰藉频。

77. 四儿（蕙香）

【今声】

七律·四儿

李金娥

小家碧玉也生香，聪颖常于袖里藏。
画意浓时情缱绻，诗泉润处梦清凉。
喜逢贾母能留宿，更有祖规从未忘。
府内行来春已老，花开花落两茫茫。

【清韵】

怡红十二梦·四儿

姜祺

居然强项誓捐躯，巾帼须眉愧丈夫。
本是戏言成铁案，原来此罪莫须无！

蕙香

图 2-74　四儿

78. 佳蕙

【今声】

【正宫·双鸳鸯】佳蕙

祁国明

亦单纯，亦天真，还似浮萍未有根。

一任花开花落尽，卿卿谁记可怜人？

79. 彩霞

【今声】

菩萨蛮·彩霞

布凤华

七分伶俐三分色，亭亭也向豪门立。早有意中人，此人哪可论？

晚来归底处，风雨无人护。云散几重愁，都随红泪流。

80. 坠儿

【今声】

七绝·坠儿

陈慧茹

可叹生来人下人，当差跑腿见天真。

缘何惹上虾须案？梦断红楼未敢申。

贾府的亲戚、清客与友人

81. 尤三姐

【今声】3 首

七律·尤三姐
范文义

姻缘既许意中雄，何故闻言一溅红？
笑骂严惩淫贼念，言谈渴望至亲通。
惜无凡鸟真应战，憾忆豪情实隔空。
听任残楼犹演绎，贞魂饮恨野坡中！

虞美人·尤三姐
霍胜泽

风流标致孤芳傲，心许湘莲早。鸳鸯佩剑挂床头。风起多疑柳氏、付东流。
石头记里难同论，花败曾生愤。污泥堆畔守魂清。揉碎桃花满地、慕芳名。

【仙吕·后庭花】吊尤三姐
韩存锁

（如此）红楼绝色人，（那般）丹砂虚雾云。（炕头上）笑骂真情见，（血泊中）叹怜生死心。唱风尘，乾坤八卦，（试问）清白辨分？

【清韵】2 首

金缕曲·尤三姐

黄仁

镜影天边月,尽迟迟。此身未嫁,此心如铁。漫说逢场浑作戏,刚托三生仿佛。恰一缕,红丝同结。铸就鸳鸯双剑在,逼寒芒,凛凛光飞雪。携手赠,志真决。

床头挂却轻尘拂。怕推排,同心姊妹,转增呜咽。弹铗归来同白首,佳话千秋一瞥。认帐里,梅花清绝。争奈郎情非妾意,误蝇声,碧尽年年血。虹气射,冷云截。

图 2-75 尤三姐

缀锦十二梦·尤三姐

姜祺

三尺龙泉凭定情,镜台远献兆轻生。
柳花漂泊空牵惹,千里良缘一剑横。

【品评】我曾看过《红楼二尤》电视剧,是同情尤三姐,鞭笞贾珍、贾琏这些人形动物的。据红学专家蔡义江介绍:更接近曹雪芹原著的脂本中,尤三姐原为"淫奔女",钟情于柳湘莲后才改过。程高本中的尤三姐则始终冰清玉洁,显然是被后人"净化"了。尽管做了"净化",还是留下了些蛛丝马迹。

湘莲道:"你既不知他来历,如何又知是绝色?"宝玉道:"他是珍大嫂子的继母带来的两位妹子。我在那里和他们混了一个月,怎么不知?真真一对尤物!——他又姓尤。"(参见:曹雪芹,高鹗著.红楼梦.北京:人民文学出版社,1974:862.)

评点专家涂瀛对尤氏的评价也很不为然:"人之美者曰尤,然不曰美人而曰尤物。其为不祥可知。尤氏见于书,已在徐娘半老之会,然风情固不薄也。"但我还是喜欢电视剧中那冰清玉洁、刚烈不羁的尤三姐。

(刘承彦 撰)

82. 薛宝琴

【今声】

鹧鸪天·薛宝琴
陈慧茹

识广闻多碧玉年,奇才绝色惹人怜。
感怀古迹新诗咏,鏖战群芳妙句连。
存绮梦,待良缘。红梅白雪画中妍。
一来贾府承恩宠,美煞蘅芜刮目看。

【清韵】4 首

七律·宝琴立雪
佚名

新诗咏罢散空庭,微步冲寒酒半醒。
雪里裘披痕粲粲,风前玉立影亭亭。
泥人一笑舒眉黛,伴汝双丫抱胆瓶。
更有梅花颜色好,都应写照入丹青。

梅花引·宝琴
周绮

醉初持,醉难支,还要争吟飞絮词。问寒梅,问寒梅,千树冷云,休推假不知。
亭台如画光涵白,琼瑶深印凌波迹。可人儿,可人儿,群玉岭傍,欲行行尚迟。

天仙子·薛宝琴

鹤氅翩翩红靺鞨,泥金裘洒珍珠屑。生来自合是梅妆,清一色,娇难别,天花影里胭脂雪。

碧纱十二梦·薛宝琴

姜祺

香车旧梦集怀来，吊古微辞费索猜。
才调无双人第一，红梅白雪艳花魁。

【品评】薛宝琴：薛蝌的胞妹，薛蟠和宝钗的堂妹。她有一个好父亲，自小教她读万卷书，带她行万里路，因此才华横溢，思维敏捷，见多识广；她有一个好兄长，薛蝌对妹妹极其负责，父亲过世，他带妹妹千里赴京，欲送嫁梅家，并且表示未安置好妹妹之前不会考虑自己的事；她有一个好人缘，初到贾府，就被贾母视若宝贝，安排同自己住，让王夫人认作干女儿，还把自己珍藏多年金翠辉煌的凫靥裘送与她，宝玉、黛玉、湘云等都非常喜欢她；她有一个好归宿，嫁到梅家，过得很好。后来，四大家族败落，落了片白茫茫大地真干净！在琉璃世界之中，白雪映衬下红梅独艳。

（陈慧茹　撰）

图 2-76　薛宝琴

83. 邢岫烟

【今声】

鹧鸪天·邢岫烟

陈瑞林

家道贫寒不自卑，温文贤淑淡蛾眉。寄身权贵何舒意？尽孝椿萱尚典衣。
题彩笔，溢芳菲，红梅吟咏敞心扉。罗浮通梦能如愿，举案齐眉身远随。

【清韵】3首

题画诗二首·岫烟

李大秋

其一

昔年杨柳惹魂销，一半青青护瘦腰。
少个比肩人绰约，秋波无限领南朝。

其二

早被莺声唤出帘，忆春庭院味淹淹。
红楼有梦无人觉，一种相思上柳尖。

缀锦十二梦·邢岫烟

姜祺

旧雨荒庵晓翠笼，单寒风味耐贫穷。
春风省识檀郎面，两两关心道路中。

【品评】邢岫烟：一个钗荆裙布的贫家女孩，随父母投奔到红楼姑妈邢夫人的名下。虽然出场不多，文字着墨也少，但就仅有的描述与点缀，就让读者品出一个端雅稳重、安贫乐业、超然脱俗的好女孩。她像深谷幽兰一样，香在无心处。

图2-77　邢岫烟

她与黛玉一样寄人篱下。但黛玉投靠的是亲姥姥贾母、贾府一把手。而她投靠的姑妈并不看顾她，还让她省出一两月钱救济爹妈。在生活窘迫之下，她比黛玉更能随遇而安，与世无争，其人穷志不穷的超然清骨彰显出独特的光辉，给极奢的红楼，吹来一股清风。

她有妙玉一样的淡雅出俗，但比妙玉更有亲和力。

她是一个用平常之心对待一切的明白人。宝钗、黛玉等人皆称赞她。宝玉称她是不入俗流的野鹤闲云。就连凤辣子也被她的人格魅力所感动，时常接济于她。最终被薛姨妈看中，许与薛蝌，成就良缘。

（李鸿国　撰）

84. 李纹与李绮

【今声】3 首

七绝·李纹
陈瑞林

一首咏梅诗意深,花开孕子且酸心。
金陵路上香魂散,悲叹凌空薤露音。

七绝·李纹
郭五堂

冻脸喻红梅亦俏,矮门寒女诗吟妙。
家贫省却买胭脂,绣阁千金谁复道?

五律·李绮
陈瑞林

非是豪门女,婷婷有淑姿。
垂髫怜失怙,依母岂增晖?
府第攀高贵,灯谜展妙辞。
凤冠花烛夜,折桂立名时。

图 2-78 李纹与李绮

【清韵】5 首

题画诗二首·李纹与李绮
顾顷波

其一

花开姊妹斗芳姿,白雪红梅得句迟。
毕竟六朝佳丽地,坐中无客不吟诗。

其二

蛾眉不是为观光,萍水相逢引兴长。
料得联床风雨夜,一窗灯火话家常。

题画诗·李纹与李绮

沈文伟

艳冠春风姊妹花，不知富贵与繁华。

他时诏许归来日，犹话当年系绛纱。

缀锦十二梦·李纹

姜祺

赋罢红梅腕底春，蓼花滩畔试垂纶。

持竿不语临流水，心事迢迢付绵鳞。

缀锦十二梦·李绮

姜祺

千里江南路渺茫，绮罗丛里晚芬芳。

雪中林下空愁思，嫁得真郎胜假郎。

【品评】李纹、李绮姐妹俩是李纨的堂妹，都是水葱儿般水灵的美人儿。第49回，李纹、李绮随李纨之寡婶来到贾府，住稻香村，大观园中因而热闹了许多。第50回，大观园芦雪广赏雪联句赋诗，李纹吟了一首咏红梅的诗，诗中处处散发出悲惨的气息，如"冻脸有痕皆是血，酸心无恨亦成灰"。李绮的联句仅三句，"年稔府粱饶""凭诗祝舜尧"……颂朝政清明，丰年无患。其实，这些都是"反面之笔"，正是反意暗射朝政腐败，民不聊生。在高鹗所续的后40回，李纹、李绮、探春、岫烟四美人一起钓鱼，李纹钓上来一条两寸长的鲫瓜儿。其结局如何，小说未作交代。而李绮在大观园颇为活跃，后来由王夫人做媒许配给甄宝玉。

（翟海潮　撰）

85. 秦钟

【今声】2 首

七律
陈慧茹

体弱多情薄命郎，受笞添病入膏肓。
可怜严父羞辞世，尤使痴儿悔断肠。
诸事无终何忍去？人生有限岂堪伤！
幸闻宝玉来相送，留别忠言慎莫忘。

阮郎归·秦钟
孙树娟

风流俊俏女儿颜，穿梭花柳间。
羞羞怯怯惹人怜，红楼醉管弦。
情善种，意难全，贫寒换苦寒。
繁荣富贵化云烟，尼庵了孽缘。

图 2-79 秦钟

【清韵】5 首

题画诗二首·题秦钟
张问陶

其一

娇小痴儿弱不支，也寻瑶岛费相思。
通灵自有三生契，分付春风好护持。

其二

自怜纨绔隔云泥，颠倒情怀恨不齐。
检点琴书来伴读，那知莺燕互猜疑？

题画诗二首·秦钟
顾顷波
其一
女嬰本是貌倾城，玉树天然化等生。
从此书斋添胜友，宵深犹复唤鲸卿。
其二
绝世丰神冠众芳，出游掷果倩车量。
钟情偏在优尼辈，野草闲花别有香。

悼红十二梦·秦钟
姜祺
风流腼腆胜婵娟，扑朔雌雄别有缘。
良会都生欢喜地，优尼戏罢伴僧眠。

86. 柳湘莲

【今声】3 首

七律·柳湘莲
杨路平
休将本色拟优伶，倜傥原非只滥情。
三尺戏台施手段，一丛芦苇啸鞭声。
失宜顿使桃花坠，无果犹凭剑刃横。
削得青丝飘满地，可能烦恼不相萦？

七绝·柳湘莲
郭五堂
千里情牵睹羞面，玉瓶崩碎胭脂溅。
倘知佳丽毁鸳鸯，早莳玫瑰熔冷剑！

图2-80 柳湘莲

【正宫·甘草子】柳湘莲

韩存锁

俊郎相,刀剑丝竹,生旦风尘唱。虎骨身,英雄量,哭三姐,断柔肠。义气江湖经风浪,真儿男、无处往。生死缘何由庙堂上,当赴杀场。

【清韵】3首

题画诗二首·柳湘莲

高崇瑞

其一

曾从吴市访要离,玉貌尘中迥自奇。
一缕香丸托心事,人间红粉太情痴!

其二

春朝锦带去匆匆,紫陌凭谁走玉骢?
他日相逢定何所?白云深处事猿公。

悼红十二梦·柳湘莲

姜祺

妻是虞姬君霸王,鸳鸯梦醒少年场。
佳人血热郎心冷,夜夜香魂滞剑光。

87. 蒋玉菡

【今声】

七绝·蒋玉菡
陈斯高

毕竟人间有俗缘,如兰如桂共翩跹。
优伶亦蓄丈夫气,种得痴情可对天。

【清韵】4 首

题画诗三首·蒋玉菡
姜皋

其一
几缄秋蓝踏钿蝶,仙露微颊笑双厣。
歌场吭竹云徘徊,舞里分花月妥帖。

其二
兰因絮果春绵绵,鹦鹉衿袖尤相怜。
海红鲛绡香一丈,昼暖有气吹如烟。

其三
翩尔惊鸿求供奉,樱桃只合檀郎宠。
过后相思马耳风,依稀华底活秦宫。

图 2-81　蒋玉菡

悼红十二梦·蒋玉菡
姜祺

罗巾早系百季姻,吸髓缠头胯下身。
笔底神通游戏毕,请君来作下场人。

88. 张友士

图 2-82 张友士

【今声】

【正宫·六幺遍】张友士

李鸿国

非名簿,凭悬壶。回春方剂,甘草白术。情天憾度,难医有无。死生妙手春分负,何辜,望闻问切亦轻熟。

【清韵】

自题诗·张友士

王墀

青囊世术贵相仍,此道须求三折肱。
知病还先心底事,专家和缓足传灯。

89.詹光（含程日兴、单聘仁）

【今声】

七律·詹光等
王志刚

投机取巧耍精明，眼界高低以利衡。
祝寿翻花施诡计，调颜画黛悦王卿。
珍奇遴选才华显，古董甄敲雅句评。
最懂乘凉偎大树，混来水起也风生。

【清韵】

自题诗·詹光等
王墀

鼎足相依共主宾，羁栖豪族乞怜频。
何如稷下鸡鸣客，犹脱秦关虎口人。

图2-83 清客们

90. 马道婆

图 2-84 马道婆

【今声】

七律·马道婆

李金娥

风流不过一鸿毛,贾府穿梭近鬼妖。
幻手无形伸孽海,捞财有胆使阴招。
谎言早把良心灭,邪术难将正义消。
丑事满天成笑柄,犹陈遗臭向人飘。

【清韵】

自题诗·马道婆

王墀

行魇抄经事若何?马婆幻术托降魔。
败亡千古原同辙,左道愚人此辈多。

91. 傅秋芳

【今声】

七绝·傅秋芳

陈瑞林

秀玉娉婷琼阁藏,岂能轻许掩瑶光?

姻缘欲结攀权贵,可叹春归待嫁娘。

【清韵】

太虚十二梦·傅秋芳

姜祺

落寞芳姿盛美誉,良缘欲缔意何如?

深愁未识春风面,惆怅文园赋子虚。

图 2-85 傅秋芳

92. 邢大舅与王仁

图 2-86 邢大舅与王仁

【今声】2 首

【黄钟宫·水仙子】邢大舅
李鸿国

不眠花，即问柳，混迹夜阑买醉休。呼友邀朋，千金散尽，欣快输赢抢个头。怨慈亲，吝啬囊羞。傻呆丑态邢家舅，一招阴损铜钱臭，无行德丧良贤丢。

【正宫·塞鸿秋】王仁
李鸿国

红楼萧瑟夕阳落，芳菲熙凤香丘没。昔时姊仗风声和，而今树倒猢狲各。计赚巧甥钱，鬻女人牙恶。忘仁枉配王家册。

【清韵】

自题诗·邢大舅与王仁
王墀

情趣相投戚与亲，葭莩气谊许雷陈。
同心言自如兰臭，可惜无言笁二人。

93. 林如海

【今声】

定风波·林如海

陈瑞林

世禄门庭举探花,京都才女配英华。琴瑟相合春景媚,无愧,巡盐御史冠乌纱。

不测风云方寸乱,肠断,承欢幼子隔天涯。孤女离乡因所倚,垂泪,孑然病老且悲嗟!

94. 冯紫英

【今声】

五律·冯紫英

陈瑞林

神武将军后,人称翘楚才。
须眉怜剑客,纨绔惜桃腮。
素日交游广,诸朋送往来。
列班冯侠士?约略尚疑猜。

95. 王子腾

【今声】

七绝·王子腾
陈斯高
王之藤蔓许嵯峨，挡雨遮风赖斧柯。
谁使药汤成绝命？猢狲散处悟禅多。

96. 冷子兴

【今声】

七绝·冷子兴
霍胜泽
道来今昔荣宁府，樽酒之间有共鸣。
冷眼兴衰凭屈指，商人唯利总相赢。

97. 宝蟾

【今声】

采桑子·宝蟾
陈斯高
胸中丘壑凭谁用？撒泼横行，欺主偷情。满院嚣嚣吵闹声。
一杯毒药因缘尽，蟾桂同烹，怜尔卿卿。秋月春花梦不成。

贾府的管家与仆人们

98. 赖大

【今声】

七律·赖大

陈斯高

虽为奴仆是家生,侯门主管恩宠荣。
偷切蛋糕知敛聚,谋捐县令望宽宏。
逢源左右心机巧,玩转尊卑路数精。
到底小人无大量,借银五十一毛轻。

【清韵】

自题诗·赖大

王埠

问舍求田惯窃财,豚肥牛瘠事由来。
世家破落奴欺主,费尽黄金筑债台。

图 2-87 赖大

【品评】赖大:赖嬷嬷之子。因赖嬷嬷早年服侍过老主子,有资历,又颇得贾母赏脸。子以母贵,赖大才做了荣国府的大总管。他沉默寡语,处事心细。在筹建大观园时,盘算出入账目、点人丁、开册籍、监工等,如鱼得水。主子们外出,荣府只留得赖大主管事务,深得信任。贾蔷竟称他"赖爷爷"。他虽为奴仆,却有一个颇具规模、设施齐全、惊人骇目的花园宅院,并为其子赖尚荣花银子捐了个七品县官。这些钱财自然是他坐在总管位置上,乘机邀宠,从中渔利所得。后贾府败落了,当贾政向其子借银遭拒而大怒时，赖大生恐主子回府查办，赶快告假赎身，远走高飞，不知去向。正是：树倒猢狲散。

（陈瑞林　撰）

99. 焦大

图 2-88　焦大

焦大

【今声】2首

七律·焦大

邓世广

舍身救主恃功高，口吐危言笑尔曹。
既有精忠三字狱，宁无生死九牛毛！
不堪马粪急时用，盍取金钗痒处搔。
世事洞明皆学问，戏谈说议忌唠叨。

七律·焦大

师晓安

宝马香车日复年，荣华富贵逝如烟。
当时未惧征尘苦，此刻常忧运势偏。
杯酒不知身是客，忠心岂肯子为权？
老奴尽晓荒淫事，醉詈儿孙愧祖先。

【清韵】

自题诗·焦大

王墀

痛心丝坠先人绪，苦口难回少主聪。
不是聱奴偏使酒，大家都已醉朦胧。

【品评】焦大：宁国府的老仆。忠直憨勇，从小随宁国公贾演出兵三四次，曾从死人堆里把奄奄一息的主子背回来。自己忍饥喝马尿，却把主子救活了。故主子们对他另眼相看。焦大愤世嫉俗，对宁国府后世的无耻堕落感到痛心。在他眼里，贾府只有门前的石狮子才是干净的。他凭借以往的辉煌,敢怒敢骂,揭示贾珍公媳的爬灰丑闻,醉骂赖二是"没良心的王八羔子!瞎充管家"。但是在贾珍眼里,这个有功之奴是个"没眼色的",不会讨好主子的绊脚石。在封建专制时期,主子就是主子,奴仆就是奴仆。正是:怒骂不平可奈何?

(陈瑞林 撰)

100. 周瑞家的

【今声】

五律·周瑞家的
熊东遨

公中能倚仗,私下亦酸辛。
假虎威行足,观风舵转频。
几多红故事,都有黑原因。
记得刘家姥,良知尚未泯。

【清韵】

榆荫十二梦·周瑞家的
姜祺

曾送宫花助丽姝,画堂供奉听传呼。
女夫兴冷顽儿死,悔作香奁两姓奴。

图 2-89 周瑞家的

【品评】周瑞家的:原是王夫人的陪房。年高有些体面。刘姥姥一进荣国府先去见周瑞家的。为显示自己在贾府中的地位,周瑞家的一口应承下来,并办得稳妥。平日里心性乖滑,左右逢源,对主子拍马奉承,赢得了主子们的信任和嘉许,连凤姐也给足面子。在贾府邢、王二夫人的矛盾中,周瑞家的是王夫人的心腹。抄检大观园的当晚,她被派去随凤姐一起进园。王善保家的依仗邢夫人的权势耀武扬威,各处弄得鸡飞狗跳。当抄检王善保家的外孙女司棋时,周瑞家的坚持一律对待,结果抄出一枚同心如意和一封情书。王善保家的自讨没趣，无地自容，受到众人的奚落和嘲笑。此为周瑞家的最得意一事。但是好景不长，周瑞家的与干儿子何三有失检点，何三偷盗案发，她因此也被赶出贾府。正是：仗势欺人终有报。

（陈瑞林　撰）

101. 王善保家的

图 2-90　王善保家的

【今声】2 首

浣溪沙·王善保家的

陈慧茹

尴尬人前红紫身，奈何世态位难尊。
欲寻机遇长精神。
　　时运迎来心尚喜，观园抄检面无存。
一腔怨悔自悲呻。

朝中措·王善保家的

陈瑞林

虚张声势语尖酸，谄媚殒花妍。
秋爽斋中怒斥，紫菱洲里羞颜。
恃强泄怨，风云突变，冷暖人间。
同时是家奴卑下，可叹难解前缘！

【清韵】

榆荫十二梦·王善保家的

姜祺

请君入瓮太无聊，纵火人身转自烧。
一棒当头诛辅类，花枝带刺悔轻撩。

【品评】王善保家的：邢夫人的陪房，是一个仗势压人的愚顽之辈。邢夫人无意间从傻大姐那里截获了绣春囊，遂派王善保家的送给王夫人，借机羞臊这姑侄俩。凤姐的一番话，让王夫人决心整肃大观园，就将抄检大观园的任务交给了王善保家的。她自以为从此得势，终于可以整治那些平时不把她放在眼里的丫鬟们了。她趁机诬告晴雯，当天夜里，裹挟着凤姐杀进园里，吆五喝六，在搜查上夜的众婆子时，最为威风。到了宝玉那里，晴雯将自己箱子掀了个底朝天。去探春那里，她不知收敛，竟去掀探春衣裳，探春随手给了她一个大耳刮子。王善保家的接连讨了两个没趣，还依然耍威风。到了迎春房里，从她外孙女司棋处抄出潘又安的情书，遭到王熙凤的挖苦嘲笑。她无地自容，只好自己打自己的脸，从此称病在家。

（翟海潮　撰）

102. 焙茗

【今声】

七律·焙茗

陈慧茹

身份低微不自轻，忠心侍主鬼灵精。
少谙世事犹淘气，大闹黉堂忒放情。
寄语芳魂痴意表，解忧公子禁书呈。
平生志向唯爷好，贾府森严谨慎行。

【清韵】

题画诗·焙茗

长春

缟衣素履出城闉，却为苍空泣洛神。
公子暍胜泉下感，小奴为识意中人。
炉香位置天然巧，椀茗周章倍觉亲。
归去尚须评菊部，满园歌吹一时新。

图 2-91　焙茗

103. 包勇

图 2-92 包勇

【今声】

七绝·包勇

师晓安

为奴不与众人同，自有英豪侠义风。
但使园中多此士，敢教鼠辈窃颜红。

【清韵】

自题诗·包勇

王墀

千里投书拜主人，执鞭愿逐马蹄尘。
后园寄顿空梁燕，不及江南旧垒亲。

104. 鲍二家的

【今声】

更漏子·鲍二家的

李鸿国

无名花，风姿秀，些许痴心依就。东窗破，艳芳残，薄凉喋若蝉。
人情漠，凤言恶，纨绮私银了错。云雨尽，梦难双，曲终人断梁。

105. 赖二

【今声】

七绝·赖二
陈斯高
弄权势利顺高爬,宁国府中当管家。
莫笑牵牛花向上,人生百态共尘沙。

106. 林之孝

【今声】

七绝·林之孝
师晓安
独掌钱粮自有根,身居贾府若无痕。
贪婪恐被人看破,莫道豪奴解报恩。

107. 林之孝家的

【今声】

诉衷情·林之孝家的
布凤华
为奴为仆是家生,城府隐聪明。叮当腰挂金钥,时而受逢迎。
明作哑,暗闻声,亦贪荣。或施谀媚,或显威凌,腹有棋枰。

108. 周瑞

【今声】

七绝·周瑞
陈瑞林

心高气盛恶奴颜,迎奉敛财眉宇弯。
倚得豪门消祸事,争知一夕逐难还?

109. 吴新登

【今声】

七绝·吴新登
霍胜泽

荣府银房理账财,无星戥子称盘哀。
欺奴媚主心机尽,流弊多端鬼在推。

110. 乌进孝

【今声】

七律·乌进孝
范文义

身牵富府与穷庄,岁岁交租岁岁忙。
佃户千人凝血汗,东家一顿足羹汤。
实心眷顾勤劳汉,巧舌回应饕餮狼。
苦辣酸辛唯一笑,人间难得两边光。

111. 秦显家的

【今声】

鹧鸪天·秦显家的
李金娥

人自卑微眼界宽，迈开莲步巧周旋。杂粮入账随时点，黑炭装筐到处翻。财正理，梦难圆，庖厨谁料瞬间还。一声归去身将散，好事无成化作烟。

112. 柳家的

【今声】

【中吕·朝天子】柳家的
祁国明

曲营，贿营。妄想通天凳。痴心为女卖人情。诺诺如神敬。看似精明，实为不正。无知大祸生。苦争，斗赢，全凭主子一时性。

113. 李贵

【今声】

七律·李贵
李金娥

平生脚步似陀螺，胸内无才也放歌。
贾府存身凭骨气，学堂振铎息风波。
当差从未浮光浅，侍主也曾佳绩多。
幸遇东君荣万木，蓬门分绿舞婆娑。

114. 兴儿

【今声】

七绝·兴儿
霍胜泽

玲珑献媚口如簧,八面逢迎善伪装。
一语招来灾祸起,小厮可惜历风霜。

115. 来旺

【今声】

五绝·来旺
霍胜泽

他人门口犬,替主灭灾殃。
善恶天明鉴,身如草芥长。

其他人物

116. 甄士隐

【今声】2 首

七律·甄士隐
李金娥

飘蓬半世若毛轻,空叹当初富有名。
痛失娇儿逢绝路,仍添疾瘦恸离情。
思乡恋土何时了?养性修身任意行。
沧海沉浮归一笑,红尘遁迹寄余生。

【中吕·朝天子】甄士隐
韩存锁

粉耶?绿耶!谁辨红楼色,
从来真事隐悬河!书底风尘恶。
贾府靡奢,甄人英杰,曹公无奈何。
好歌!了歌!好了匆匆客。

图 2-93 甄士隐

【清韵】

自题诗·甄士隐

王墀

生公说法现金身，劫火何分幻与真？
象齿焚身人莫悟，枉劳苦口指迷津。

【品评】开卷第一回，曹雪芹把甄士隐和贾雨村两相对照来写，表明他撰拟这两个名字的寓意是将"真事隐（甄士隐）去""假语存（贾雨村）焉"，由此构成了《红楼梦》中极具特色的谐音寓意艺术。甄士隐是一个经历了独女被拐、骨肉分离、家遭火灾、下半世坎坷，而终于醒悟出世的人物形象，作者意欲借甄士隐的故事预示贾宝玉的类似结局。第一回甄士隐注《好了歌》后，随疯道人飘飘而去。后来又与贾雨村于急流津渡口相遇，但未交流，贾匆匆而过。在高鹗所续末回，贾雨村犯了索贿的案件，幸遇大赦递籍为民，路上重遇甄士隐，二人草庵膝谈。与第一回首尾呼应，可谓妙笔生花。

（翟海潮　撰）

117. 贾雨村

【今声】

七绝·贾雨村

陈斯高

人肩攀踩入蜂衙，乱判葫芦扛锁枷。
假语村言留笑柄，从来利禄镜中花。

【清韵】

自题诗·贾雨村

王墀

书生本色半清寒，宦况升沉亦可叹。
此是当年长乐老，登场靴板耐人看。

【品评】贾雨村：相貌魁伟，言语不俗，生于仕宦人家，但家族衰微。后因甄士隐相助，

图 2-94 贾雨村

进京考中进士。做官不久,就因贪酷徇私被革职。后当了林黛玉的启蒙教师,在林黛玉舅舅贾政帮助下,复职补了个金陵应天府职。复职后就遇到薛蟠仗势打死冯渊命案,他徇情枉法,胡乱判了一起"葫芦案"("糊涂案")。后来薛蟠舅舅王子腾升九省都检点,雨村补授了大司马,不久升任吏部侍郎。在高鹗所续后40回,贾雨村又任京兆府尹兼管税务,不久又因犯索贿案而入狱。末回,幸遇大赦,他递籍为民,路遇甄士隐,二人茅庵膝谈。贾雨村是《红楼梦》不可或缺的人物,透过他,我们看到了封建社会里被世俗严重污染的儒士形象,看到了被官场熏黑的政客灵魂,看到了司法的腐败,看到了人情的冷暖、世态的炎凉……

(翟海潮 撰)

118. 北静王

图 2-95 北静王

【今声】

七绝·北静王
杨路平

临风玉树目传神，一串香珠馈意真。
未得颦儿青眼看，居然唤作臭男人。

【清韵】3 首

题画诗二首·北静王
顾顷波

其一

翩翩风度貌堂堂，一见心倾衔玉郎。
持赠手珠聊表意，探怀犹带御炉香。

其二

列服雄藩势分崇，苔岑声气久相通。
炎凉世态寻常事，难得垂青祸患中。

悼红十二梦·北静王
姜祺

云霞为质玉为仪，第一殊勋第一姿。
忘分自饶稠密意，笑携佳宝奖佳儿。

119. 跛道人与疯僧

【今声】

七绝·双真

郭五堂

曹公何必说荒唐？跛道癫僧有用场。

尘世难留贫贱语，故将八卦炫厅堂！

【清韵】

自题诗·跛道人与疯僧

王墀

佛性未离罗绮艳，仙心犹杂麝兰香。

侯门三入知何意？情飞人间父母肠！

图 2-96　双真

120. 警幻仙子

图 2-97 警幻

【今声】

南乡一剪梅·警幻仙子

李鸿国

温婉掌仙台。十二金钗正副来。孽海情天生百感，愁也争开，恨也争开。

春梦遣香怀。懵懂痴男玉女偕。袭雨风花偿月债，卿可徐猜，红亦徐猜。

【清韵】4 首

沁园春·警幻仙子

顾恒

恨窟情天，雨覆云翻，岂有尽期？记高唐一枕，真原是假；游仙两度，我竟为谁？斟酌悲欢，裁量恩怨，风月凭伊好护持。钗钿冷，有彩云一曲，说尽相思。

蛾眉憔悴如斯，看花落何能返故枝？叹莺歌燕舞，量金难买；红愁绿惨，织泪成丝。收拾残棋，仍还故我，蝴蝶芳魂乍醒时。云中笑，问茫茫世界，可要情痴？

题画诗二首·警幻仙子

长春

其一

孽海情天两渺茫，尤云殢雨总荒唐。悲欢何与神仙事？抵死催人早散场。

其二

儿女缠绵亦可哀，心香烧尽未成灰。

近来痴梦浓于絮，只恐晨钟唤不回。

太虚十二梦·警幻仙姑
姜祺

放春山畔领群仙，天上人间梦未圆。
色色空空随变幻，奈何天是太虚天？

121. 甄宝玉

【今声】

七律·甄宝玉
李金娥

金陵官府一顽童，命运曾经起落中。
休借尊卑分主仆，难从真假认雌雄。
良机至也诤言在，艳福来分瑞气融。
不负含辛茹苦意，云阶直上揽清风。

【清韵】2首

题画诗·甄宝玉
泊兮

深院花柳锁，幻梦证因果。
一笑忽相逢，不辨尔与我。

悼红十二梦·甄宝玉
姜祺

空教疑似更疑真，是一人还是二人？
貌似究嫌神未似，何如我与我相亲？

图 2-98 甄宝玉

122. 智能儿

【今声】

七绝·智能儿

陈斯高

知爱何言错？尼姑亦是人。

佛钟禅鼓里，多少女儿春！

【清韵】

缀锦十二梦·智能儿

姜祺

欢喜因缘结佛前，云房冷落度华年。

秋波一转生禅悦，菩萨低眉色界天。

图 2-99 智能儿

123. 娇杏

【清韵】

太虚十二梦·娇杏

姜祺

英姿落魄困风尘,一顾窗前种宿因。

娇杏而今太侥幸,无端侍婢学夫人。

图 2-100 娇杏

124. 金哥

【今声】

清平乐·张金哥
孙可华

风云突变,暴雨摧花散。父母糊涂都是怨,一枕黄粱梦幻。

金哥烈女多情,痴男直扑幽冥。一对鸳鸯命苦,杜鹃声切坟茔。

125. 甄应嘉

【今声】

七绝·甄应嘉
陈瑞林

功勋之后可承欢?不善奉迎遭贬官。
幸得边疆需戍守,人生顷刻感温寒。

126. 封肃

【今声】

五律·封肃
布凤华

休言吾势利,谁个不贪财?
翁婿何须顾?金银暗窃来。
鸟因争食死,树为作阴栽。
夜半看封户,只缘知府开。

127. 葫芦僧

【今声】

七律·葫芦僧
李锡庆
自古官清难似水,偏逢吏滑总如油。
护官符里飞阴毒,悬镜衙前涌暗流。
欲逮元凶三噤口,还凭门子一飞眸。
葫芦僧有葫芦计,终究充军弭舌头。

128. 净虚

【今声】

鹧鸪天·净虚
李锡庆
衙内烧香启祸初,金哥容貌竟何辜?老尼饶舌开清戒,情侣生身赴死途。
焉有净?几曾虚?分明龌龊母於菟。三千银两天知否?从此沙门人亦污。

129. 倪二

【今声】

清平乐·倪二
李锡庆
醉中清醒,犹识春风影。听得比邻言欲哽,岂管囊中无剩!
人前貌似癫狂,衣冠不整何妨?谁道泼皮无赖,分明侠义金刚。

130. 仇太尉

【今声】

【正宫·六幺遍】仇太尉
李鸿国

王其佑，司门侯。逆儿生祸，父也徒愁。紫英力斗，呜呼殁幽。领兵肃理荣府后，搜搜，弹劾冷面平安州。

131. 夏秉忠

【今声】

【正宫·六幺遍】夏秉忠
李鸿国

权依重，承东风。宣懿诏旨，户蠹僵虫。金银俱拢，遮云蔽龙。骄奢打马扬场纵，何终，区区一宦乱清宫。

132. 冯渊

【今声】

七律·冯渊
师晓安

缘来一见便钟情，欲共英莲度此生。
作者何由分眷侣，苍天未必妒鸳盟。
红楼梦境逢冤去，贾雨村言凤孽清。
天理循环因复果，冰消雪没了纷争。

133. 张华

【今声】

调笑令·张华
李锡庆

嫖赌,嫖赌,终日不归何苦!未婚妻子红妆,惹怒闺中虎狼。狼虎,狼虎,侥幸犹逢生路。

134. 石呆子

【今声】

七律·石呆子
陈瑞林

真迹琳琅古扇藏,岂知灾祸起萧墙?
雨村设计天良丧,贾赦称心神气扬。
家当查抄凄惨惨,庶人生死两茫茫。
上苍有眼也垂泪,怎不教妻痛断肠!

135. 金寡妇

【今声】

如梦令·金寡妇
李锡庆

已逝夫君天外,家道兴隆难再。儿子入黉门,惹事求人常拜。无奈,无奈,岁岁无言期待。

136. 卜世仁

【今声】

七绝·卜世仁
李锡庆
药铺为家家亦贫,舅甥情义尚清淳。
最难尘世营营事,且莫轻言不是人。

137. 赖尚荣

【今声】

七绝·赖尚荣
陈斯高
捐来七品手长长,十万花银喜入囊。
钱与恩公谁更重?又凭心秤细裁量。

138. 花自芳

【今声】

五绝·花自芳
陈斯高
卖妹为柴米,常怀手足亲。
殷勤寻善嫁,一个重情人。

139. 多姑娘

【今声】

眼儿媚·多姑娘
李鸿国

妖冶粗花任炎冷,如火烈风迎。蛾眉杏眼,酥心摄魄,柳荡婷婷。
更兼秉性柔心具,怨女自多情。笑它俗世,谁嫌多我,莫说荣宁!

140. 晴雯嫂

【今声】

七绝·晴雯嫂
陈瑞林

引蝶招蜂还自骄,涂脂抹粉弄风骚。
贪财哪得讲情义,岂管孤枝花殒销?

141. 鸳鸯嫂

【今声】

五绝·鸳鸯嫂
孙可华

蓄意攀亲贵,锦衣幽梦狂。
贤姑贞似铁,尴尬面丢光。

142. 金荣

【今声】

七律·金荣

陈瑞林

相依母子几辛酸,纨绔寒门欲比肩。
虚度年华无点墨,怀揣妖蛊握空拳。
学堂滋事为争宠,奴仆作威犹取怜。
附凤攀龙何显贵?雕虫小技梦难圆!

143. 卫若兰

【今声】

浣溪沙·卫若兰

布凤华

寻常形迹看不真,将军队里一王孙。想来非是等闲人。
许向沙场飞弩箭,曾闻秀项佩麒麟。行藏隐约有深因。

第三辑

《红楼梦》与曹雪芹

《红楼梦》

《红楼梦》原名《石头记》。长篇小说。书成于清乾隆年间。一百二十回。前八十回曹雪芹作,后四十回一般认为系高鹗所续。曹作部分在撰写、修改过程中就以抄本流传。乾隆五十六年(1791年),程伟元等将前八十回加以修改,与后四十回续稿合为一书,以活字版排印,从此一百二十回本流行。全书以贾、史、王、薛四大家族的兴衰为背景,以贾宝玉与林黛玉、薛宝钗的恋爱经历以及其他红楼女子的生活经历为中心线索,真实而深入地描写了日益丰富的人性与生存环境(由社会制度、家族结构和礼教等构成)的冲突、人性被压抑的痛苦以及要求人性解放而进行的挣扎或反抗,生动地塑造了贾宝玉、林黛玉、王熙凤、薛宝钗、尤三姐、晴雯等许多具有鲜明个性的艺术形象。作品规模宏大、结构完整严密,白话运用纯熟自如,具有高度的思想性和卓越的艺术成就,达到中国古代长篇小说中写实主义的高峰。其中虽然笼罩着宿命的伤感和悲凉,但也未曾放弃对美的理想的追求。后四十回续作虽根据原书线索写了贾家被抄、黛玉病死、宝玉出家等悲剧情节,然其所安排的宝玉"中乡魁"、贾家"延世泽"的结局,则皆非曹雪芹原意。[①]

【今声】5 首诗词又 10 副对联

七律二首

郑尚可

其一

呕心十载行行泪,一梦红楼寄意深。
燕市秦淮悲玉石,村言假语化泥金。
浮生百态呈长卷,满府群芳诉绮琴。
留下如椽惊世笔,遂教诗品至而今。

---

① 《辞海》(2009 年版)第 895 页。

其二

石头笔墨逞风流，傲耸苍穹三百秋。
亲见亲闻传世故，真情真性醉人眸。
清风拂柳开生面，碧浪排空卷巨舟。
弥望古今何可媲，群峰顶上筑高楼。

沁园春
范文义

掩卷沉思，原应叹息，梦眷红楼。看真真假假，迷离扑朔；重重叠叠，草盛花羞。一段姻缘，谁牵红线？凤愿难圆泪不休。空神悯，念芸芸众口，浑度春秋。

曹公巨擘堪讴，恁大厦忽倾紫气收。叹宁荣二府，朝晖暮雨；祖孙四代，今喜明忧。天道无常，风云难测，几许机心枉自修。扬名著，再赓歌挥墨，雅韵长留！

七律
周同顺

俗世还原涩泪纷，曹公笔下有奇文。
身轻命贱多悲怨，酒醉金迷少乐欣。
十载荣华争伴虎，一朝耻辱更添坟。
红楼戏幻南柯梦，醒后方知过眼云。

七绝
于军

曹公妙笔绘红楼，四大名门故事留。
一部兴衰荣辱史，《石头记》里说春秋。

【楹联鉴赏】10 副（主评：刘锋；编审：方留聚）

富也金陵，穷也金陵，好到极时皆是了；
爱之幻梦，恨之幻梦，始来尽处已成终。

（山西偏关　范荣　撰）

评：以好了歌着眼，做一当头棒喝，是承红楼宗旨。是红楼梦？是繁华一梦？是金陵春梦？读者试自悟之。

情为何物？可怜木石前盟，恩恩怨怨，我我卿卿，皆入红楼一梦；

缘证三生！长叹宁荣旧事，是是非非，真真假假，且斟绿蚁半杯。

（辽宁朝阳　闫宝恩　撰）

评：上联起句从萨都剌词入手，问世间情为何物？结句归入红楼。是好思路。下联有煮酒话红楼的味道，结句用白居易"绿蚁新醅酒"，颇有诗意。全联可称为"雅"。若能细细品味，绿蚁有泡沫之意，与红楼相对，甚妙。

此书只应天间有，教你我笑中含泪，泪中带笑，叹金石无缘，香断红消，人生难得几回见；

蝶梦还曾云外求，看兴亡春日伤秋，秋日悲春，余嗟呀遗恨，运终权尽，吁里唯留千古评。

（河南三门峡　曹俊梅　撰）

评：此联佳处在上联"笑中含泪，泪中带笑"对下联"春日伤秋，秋日悲春"，颇让人眼前一亮。非唯警策，兼且雅致。

悼红轩里缀闲文，披阅十年，增删五次，邦国朝代皆无考，但见大观园内演裙钗，终究感慨缠绵，悲喜千般如幻渺；

脂砚斋中伤世泪，怀香吊绿，点恶批邪，金玉木石本近虚，纵然华胥境间承警戒，到底懵懂眷恋，春秋一梦赴荒唐。

（山东临清　刘英强　撰）

评：上联从曹雪芹著书入手，下联从脂砚斋品评说事，是又一作法。用"大观园"对"华胥境"来映射"红楼梦"颇见巧思。此联是本次征联之最长联，用七分句，颇注重声韵。从此联句脚都仿佛听到那嘚嘚的马蹄韵，为之一快。多分句对联句脚宜用马蹄韵，而不守者多，颇为遗憾。

纵流花雨千滴泪

难慰女儿一字情

（内蒙古呼伦贝尔　张青岭　撰）

评：此联从黛玉葬花入手写《红楼梦》，可谓别出手眼。亦小中见大之意。结字以"泪"还"情"，深得红楼之神。

从来半点不由人，究一卷风流，引两行血泪，叹三生早定，堂皇四大豪门，自是五陵

年少,未净六根空旖旎;

应谢七星常顾我,幸八荒鸿寄,经九难涅槃,穷十载增删,辗转百般痛楚,终成千古痴情,同杯万艳亦孑然。

(甘肃舟曲 杨田勇 撰)

评:"从来半点不由人"本是结论,置于起句,以后娓娓道来,可见作者经营之苦心。此联表面看是以嵌入数字出奇,其实数字后面的内容亦颇沉重。"四大豪门"寓有贾、史、王、薛之意;"六根空旖旎"一句或让人想到妙玉;等等。

大也大观园,足鉴才情,戏药诗联同出彩;
荣乎荣国府?纷呈姿态,风花雪月各登台。

(河北曲阳 邢伟川 撰)

评:大观园之大在"戏药诗联",是作者别出心裁处;荣国府的"风花雪月"就是"荣乎"?我也欲有此一问。

更上红楼书一梦;
再来斗酒诗百篇。

(湖南新化 王旭升 撰)

评:"更上红楼书一梦"一句颇令人感慨。如今红楼遍地,谁来写新的"红楼梦"呢?所谓读书人另有怀抱。

于困顿之时,欲说无声,借儿女之情深托意;
处缠绵之地,不思也梦,让轻浮之辈怎收心。

(河南三门峡 张项学 撰)

评:比较喜欢上联,道尽曹雪芹写《红楼梦》之苦心;尤难得的是结构上有沉郁顿挫之感。下联抒发感慨"处缠绵之地,不思也梦",设想新奇。

梦
痴

(河北曲阳 王兴伟 撰)

评:一个字的对联,历史上既少,而联亦难工。"梦"者红楼一梦,抑或人生如梦;"痴"者痴男怨女,抑或如欧阳修所言"人生自是有情痴"。上下合一却成"痴人说梦",也是一种解读法。清咸丰年间,有人举"墨"字求一字对,唯有一人以"泉"相对。因"墨"

字上半部为"黑","泉"字上半部为"白",且黑土对白水,可称工稳。其实,还另有深意在。"墨"指贪墨,"泉"是钱的古称。

【清韵】23 首

谚语

开谈不说《红楼梦》,
读尽诗书是枉然。

读《石头记》偶成

(睿亲王淳颖,于1791年春夏之交)

满纸喁喁语不休,英雄血泪几难收。
痴情尽处灰同冷,幻境传来石也愁。
怕见春归人易老,岂知花落水仍流。
红颜黄土梦凄切,麦饭啼鹃认故丘。

题《红楼梦》四首(其中一首)

(女诗人宋鸣琼,于1791年前后)

好梦惊回噩梦圆,个中包括大情天。
罡风不顾痴儿女,吹向空花水月边。

七律

顾春福

石自通灵草解愁,情天如梦渺红楼。
尊空北海虚前约,香散南丰忆旧游。
看到子孙能几辈?遗将翰墨足千秋。
披图无限黄垆感,有泪非关儿女流。

满庭芳·题金陵十二钗

熊琏[①]

日暖花梢,香飘帘幕,十分春在红楼。传杯满酌,笑语不知愁。试倩红倚翠,东风里

---

① 熊琏,字商珍,号澹仙、茹雪山人。江苏如皋人,陈遵妻。此词载其《澹仙诗钞》[嘉庆二年(1797年)家刊本]卷一。

谁最温柔？都猜作神仙谪降，笙鹤下瀛洲。

赏心人已醉，阑干倚遍，一片云头。任轻翻舞袂，漫啭歌喉。谁道书中有女，终输于金谷风流。多应是明珠买艳，花月尽勾留。

七律三章
张新之①

其一

说"石头"经廿四春，龙沙万里上鲲身。
樟声鞭影都圆梦，雪送花迎各助神。
斩断六根原是假，归来一笑却成真。
借观羲画尊麟笔，腐史于今有后尘。

其二

名教扶持自问难，谈情书上著铅丹。
平生差可斯吾信，未死居然此事完。
古月一轮含妙象，梅花数点破春寒。
辟开儿女全忠孝，人兽关头豁大观。

其三

心血于焉用斗量，笔花生彩墨花香。
独燃一炬成秦火，横扫浮云见太阳。
著论不随无鬼没，问年原比链都长。
老身杯酒同诗祭，事业欣欣托渺茫。

七律三章·步原韵奉和太平闲人
孙桐生②

其一

红炉点雪妙回春，不绝微言系此身。
才擅千秋归说部，胸罗六籍铸经神。
狐穷秦镜原非幻，面识庐山始是真。

---

① 张新之，号太平闲人、妙福轩。道光十五年（1835年）进士，官江苏记名道。著有《妙福轩评石头记》《红楼梦读法》等。
② 孙桐生，字小峰，号饮真外史，忏梦居士，四川绵阳人。咸丰二年（1852年）进士。官至湖南永州知府。

蛊没翻将名氏隐,高怀何止出风尘。

其二

情窟翻身亦大难,因情识性得金丹。
一家注疏凭谁解?万古纲常若个完?
风月鉴空儿女散,褒诛气凛雪霜寒。
十年心血编排尽,作述如何等量观。

其三

芥纳须弥岂易量,文坛一瓣蓺心香。
参禅不祖王摩诘,问道谁师魏伯阳。
敢以为山亏一篑,由来作史重三长。
儒门亦有传灯法,不涉虚无堕渺茫。

七律四首

朱瓣香①

其一

风怀到底让书生,百首新编丽句成。
撷拾莺花矜宝贵,平章钗黛算功名。
毫端香艳呼应出,纸上娇啼听有声。
一部春秋裁绣史,悼红我是左丘明。

其二

才浅休嗤袜线长,侯封新梦拜柔乡。
诗勾春恨花销骨,话转情痴石改肠。
华斧也严娇姓氏,绣丝尤爱小潇湘。
三生倘可文缘觅,相约红楼祝瓣香。

其三

好春卅度负华年,故纸尘蒙惜此编。
肯使风魔殊少日,不嫌唐突到诸仙。
缕云细订相思稿,逗雨重惊离恨天。
手把一尊歌自寿,欠它红袖谱芳筵。

---

① 朱瓣香,字潄芳,号四悔草堂主人。著有《读红楼梦诗》,约写于光绪五年(1879年)至八年(1882年)间。

其四

但凭展卷一回亲，向与群芳作近邻。

好句有灵追碧落，艳才无命遍红尘。

自来月府无双丽，今得花朝第几春。

留待挑灯浮白者，酹金钗罢酹诗人。

七绝·为王墇撰《红楼梦分咏绝句》题词

曾宗藻①

我亦深情类寓公，粉脂描绘笔难工。

澣薇细读邱迟句，绮昵风流尺纸中。

七律三首·答谢友人评《红楼集咏》

载滢②

其一

镂月裁云绝妙词，联成游戏梦中诗。

好将点石评章笔，写出雕花辛苦思。

结习未除缘性癖，怜才一任笑情痴。

请缨更假琳琅序，待向骚坛别建旗。

其二

大块文章乐太平，骚坛有客请长缨。

愧无献替匡时计，且听埙篪唱和声。

今是昨非皆幻梦，诗豪酒阵破愁城。

两家手泽传风雅，友爱同关孺慕情。

其三

缉缀小诗抄卷里，不寻诗伯更寻谁？

别裁伪体亲风雅，愿得相从一问诗。

惟有搜吟遣怀抱，须逢精鉴定妍媸。

烦君赞咏心知愧，字字清新句句奇。

---

① 曾宗藻，字墨农，福建龙溪人。
② 载滢，号云林居士，爱新觉罗氏，恭亲王奕䜣次子。其《红楼集咏》当作于光绪二十三年（1897年）以前。

百字令·自题《红楼梦散套》
吴镐①

愁城爱海，逗痴儿怨女聪明耽惑。一缕情丝柔似许，绕得缠绵悱恻。绿绮传心，翠绡封泪，偿了灵河债。楼空人散，梦缘留在缃帙。

我亦初醒罗浮，酸辛把卷，未悟空和色。检取埋香芳冢恨，谱出断肠花拍。驻彩延华，揉酥滴粉，愧少临川笔。春宵低按，杜鹃红雨应湿。

护官符②
脂砚斋等

请君着眼护官符，把笔悲伤说世途。
作者泪痕同我泪，燕山仍旧窦公无？

题画诗·通灵宝石绛珠仙草
姜皋

娲皇一笑春濛濛，五文星骨飘太空。
碧丝缚萤天无功，深山如人泣露红。
携手荒云一尔汝，夜夜心期拜牛女。
明月三生玉自温，春风百种花同语。
罗帕灰飞梦不圆，琼楼冷绿催行烟。
芳情不死亿万年，含灵结怨通真仙。

为《红楼梦图咏》题诗
郭凤冈

谁识当年幻玉仙，红楼色相渺云烟。
却将画史传情史，留结诗场翰墨缘。

---

① 吴镐，字荆石，号荆石山民。清代戏曲作家，江苏太仓人。撰有《红楼梦散套》。
② 诗题为编者所加。

曹雪芹

【曹雪芹】 Cao Xueqin（约 1715—约 1763 年）中国清代小说家，长篇小说《红楼梦》作者。名霑，字梦阮，号雪芹、芹圃、芹溪。祖先原是汉人，很早便加入旗籍，隶属满洲正白旗。曾祖起三代都在宫廷内务府供职，相继担任"江宁织造"达 65 年。至雍正初年其父被免职，产业被抄没，随家迁居北京。晚年贫病卒于北京西郊。性格高傲，能诗善画，嗜酒健谈。呕心沥血十年写出不朽巨著《红楼梦》。小说描写一个贵族大家庭的盛衰历史，通过贾宝玉和林黛玉爱情悲剧以及许多少女的悲惨遭遇揭露封建社会的腐朽罪恶。仅写至第八十回，即猝然去世。[①]

【今声】9 首

临江仙·香山曹雪芹纪念馆

郑尚可

风月繁华终远逝，曾经霄壤悬殊。三春过尽众芳枯。香山权度日，客冷闭门居。
尘宇炎凉亲步履，始惊世道秋荼。久看黄叶漫拈须。十年含苦涩，沥血写心书。

五律·再谒香山曹雪芹故居

郑尚可

西山终老地，遗世众怀钦。
黄叶铺金灿，虬槐盘碧森。
沧桑方悟道，今古始明心。
谁顾红楼曲，自称三昧深。

---

① 《简明不列颠百科全书》第 2 卷，第 196 页。

七律

石俊茹

过眼繁华一梦枯，书成血泪洒千珠。
卧听风起摧高厦，忍看花残坠冷湖。
满纸荒唐悲共喜，半生经历有还无。
今人谁解痴公语，枉叹茔前树影孤。

七律·咏曹雪芹

范文义

谁染香枫别样娆？十年心血毕生劳。
一条红线撩人眼，百种风光傲世操。
妙语穷摘儿女态，神针巧刺鬼妖袍。
传扬代代珠玑耀，经典清醇胜美醪！

七绝·访黄叶村

黄菊仲

胜迹流传黄叶村，西山秋雨扣柴门。
老槐犹做荒唐梦，似待红楼泪血魂。

临江仙四首·咏程伟元、高鹗

郑尚可

曹雪芹著《红楼梦》，书未成而病逝，前80回遂以手抄本流传。乾隆五十六年（1791年），程伟元、高鹗首次以刻本出版120回全璧《红楼梦》（世称程甲本），次年又修订再版（世称程乙本）。程甲本程伟元序云："（邀友人）细加厘剔，截长补短，抄成全部，复为镌板，以公同好，红楼全书始自是告成。"程甲本高鹗序亦称自己"襄其役。工既竣，并识端末，以告阅者"。胡适《红楼梦考证》（1921年）认为《红楼梦》后40回乃高鹗所续，俞平伯《红楼梦辨》（1923年）从其说。林语堂《平心论高鹗》（1958年）则持不同观点，认为高鹗只是"修补"而非"补作"。俞平伯在1990年夏临终前写下两句话：

胡适、俞平伯是腰斩《红楼梦》的，有罪；程伟元、高鹗是保全《红楼梦》的，有功。大是大非！千秋功罪，难于辞达。

人民文学出版社出版的 2008 年第 3 版《红楼梦》，扉页中的署名为：

（前八十回）曹雪芹　著

（后四十回）无名氏　续

程伟元、高鹗　整理

中国艺术研究院红楼梦研究所校注

程伟元

程伟元（1745 至 1747 前后—约 1818 年），字小泉。江苏苏州人。功名无考。曾任盛京将军晋昌幕僚，佐理奏牍，时相唱和；并兼任教沈阳书院。工诗文，善书画。主张"诗以道性情"，认为"性情得真，章句自在"。晋昌盛赞其诗文书画："新诗清润胜琅玕""文章妙手称君最""书法应知效二王""古墨一螺生艳彩"。其为晋昌辑录《且住堂诗稿》，并著"跋"。还有绘画《柳阴垂钓图》《指画罗汉册》《双松并茂图》等多幅传世。

其一

幕府春和飞逸兴，吟哦韵味悠长。力襄才俊任翱翔。写真浇块垒，松挺柳轻扬。

诗道性情章句在，满园兰桂清光。功名身外毋须伤。世间多少路，翰墨更流香。

其二

泪尽曹公心未了，红楼风月梦残。靠谁妙手续弦弹？山高人仰止，媲美一何艰！

最是殊功堪点赞，邀朋梳理长编。全书镌版广流传。"石兄"当笑慰，天下得奇观。

高鹗

高鹗（1758—约 1815 年），字云士。号秋甫，别号兰墅、行一、红楼外史。辽宁铁岭人。青年时期热衷科举仕进，乾隆五十三年（1788 年）中举，乾隆六十年（1795 年）进士及第。历任内阁中书、江南道监察御史、刑科给事中等职。后因为官失察遭惩处。晚景凄凉。嘉庆年间增龄为其遗稿作序，称"夫子学邃才雄""誉满京华，而家贫官冷，两袖清风，故著作如林，未遑问世，竟赍志以终"。其词风近于晚唐五代花间词，浓艳多姿；《临江仙》《金缕曲》《南乡子》《青玉案》诸篇，描写与畹君刻骨铭心的爱情，缠绵哀婉，感人至深。传世作品有《月小山房遗稿》《砚香词箧存》。

其一

一部《砚香》难尽说，花间徜徉情稠。相思刻骨付吟讴。《临江仙》悱恻，《金缕曲》声幽。

兰桂齐芳原凤愿，春朝汲汲追求。仕途浪急触霉头。凄凉伤暮景，白雪覆荒丘。

其二

拈出船山诗小注，大名刻上"石头"。补书自此辩无休。文才诚逊色，境界也难侔。

风雨悼红多少恨，佚篇错简残留。整编功过再回眸。"平心论高鹗"，何必苦苛求？

【清韵】26 首

题敦诚《琵琶行传奇》(断句①)

曹雪芹

白傅诗灵应喜甚，

定教蛮素鬼排场②。

寄怀曹雪芹③

爱新觉罗·敦诚

少陵昔赠曹将军，曾曰魏武之子孙。

君又无乃将军后，于今环堵蓬蒿屯。

扬州旧梦久已觉，且著临邛犊鼻裈。

爱君诗笔有才气，直追昌谷破篱樊。

当时虎门数晨夕，西窗剪烛风雨昏。

接䍦倒著容君傲，高谈雄辩虱手扪。

感时思君不相见，蓟门落日松亭樽。

劝君莫弹食客铗，劝君莫扣富儿门。

残羹冷炙有德色，不如著书黄叶村。

---

① 敦诚是曹雪芹的好友，其《四松堂集》卷五《鹪鹩庵笔麈》："余昔为白香山《琵琶行》传奇一折，诸君题跋，不下数十家。曹雪芹诗末云：'白傅诗灵应喜甚，定教蛮素鬼排场。'亦新奇可诵。曹平生为诗，大类如此。"

② 白居易官至太子少傅，故称"白傅"。《本事诗》："乐天姬樊素善歌，小蛮善舞。尝为诗曰：'樱桃樊素口，杨柳小蛮腰。'"

③ 敦诚《四松堂集》抄本，诗集卷上。

赠曹芹圃①

爱新觉罗·敦诚

满径蓬蒿老不华，举家食粥酒常赊。

衡门僻巷愁今雨，废馆颓楼梦旧家。

司业青钱留客醉，步兵白眼向人斜。

阿谁买与猪肝食，日望西山餐暮霞。

佩刀质酒歌②

爱新觉罗·敦诚

秋晓遇雪芹于槐园，风雨淋涔，朝寒袭袂。时主人未出，雪芹酒渴如狂。余因解佩刀沽酒而饮之。雪芹欢甚，作长歌以谢余，余亦作此答之。

我闻贺鉴湖，不惜金龟掷酒垆。

又闻阮遥集，直卸金貂作鲸吸。

嗟余本非二子狂，腰间更无黄金珰。

秋气酿寒风雨恶，满园榆柳飞苍黄。

主人未出童子睡，罂干瓮涩何可当？

相逢况是淳于辈，一石差可温枯肠。

身外长物亦何有？鸾刀昨夜磨秋霜。

且酤满眼作软饱，谁暇齐嵩分低昂。

元忠两褥何妨质，孙济缊袍须先偿。

我今此刀空作佩，岂是吕虔遗王祥？

欲耕不能买健犊，杀贼何能临边疆？

未若一斗复一斗，令此肝肺生角芒。

曹子大笑称快哉！击石作歌声琅琅。

知君诗胆昔如铁，堪与刀颖交寒光。

我有古剑尚在匣，一条秋水苍波凉。

君才抑塞倘欲拔，不妨斫地歌王郎。

---

① 敦诚《鹪鹩庵杂记》抄本。
② 敦诚《四松堂集》抄本，诗集卷上。

挽曹雪芹

爱新觉罗·敦诚

开箧犹存冰雪文，故交零落散如云。
三年下第曾怜我，一病无医竟负君。
邺下才人应有恨，山阳残笛不堪闻。
他时瘦马西州路，宿草寒烟对落曛。

挽曹雪芹（甲申）①

爱新觉罗·敦诚

（前数月，伊子殇，雪芹因感伤成疾。）
四十年华付杳冥，哀旌一片阿谁铭？
孤儿渺漠魂应逐，新妇飘零目岂瞑？
牛鬼遗文悲李贺，鹿车荷锸葬刘伶。
故人惟有青衫泪，絮酒生刍上旧坰。

芹圃曹君

芹圃曹君霑别来已一载余矣。偶过明君琳养石轩，隔院闻高谈声，疑是曹君，急就相访，惊喜意外，因呼酒话旧事，感成长句。②

*爱新觉罗·敦敏*③

可知野鹤在鸡群，隔院惊呼意倍殷。
雅识我惭褚太傅，高谈君是孟参军。
秦淮旧梦人犹在，燕市悲歌酒易醺。
忽漫相逢频把袂，年来聚散感浮云。

闭门闷坐感怀

爱新觉罗·敦敏

短檠独对酒频倾，积闷连宵百感生。
近砌吟蛩侵夜语，隔邻崩雨堕垣声。
故交一别经年阔，往事重提如梦惊。

---

① 敦诚《四松堂集》抄本，诗集卷上。
② 敦敏《懋斋诗钞》抄本。
③ 曹雪芹好友，敦诚之兄。

忆昨西风秋力健,看人鹏翮快云程。

题芹圃画石①

爱新觉罗·敦敏

傲骨如君世已奇,嶙峋更见此支离。
醉余奋扫如椽笔,写出胸中块垒时。

赠芹圃②

爱新觉罗·敦敏

碧水青山曲径遐,薜萝门巷足烟霞。
寻诗人去留僧舍,卖画钱来付酒家。
燕市狂歌悲遇合,秦淮残梦忆繁华。
新仇旧恨知多少,一醉酕醄白眼斜。

访曹雪芹不值③

爱新觉罗·敦敏

野浦冻云深,柴扉晚烟薄。
山村不见人,夕阳寒欲落。

小诗代简寄曹雪芹④

爱新觉罗·敦敏

东风吹杏雨,又早落花辰。
好枉故人驾,来看小院春。
诗才忆曹植,酒盏愧陈遵。
上巳前三日,相劳醉碧茵。

---

① 敦敏《懋斋诗钞》抄本。
② 同上。
③ 同上。
④ 同上。

河干集饮题壁兼吊雪芹[①]

爱新觉罗·敦敏

花明两岸柳霏微，到眼风光春欲归。

逝水不留诗客影，登楼空忆酒徒非。

河干万木飘残雪，村落千家带远晖。

凭吊无端频怅望，寒林萧寺暮鸦飞。

西郊同人游眺兼有所吊[②]

爱新觉罗·敦敏

秋色招人上古墩，西风瑟瑟敞平原。

遥山千叠白云径，清磬一声黄叶村。

野水渔航闻弄笛，竹篱茅肆坐开樽。

小园忍泪重回首，斜日荒烟冷墓门。

怀曹芹溪[③]

张宜泉[④]

似历三秋阔，同君一别时。

怀人空有梦，见面尚无期。

扫径张筵久，封书畀雁迟。

何当常聚会，促膝话新诗？

和曹雪芹西郊信步憩废寺原韵[⑤]

张宜泉

君诗曾未等闲吟，破刹今游寄兴深。

碑暗定知含雨色，墙颓可见补云阴。

蝉鸣荒径遥相唤，蛩唱空厨近自寻。

寂寞西郊人到罕，有谁曳杖过烟林？

---

① 敦敏《懋斋诗钞》抄本。
② 此诗被收入《熙朝雅颂集》，而未见于敦敏《懋斋诗钞》抄本。吴恩裕几次提到它，认为是写曹雪芹的，可信。
③ 张宜泉《春柳堂诗稿》刊本。
④ 曹雪芹好友。
⑤ 张宜泉《春柳堂诗稿》刊本。

题芹溪居士①

张宜泉

姓曹名霑,字梦阮,号芹溪居士,其人工诗善画。

爱将笔墨逞风流,庐结西郊别样幽。

门外山川供绘画,堂前花鸟入吟讴。

羹调未羡青莲宠,苑召难忘立本羞。

借问古来谁得似?野心应被白云留!

伤芹溪居士②

张宜泉

其人素性放达,好饮,又善诗画,年未五旬而卒。

谢草池边晓露香,怀人不见泪成行。

北风图冷魂难返,白雪歌残梦正长。

琴裹坏囊声漠漠,剑横破匣影铓铓。

多情再问藏修地,翠叠空山晚照凉。

因墨香得观《红楼梦》小说吊雪芹三绝句姓曹③

爱新觉罗·永忠④,于1768年

其一

传神文笔足千秋,不是情人不泪流。

可恨同时不相识,几回掩卷哭曹侯。

其二

颦颦宝玉两情痴,儿女闺房语笑私。

三寸柔毫能写尽,欲呼才鬼一中之。

其三

都来眼底复心头,辛苦才人用意搜。

混沌一时七窍凿,争教天不赋穷愁。

---

① 张宜泉《春柳堂诗稿》刊本。
② 同上。
③ 《延芬室集》稿本,第十五册。诗上有乾隆的堂兄弟、永忠的堂叔瑶华道人(名弘旿,字醉迂)的手批说:"此三章诗极妙。第《红楼梦》非传世小说,余闻之久矣,而终不欲一见,恐其中有碍语也。"
④ 爱新觉罗·永忠(1735—1793年),康熙第十四子胤禵的孙子,多罗贝勒弘明之子。胤禵在与雍正的政治斗争中失败,弘明也终身不得一实职。永忠著有《延芬室集》。

题红楼梦①

（选最后三首）

富察·明义②

其一

伤心一首葬花词，似谶成真自不知。

安得返魂香一缕，起卿沉痼续红丝。

其二

莫问金姻与玉缘，聚如春梦散如烟。

石归山下无灵气，纵使能言亦枉然。

其三

馔玉炊金未几春，王孙瘦损骨嶙峋。

青蛾红粉归何处？惭愧当年石季伦。

重订《红楼梦》小说既峻题③

高鹗

老去风情减昔年，万花丛里日高眠。

昨宵偶抱嫦娥月，悟得光明自在禅。

赠高兰墅（鹗）同年④

（传奇红楼梦八十回以后，俱兰墅所补）

张问陶

无花无酒耐深秋，洒扫云房且唱酬。

侠气君能空紫塞，艳情人自说红楼。

逶迟把臂如今雨，得失关心此旧游。

弹指十三年已去，朱衣帘外亦回头。

---

① 《绿烟琐窗集》抄本。
② 与曹雪芹同时代人。
③ 据程伟元、高鹗合写的《红楼梦引言》，知重订《红楼梦》既竣的时间在"壬子花朝后一日"。花朝为二月十二，则此诗当写在乾隆五十七年二月十三日（1792年3月5日）。
④ 张问陶《船山诗草》卷十六《辛癸集》。

附　录

附录1　鲁迅绘制《红楼梦》贾氏谱大要

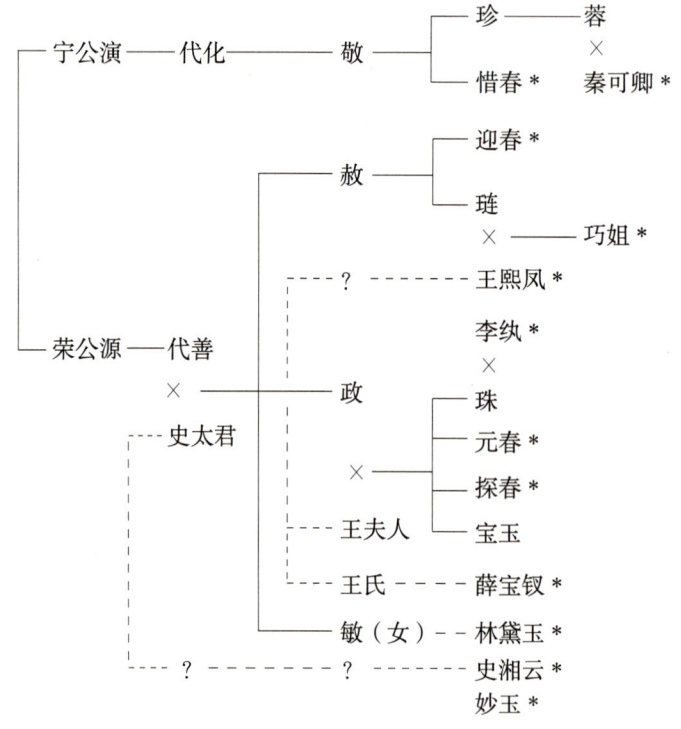

注："用虚线者其姻连，著×者夫妇，著*者在'金陵十二钗'之数者也。"
（刘承彦、孙可华、张美麟录自鲁迅《中国小说史略》）

附录2 《红楼梦》人物索引表

说明：

（一）本表中所谓"人物"，皆系子虚乌有的虚妄梦幻之人，实则曹雪芹塑造的艺术形象。书中出场回数极少且身份不明确或形象不突出者不入围。一般不包括历史上或文艺作品中的人物，但与本书内容关联密切者除外。无名无姓无称谓者，一般不入选，但特殊职业或有突出特点之人例外。

（二）版本不同，人物也略有差异。本表以社会上普遍流行的"程乙本"为依据，共遴选出575个人物。

（三）表中标目人物，先按人物称谓首字汉语拼音音节表排序，再按在书中出场先后排序，个别地方有所调整。

（四）人物称谓首字选择，兼顾"正规"和"习惯"，个别人根据家族排序的需要则有所调整。如"莺儿"，不称"黄金莺"；"金钏"，不称"白金钏"；但"袭人"则称"花袭人"，"鸳鸯"称"金鸳鸯"。

（五）人物出场，只计出场回目和回次，不计出场次数。本表中人物的出场回次共4039次。

人物	出场回目	回次	备注
A（2人，3回次）			
艾官（伶官，侍探春）	58，60	2	
安国公	114	1	
B（27人，113回次）			
白老媳妇（金钏、玉钏之母）	30，32，33，35	4	
板儿（刘姥姥外孙）	6，39，40，41，42，119	6	
伴鹤（宝玉小厮）	52	1	
包勇（甄家仆投靠贾家门；第93回题标人物，第111回暗标题人物）	93，107，108，111，112，114，117	7	

(续表)

人物	出场回目	回次	备注
宝珠（秦可卿小丫头）	13，14，15	3	
宝官（伶官）	30，36	2	
宝蟾（夏金桂丫头；第91回标题人物）	80，83，90，91，100，103，108	7	
保宁侯之子	70	1	
抱琴（元春带进宫的丫头）	18	1	
鲍太医（御医）	28	1	
鲍二（贾府仆人）	44，64，65，88，105，106，111，112	8	
鲍二（前）媳妇	44，47	2	
鲍二后娶的媳妇（见"多姑娘儿"条）			
鲍音（太师镇国公贾化家人）	101	1	
北静王世荣（第14回标题人物）	11，14—16，24，28，43，45，53，58，71，85，105，106，107，119	16	
北静王的一个爱妾	43	1	
北静王妃	71	1	
北静王府长史	106	1	
焙茗（24回前叫茗烟，后来宝玉改此名，第9回标题人物）	9，16，19，23，24，26，28，33，34，39，43，47，51，52，56，64，66，80，81，84，85，87，89，93—95，101，102，117，119	30	
碧痕（宝玉丫头）	20，24，25，26，27，31，63，64	8	
碧月（李纨丫头）	29，40，70，97	4	
毕姓穷医，别号知庵	98	1	
玻璃（贾母丫头）	59	1	
不言老尼（铁槛寺）	15，16	2	
卜固修（清客相公）	16	1	
卜世仁（"不是人"，贾芸舅，香料铺掌柜）	24	1	
卜世仁之妻	24	1	
卜世仁之女（银姐）	24	1	
C（26人，101回次）			
彩明（王熙凤丫头）	7，14，24，42，45，88，110	7	
彩嫔（宫中女官）	18	1	
彩霞（王夫人丫头）	25，38，39，43，46，59，72	7	
彩霞之母	72	1	

（续表）

人物	出场回目	回次	备注
彩云（王夫人丫头）	23，25，29，30，34，38，43，59—62，70，74，77，96，98，104，106，108—110，112，113，117，119	25	
彩凤（王夫人丫头）	23	1	
彩屏（惜春丫头）	29，87，88，111，112，115	6	
彩儿（惜春丫头）	62	1	
彩儿娘	62	1	
彩鸾（丫头）	62	1	
长安守备	15，16	2	
长安守备之子	15	1	
陈瑞文（齐国公之孙）	14	1	
陈也俊（公子王孙）	14	1	
陈翼（齐国公）	14	1	
程日兴（清客相公）	16，26，42，114	4	
痴梦仙姑（太虚境仙姑）	5	1	
锄药（宝玉小厮）	9，24，52，85，93	5	
川宁侯	13	1	
春纤（林黛玉丫头）	34	1	
春燕（宝玉丫头，何妈之女；第59回暗标题人物）	59，60，61，62，63，64，70，73	8	
春燕姨妈	59	1	
春燕娘（何婆，何妈）	59，62	2	
翠缕（史湘云丫头）	21，22，31，32，46，62，70，76，82，83	10	
翠墨（探春丫头）	29，37，38，43，46，60，62，63，70，82	10	
翠云（贾赦之妾）	74	1	
D（16人，32回次）			
大了（散花寺的姑子）	101	1	
戴良（贾府管家）	8，106	2	
戴权（老内相，掌权太监）	13	1	
黛玉梦中继母	82	1	
道姑（栊翠庵尼姑）	87	1	
道婆（尼庵中的女仆）	41，87，88，95，111，112	6	
道爷（道里长官司）	91	1	

（续表）

人物	出场回目	回次	备注
定城侯	14	1	
定儿（宝玉小丫头）	52	1	
东平郡王	11，14	2	
豆官（伶官，侍宝琴）	58，60，62	3	
都判（阴间鬼判头）	16	1	
都老爷（都察院长官）	104	1	
度恨菩提（太虚境仙姑）	5	1	
多官儿（贾府仆人，厨子，诨号"多浑虫"）	21，64	2	
多姑娘儿（先为多官儿媳妇，后嫁鲍二）	21，64，65，66，68，88，106	7	
E（1人，1回次）			
二丫头（村姑）	15	1	
F（15人，61回次）			
方椿（花匠）	24	1	
芳官（伶官，侍宝玉，后跟水月庵智通）	54，58，59，60，61，62，63，64，70，74，77，78，93，109	14	
坊官	44	1	
翡翠（贾母丫头）	59	1	
费大娘（邢夫人陪房）	71	1	
费大娘儿子	71	1	
丰儿（王熙凤丫头）	7，14，20，24，25，29，40，41，55，67，68，74，90，94，101，107，111，112，113，117	20	
封氏（甄士隐妻）	1，2	2	
封肃（封氏之父）	1，2	2	
冯渊（"逢冤""薄命郎"；第4回暗标题人物）	4，100，101	3	
冯紫英（神武将军之子）	10，11，14，26，28，29，92，93	8	
冯唐（神武将军）	14，26	2	
凤姐的太爷	16	1	
傅秋芳（傅试之妹）	35，94	2	
傅试（贾政门生，通判）	35，94	2	
G（1人，3回次）			
狗儿（刘姥姥女婿）	6，113，119	3	

（续表）

人物	出场回目	回次	备注
H（20人，149回次）			
韩奇（锦乡伯公子）	14	1	
何妈（见"春燕娘"条）			
何三（见"周瑞家干儿子何三"条）			
鹤仙（水月庵道士）	93	1	
黑儿（老婆子家孩子）	90	1	
侯晓明（修国公）	14	1	
侯孝康（修国公之孙）	14	1	
胡老名公（号山子野，擅长设计假山）	16	1	
胡斯来（清客相公）	26	1	
胡君荣（胡君，庸医也；第51回标题人物）	51，69	2	
胡老爷（贾蓉续妻胡氏父，曾为京畿道道长）	92	1	
葫芦僧（门子，葫芦庙小沙弥；第4回标题人物）	4	1	
琥珀（贾母丫头）	20，29，38，40，46，49，50，53，54，57，59，69，70，71，81，84，88，106，109，111，112	21	
花袭人，俗称袭人（原名花蕊珠，宝玉大丫头，"金陵十二钗又副册"人物，第21回标题人物，第19、36、117回暗标题人物）	3，5（暗），6，8，9，13，17—34，36，37，39，41，43，44，49—64，67，70，71，73，74，77—79，81-83，85，87，89，91，92，94—102，104，106，108，109，111，113—117，119，120	83	第5回有判词
花袭人之母	19，51，53，54，55	5	
花自芳（袭人之兄）	19，51，95，120	4	
花袭人两姨姐姐	19	1	
花自芳女人（袭人之嫂）	120	1	
皇上（天子，圣上，万岁爷等）	2，4，15，18，53，63，95，96，102，105，106，107，110，114，117，119，120	17	
皇太后	16	1	
蕙香，又叫四儿（宝玉丫头）	21，63，64，77	4	
霍启（甄士隐家人，丢失英莲，由此"祸起"）	1	1	
J（93人，1209回次）			
嵇好古（清客相公，好琴）	86	1	
佳蕙（宝玉小丫头）	26，31	2	

（续表）

人物	出场回目	回次	备注
贾宝玉，俗称宝玉（诗社雅号"怡红公子"，《红楼梦》主人公；系第5回等25回标题人物和第9回等20回暗标题人物）	1（暗笔），2，3，5—67，69—102，104—120	117	第3回有《西江月》词二首；《辞海》有词条
贾雨村，名化，字时飞，雨村是别号（浙江湖州人，"假语存""假话""待时而飞"；第1、103、120回标题人物，第92回暗标题人物）	1—4，7，16，17，32，33，48，53，72，82，92，95，103，104，107，117，120	20	
贾雨村嫡妻（染病而亡）	2	1	
贾复（东汉名将，贾姓名人）	2	1	
贾演（宁国公，东府）	2，5，7，53，105—107	7	
贾源（或称贾法，荣国公，西府）	2—5，53，105，107，114	8	
贾敏（第2回标题人物）	2，3，82，83，87，89	6	
贾代化（世袭一等神威将军）	2，7，13，45，104	5	
贾敷（贾代化长子，八九岁上死去，贾氏文字辈）	2	1	
贾敬（一味好道，服丹而亡；第63回暗标题人物）	2，7，10，11，13，18，45，53，63，64，68，76	12	
贾珍（贾敬之子，世袭三品爵威烈将军；贾氏"玉"字孙辈；第88回标题人物，第13回暗标题人物）	2，4，6—19，23，25，28，29，34，42，45，47，48，53，54，58，59，63—69，71，72，75，76，83，85，88，89，92，97，102，104—108，110—112，114，115，117，119，120	60	
贾蓉（贾珍之子，贾氏"草"字头重孙辈；第13、63回暗标题人物）	2，5—13，15，16，18，23，29，45，47，53，54，58，63，64，65，67—69，75，83，93，101，102，105—107，110，112，115，116，118，120	40	
贾蓉续妻（胡氏）	29，53，54，59，64，75，76，92，110，106	10	
贾代善（荣府，俗称西府）	2，3，4，6，33，45，80，106，109	9	
贾母（第40、54、94、106、107、110回标题人物）	2，3，4—13，15—25，28—52，54—85，87—117，119，120	112	
贾元春（凤藻宫尚书，贤德妃，谥号贤淑贵妃；"金陵十二钗正册"和"红楼梦十二曲"中人，第16、18、83、95回标题人物）	2，5（暗笔），16—20，22—24，28，29，36，53，62，65，70—72，81，83，84，86，92，93，95，96，98，99，102，105，106，110，112，116，119，120	37	第5回有判词、红楼梦曲
贾迎春，俗称迎春（贾赦之女，庶出，诨名"二木头"，书称"懦小姐"，诗社雅号"菱洲"；"金陵十二钗正册"和"红楼梦十二曲"中人，第73、79、109回标题人物）	2，3，5（暗笔），7，14，16，18，20—23，27—29，31，33，35，37，38，40，41，45，46，49，53，56—58，61，62，64，65，71，73，74—81，85，92，99，100，106，108，109，112，113，115，116	53	第5回有判词、红楼梦曲

（续表）

人物	出场回目	回次	备注
贾探春，俗称探春（赵姨娘所生，诨名"玫瑰花"，诗社雅号"蕉下客"；"金陵十二钗正册"和"红楼梦十二曲"中人，第56回标题人物，第55、81、100回暗标题人物）	2，3，5（暗笔），7，18，20—23，27—29，33，35，37—40，42，45—51，52，55—58，60—65，70，71，73—77，81—87，89，90，92，94，95，98—102，104，108—110，112，114，118，119	68	第5回有判词、红楼梦曲
贾惜春，俗称惜春（贾珍胞妹，诗社雅号"藕榭"；"金陵十二钗正册"和"红楼梦十二曲"中人，第115回标题人物，第73回暗标题人物。四位小姐联名——"原应叹息"）	2，3，5（暗笔），7，11，18，20，21，23，25，27—29，35，37—40，42，45，46，48—50，52，55，57，58，62，64，65，71，74，75，76，82，85—88，92，94，99，102，106—113，115—120	58	第5回有判词、红楼梦曲
贾母祖爷爷	109	1	
贾母老太爷	109	1	
贾赦，字恩侯（"获罪释放"谓之"赦"，袭一等将军职；第46回暗标题人物）	2，3，4，11—18，23—25，29，36，44—48，53，55，63—66，68—71，73，75，76，79—81，83—85，92—96，100，102，104，105—112，114，116—120	62	
贾政，字存周（第22、78、85、92、99、107回标题人物，第33回暗标题人物）	2—4，7—9，11—19，22，23，25，26，28，29，32—37，39，43，45，60，62，66，70—73，75—117，119，120	82	
贾珠（贾政与王夫人长子，不到20岁，一病死了）	2—4，23，29，33，34，39，88，94，96，106，119	13	
贾兰（蘭）（贾珠、李纨之子，贾氏"草"字头重孙辈；第88回暗标题人物）	2，4，5，9，18，22，24，26，54，55，57，58，61，62，75，77，78，87，88，92，94，97，104，105，108，110，112，113，115—120	34	
贾环（贾政之子，赵姨娘所生，"环老三"，"家患"也；第84回标题人物）	2，18，20，22—25，30，33，34，36，53，55，57，58，60—62，67，70，72，75，77，78，81，84，85，87，88，94，100，104，105，108，110，112，113，115—119	42	
贾琏（贾赦之子，王熙凤之夫，书称"贾二舍""浪荡子"；第7、21、65回标题人物，第64回暗标题人物）	2，4，7，11—16，18，19，21—25，29，33，38，42，44，46—48，53，54，58，59，62—72，74，82—86，88，92—97，99，101—107，109—120	72	
贾巧姐，俗称大姐儿（贾琏与王熙凤独生女。险被贾环、王仁、贾芸等串卖，幸被刘姥姥救出；"金陵十二钗正册"和"红楼梦十二曲"中人，第92回标题人物，第118回暗标题人物）	5（暗笔），6，7，21，27，29，41，42，62，84，85，88，92，101，105，106，113—115，117—120	23	第5回有判词、红楼梦曲
贾代儒（书称"老学究"，贾氏宗族，贾府家塾塾师，第82回标题人物）	8，9，12，13，17，81，82，84，85，87—89，95，117	14	

（续表）

人物	出场回目	回次	备注
贾瑞，字天祥（贾代儒长孙；第11、12回标题人物）	9—12，63	5	
贾蔷（宁府近派重孙，讽喻"假墙"；第30回暗标题人物）	9，11—13，16，18，23，30，36，105，110，117，118，119	14	
贾蓝（荣府近派重孙）	9，13，53，54	4	
贾菌（荣府近派重孙）	9，13	2	
贾璜妻（璜大奶奶，金荣姑姑）	9，10	2	
贾璜（贾氏宗族）	10，29，54	3	
贾瑞舅舅	12	1	
贾菖（贾氏重孙）	13，23，53，63	4	
贾琛（贾氏宗族）	13	1	
贾瑞（贾氏宗族）	13，29，71	3	
贾瑞之母	71	1	
贾敕（贾氏宗族）	13	1	
贾琮（贾氏宗族）	13，24，53，54，58，60，75	7	
贾芹（第93回暗标题人物）	13，23，24，29，53，88，93，94	8	
贾芹之母，杨氏	23，93	2	
贾代修（贾氏宗族）	13	1	
贾敦（贾氏宗族）	13	1	
贾芳（贾氏宗族重孙）	13	1	
贾芬（贾氏宗族重孙）	13	1	
贾珩（贾氏宗族）	13，53，63	3	
贾珖（贾氏宗族）	13，63，	2	
贾蘅（贾氏宗族重孙）	13	1	
贾璘（贾氏宗族）	13	1	
贾菱（贾氏宗族重孙）	13，23，53，63	4	
贾萍（贾氏宗族重孙）	13，23，29	3	
贾琼（贾琏族兄）	13，29，71	3	
贾琼之母	71	1	
贾藻（贾氏宗族重孙）	13	1	
贾蓁（贾氏宗族重孙）	13	1	
贾芝（贾氏宗族重孙）	13，105	2	
贾效（贾氏宗族）	13	1	
贾芸（父亲早殁，管理大观园花草树木；第118回标题人物）	13，23—27，29，37，53，85，88，104，111，112，115，117，118，119	18	

（续表）

人物	出场回目	回次	备注
贾芸之母	88	1	
贾芷（贾氏宗族重孙）	53	1	
贾璎（贾氏宗族）	63	1	
贾范（贾氏远族）	101，104	2	
贾化（太师镇国公，云南人）	101，104	2	
驾娘（撑船的）	40	1	
蒋玉菡，小名琪官（男伶，第28回标题人物）	5，28，33，34，86，90，93，120	8	
蒋子宁（平原侯之孙）	14	1	
焦大（贾府老仆）	7，88，105	3	
节度（节度使，节度大人）	99，100，102	3	
借钱制作"假宝玉"之人	95，96	2	
金钏（王夫人丫头，玉钏姐姐；第32回标题人物，第43回暗标题人物）	7，23，25，29—36，43，44，46	14	
金荣（金寡妇之子）	9，10，81	3	
金寡妇（金荣母，胡氏；第10回标题人物）	10	1	
金鸳鸯（贾母丫头；第40、46、71、111回标题人物）	20，24，29，31，38—44，46，47，50，52—54，56，57，59，62，69—72，74—77，81—84，88，94，95，97，100，106，107—112，116，120	47	
金彩（鸳鸯之父，在南京给贾府看房子）	46	1	
金彩家的（鸳鸯之母，在南京给贾府看房子）	46，54，72	3	
金文翔（贾府仆人，买办，鸳鸯之兄）	46	1	
金文翔家的（鸳鸯嫂子）	46，111	2	
金鸳鸯之姐（贾府丫头）	72	1	
锦乡伯	14	1	
锦乡伯之子	14	1	
锦乡侯诰命	25，71	2	
锦乡侯	13，25，55	3	
锦衣司官	105	1	
警幻仙（第5回标题人物）	1，5，12，66，111，116，120	7	第5回有长赋一首

（续表）

人物	出场回目	回次	备注
景田侯	14	1	
净虚（馒头庵老尼姑）	15	1	
靓儿（贾母丫头）	30	1	
K（2人，6回次）			
空空道人（后改名情僧）	1，120	2	
葵官（伶官，侍湘云）	36，54，58，60	4	
L（65人，438回次）			
来喜家的	74	1	
来旺（来旺儿，旺儿，贾府管家）	14，15，27，39，67，68，69，72，92，93，97，105，106	13	
来旺家的（王熙凤陪房；第72回标题人物）	11，14，68，72，74，110	6	
来旺儿之子	72	1	
赖升，赖二（宁府大总管）	7，10，14，16，53，63	6	
赖升媳妇	14，96	2	
赖大（荣府大管家，赖尚荣之父）	16，33，45，47，52，56，58，59，71，77，83，93，94，96，105，106，109，112，114，115，117，118	22	
赖大家的	27，43，45，47，52，57，70，71，77	9	
赖嬷嬷（赖大母亲，贾政奶母）	43，44，45，77	4	
赖尚荣（赖大之子，县官）	45，47，116，118	4	
赖尚荣之弟	117	1	
老姑子（水仙庵）	43	1	
老苍头（薛蟠奶妈的丈夫）	48	1	
老叶妈（宝玉书童茗烟娘）	56	1	
老太妃（皇妃）	58	1	
老大（何三朋友）	111	1	
乐善郡王	71	1	
冷子兴（子兴是号，古董商，贾雨村友，周瑞家女婿；第2回标题人物）	2，3，7，104	4	
李纨，字宫裁（贾珠妻，贾兰母，诗社雅号"稻香老农"；"金陵十二钗正册"和"红楼梦十二曲"中人）	2，3，4，5（暗笔），7，16，18，21—23，25，27，29，31，33，35，37—40，42—46，48—56，58，60—65，68，70，71，73—76，82，85—88，92，94，95，97—99，105，107，118—110，112，115，117—120	70	第5回有判词、红楼梦曲

(续表)

人物	出场回目	回次	备注
李嬷嬷（宝玉奶母）	3，8，19，20，26，36，57，77，80	9	
李守中（李纨之父）	4	1	
李贵（李嬷嬷之子，宝玉亲随；第9回标题人物）	9，11，16，17，43，52，62，80，81，83—85，117，119	14	
李少爷（长安府太爷小舅子）	15	1	
李婶娘（李纨之寡婶）	49，50，52—54，58，94，99，108，110，118，119	12	
李纹（李婶娘之长女；第81回暗标题人物）	49，50，53，70，81，85—87，92，94，99，102，108，115	14	
李绮（李婶娘之次女，拟嫁甄宝玉；第81回暗标题人物）	49，50，53，70，81，85，87，92，94，99，102，108，115，118	14	
李婶娘之弟	53	1	
李祥（薛蝌小厮）	86	1	
李二（李家店店主）	86，99	2	
李妈（贾府仆人）	101	1	
李孝（苏州刺史）	101	1	
李先儿（说书的）	101	1	
李员外	78	1	
李十儿（贾政管门的家人；第99回暗标题人物）	99，100	2	
李御史（第105回标题人物）	105，107	2	
莲花儿（迎春丫头）	61	1	
粮房书办	99	1	
林黛玉，俗称黛玉（诗社雅号"潇湘妃子"，宝玉称"颦颦"，贾母外孙女；"金陵十二钗正册"和"红楼梦十二曲"中人，系第3等15回标题人物和第19回等9回暗标题人物）	1（暗笔），2，3，4，5（暗笔），7—9，12—14，16—32，34—38，40—46，48—55，57—60，62—67，70，71，73，74，76，78，79，81—87，89—92，94—100，102，104，106—111，113—118，120	98	第5回有判词、红楼梦曲；《辞海》有词条
林如海（兰台寺大夫，巡盐御史；第3、14回标题人物）	2—4，12，14，16，82，83，87，89，92	11	
林之孝（荣国府二管家，小红之父）	16，17，27，29，44，52，70，71，72，83，85，90，94，95，97，111，112，116	18	
林之孝家的	18，43，44，52，53，56，57，59，61—64，70，71，73，94，97，98	18	
林之孝家的两姨亲家	73	1	

(续表)

人物	出场回目	回次	备注
林四娘（《姽婳词》中人）	78	1	
临安伯老太太	7	1	
临安伯	93，94	2	
临昌伯诰命	71	1	
龄官（伶官；第30回标题人物）	18，30，36	3	
刘氏（狗儿之妻，刘姥姥之女）	6，113	2	
刘姥姥（村妪；第6、39、41、113回标题人物）	6，7，39—42，113，119，120	9	
刘妈妈（巧姐要向她学针线）	92	1	
刘铁嘴（测字的）	94	1	
刘大夫	109	1	
柳彪（理国公）	14	1	
柳芳（理国公之孙）	14	1	
柳湘莲（"相怜"；第47、66回标题人物）	47，65—67，70	5	
柳湘莲的姑妈	66	1	
柳妈（贾府仆人，厨役）	60—63，74，77，87，92，101，102	10	
柳五儿（宝玉丫头，柳妈之女；第109回标题人物）	60—63，70，77，87，92，94，101，102，108，109，116，118	15	
柳妈娘家侄（五儿姑舅表哥）	60	1	
柳妈娘家哥哥	60	1	
柳妈娘家嫂子	60	1	
柳妈妹子（开赌局）	73，74	2	
聋子老婆子	33	1	
隆儿（贾琏心腹小童）	65，66	2	
娄氏（贾蓝之母）	53，54	2	
M（10人，35回次）			
马魁（治国公）	14	1	
马尚德（治国公之孙）	14	1	
马道婆（贾宝玉寄名干娘，巫婆）	25，81，112	3	
毛半仙（算卦的）	102	1	
梅翰林	49，57，78，108	4	
梅翰林儿子（薛宝琴之夫）	49，50	2	

(续表)

人物	出场回目	回次	备注
妙玉（大观园栊翠庵道姑；"金陵十二钗正册"和"红楼梦十二曲"中人，第112回标题人物，第87回暗标题人物）	5（暗笔），17，41，50，63，76，87，94，95，109，111—118	18	第5回有判词、红楼梦曲
妙玉的师傅	17	1	
茗烟（见"焙茗"条）			
墨雨（宝玉小厮）	9，87，97	3	
穆莳（东安郡王）	3	1	
N（10人，24回次）			
南安郡王	11，14，25，71，93	5	
南安王太妃	25，71	2	
南边先生	81	1	
倪二，醉金刚（贾芸邻居；第24、104回标题人物）	24，104	2	
倪二之女	24，104	2	
倪二家的	104	1	
宁国公（见"贾演"条）			
牛清（镇国公）	11，14，25	3	
牛继宗（镇国公之孙）	14	1	
女先生（说书的）	43，54，62，63	4	
女尼（栊翠庵尼姑）	87，111，112	3	
O（1人，5回次）			
藕官（伶官，第58回暗标题人物）	58，59，60，62，77	5	
P（6人，85回次）			
潘又安（贾府小厮，司棋表弟）	71，72，74，92	4	
潘三保（马道婆同伙）	81	1	
佩凤（贾珍之妾）	63，71，74，75，106，107	6	
平儿（贾琏妾；第21、44、52、61回标题人物，第59回暗标题人物）	6，7，11—14，16，21，24，25，27，29，31，35，36，38—40，42—52，55，56，59—69，71—75，83，84，88，90，92—94，97，101，102，105—114，117—120	71	
平原侯	14	1	
平安州节度（第105回标题人物）	68，105	2	

(续表)

人物	出场回目	回次	备注
Q（24人，255回次）			
戚建辉（襄阳侯之孙）	14	1	
绮霞（宝玉丫头）	20，26，27	3	
钱华（贾府仆人，买办）	8	1	
钱升（宝玉小厮）	52	1	
钱槐（赵姨娘内亲，贾府仆人）	60	1	
茜雪（宝玉丫头）	7，8，19，20，46	5	
巧姐奶子	7，41，42，62，84，88，92	7	
茄官（伶官，配给尤氏）	58	1	
秦可卿（贾蓉前妻；"金陵十二钗正册"和"红楼梦十二曲"中人，第13回标题人物，第101回暗标题人物）	5，7，8，10，11，13—16，64，92，101，110，111，116，120	16	第5回有判词、红楼梦曲
秦钟（秦可卿弟，表字鲸卿；第7、15、16回标题人物）	5，7—10，13—17，34，47，81	13	
秦邦业（秦钟之父）	7—9，13，15，16	6	
秦显（贾府仆人，司棋的叔叔）	61	1	
秦显家的	61，62	2	
沁香（水月庵小沙弥）	93	1	
青儿（刘姥姥外孙女）	6，113，119	3	
青衣（都察院皂隶）	68	1	
晴雯（宝玉大丫头；"金陵十二钗又副册"人物，第52回标题人物，第77回暗标题人物）	5（暗），8，9，19，20，26—28，30，31，34—37，49，51—53，57—64，67，70，73，74，76，77，79，82，87，89，92，94，101，102，104，109，116	43	第5回有判词
庆儿（贾府仆人）	68，69	2	
庆国公	78	1	
秋纹（宝玉丫头）	5，19，20，24，27，31，34，35，37，52，54，55，63，64，67，73，74，77，78，82，85，86，88，89，91，92，94—97，101，108，113，115，118—120	37	
秋桐（贾琏妾）	69，88，106，111，113，114	6	
秋菱（见"香菱"条）			
裘良（景田侯之孙，五城兵马司）	14	1	
裘世安（总理内庭都检点太监）	101	1	
仇都尉	26	1	

（续表）

人物	出场回目	回次	备注
R（8人，19回次）			
荣国公（见"贾源"条）			
入画（惜春丫头）	27，29，38，48，62，74，77	7	
入画之兄	74	1	
入画之母	74	1	
入画之叔	74	1	
入画之婶	74	1	
蕊官（伶官，侍宝钗，后跟地藏庵圆信）	58，59，60，62，63，77	6	
瑞珠（秦可卿大丫头，秦死后触柱而亡）	13	1	
若玉（刘姥姥哄宝玉说是成精的女孩）	39	1	
S（35人，213回次）			
扫红（宝玉小厮）	9，52，93	3	
色空（铁槛寺住持）	14	1	
傻大姐（珍珠之妹，贾母丫头；第73回标题人物）	73，96，97	3	
傻大姐的娘	74	1	
善姐（王熙凤丫头）	68	1	
缮国公诰命	14	1	
单聘仁（清客相公）	8，16，26	3	
单大娘（贾府仆人）	56	1	
舍儿（夏金桂丫头）	80	1	
麝月（宝玉大丫头）	5，9，20，21，24，27，30，31，34—37，46，49，51—54，56，58—60，62—64，67，70，73，74，77，78，81，82，85，89，92，94，95，101，104，109，113，115，116，118	45	
师老爷	66	1	
石光珠（缮国公之孙）	14	1	
石呆子（穷书生）	48，107	2	
时福（凶犯，自称是世袭三等职衔贾范家人）	101	1	
时觉（料理尤二姐丧事之人）	70	1	

（续表）

人物	出场回目	回次	备注
史湘云，俗称湘云（贾母内侄孙女，诗社雅号"枕霞旧友"；"金陵十二钗正册"和"红楼梦十二曲"中人，第62、70回标题人物，第76回暗标题人物）	5（暗笔），20—22，29，31—33，35—42，46，49，50，52，54—60，62，63，70，71，75，76，82，83，85，87，92，94，97，99，100，102，106，108—110，112，118	49	第5回有判词、红楼梦曲
史鼎（第三代忠靖侯）	11，13，14，25，37，49，94，99，106，118	10	
史鼎夫人	13，31，36，37，106	5	
史湘云夫（贾母称"好姑爷"）	106，108—110，118	5	
侍书（探春丫头）	7，27，29，37，38，55，61，62，73—75，81，89，90	14	
寿山伯	13	1	
寿儿（贾珍小厮）	28，65	2	
书启相公	17	1	
书吏（太平县）	86，91	2	
拴儿	102	1	
双瑞（宝玉小厮）	28	1	
双真（茫茫大士、癞头和尚；跛足道人、渺渺真人；第25回标题人物）	1，3，7，8，12，18，25，26，66，67，115—118，120	15	第25回有绝句二首
司棋（迎春丫头；第71回暗标题人物）	7，27，29，38，61，62，71—74，77，79，82，92	14	
司棋的母亲	92	1	
司棋的父亲（贾府仆人）	61	1	
四儿（见"蕙香"条）			
四姐儿（贾琼之妹）	71，117	2	
宋妈妈（宝玉的佣人）	37，52，57，77，78	5	
素云（李纨丫头）	29，40，42，46，55，75，81，88，97，119	10	
孙绍祖（书称"中山狼"，某地军指挥，贾迎春之夫；第79回标题人物）	5（暗），72，79—81，100，106，109	8	
孙绍祖之母	84	1	
T（6人，11回次）			
太上皇	16	1	
檀云（宝玉丫头）	24	1	
天文生，阴阳生（管下葬者）	14，63，69	3	

（续表）

人物	出场回目	回次	备注
田妈（大观园管种菜的）	56	1	
同贵（薛姨妈丫头）	29，91	2	
同喜（薛姨妈丫头）	29，35，67	3	
W（43人，332回次）			
外藩王爷	117—119	3	
万儿（尤氏丫头）	19	1	
王夫人（贾政妻；第74回暗标题人物）	2—18，20—25，28—65，67—86，88—120	114	
王熙凤，俗称凤姐（王夫人侄女，贾琏妻；"金陵十二钗正册"和"红楼梦十二曲"中人，系第7回等15回标题人物和第43回等3回暗标题人物）	2，3，5（暗笔），6—8，10—16，18—25，27—31，33—58，60—79，81—86，88—114，116—118，120	109	第5回有判词、红楼梦曲；《辞海》有词条
王夫人之父（太老爷）	6	1	
王嬷嬷（黛玉带来的奶娘）	3，26，97，98，100	5	
王子腾（王夫人、薛姨妈之兄，谥文勤公）	3，4，16，25，52—54，68，95，96，97，101，104，106，108，114	16	
王仁（巧姐之亲舅，"忘仁"；第118回标题人物）	5（暗），14，49，95，96，101，108，114，117—119	11	
王成（刘姥姥女婿）	6	1	
王兴媳妇	14	1	
王兴	14	1	
王短腿（马贩子）	24	1	
王奶奶（卜世仁邻居）	24	1	
王子腾夫人	25，96	2	
王子胜（王子腾之弟）	25，62，85，101，108，114	6	
王子胜夫人	70	1	
王子胜侄女	70	1	
王济仁（太医）	28，31，42，51，53，57，69，83，97	9	
王君效（王济仁叔祖，太医）	42	1	
王荣（宝玉小厮）	52	1	
王信（王熙凤、贾琏小厮）	68，69	2	
王善保家的（邢夫人陪房）	74，75，77	3	
王道士（天齐庙，号称"王一贴"；第80回标题人物）	80	1	

(续表)

人物	出场回目	回次	备注
王尔调，名作梅（善大棋，第84回暗标题人物）	84，89，90	3	
王忠（云南节度使）	101	1	
卫若兰（公子王孙）	14	1	
文官（伶官，侍贾母）	27，40，41，54，58	5	
文杏（薛宝钗丫头）	29，48	2	
文豹（《西楼会》戏中人）	53	1	
文花（贾珍之妾）	75	1	
乌进孝（宁府黑山庄庄头）	53	1	
乌进孝兄弟	53	1	
吴新登（贾府管家，库房总领）	8，16，106	3	
吴新登媳妇	34，55	2	
吴贵妃	16	1	
吴天佑（吴贵妃之父）	16	1	
吴兴家的（陪房）	74	1	
吴贵（买办差役）	77，78，92，102	4	
吴贵家的（晴雯表嫂，因吃错药而死）	77，78，102	3	
吴巡抚	85	1	
吴良（太平县民）	86，99	2	
五嫂子（贾芸之母）	23，24	2	
仵作（检验死尸的人）	44，86，99	3	
X（50人，507回次）			
惜春之母	40	1	
西宁郡王	11，14	2	
西安郡妃	14	1	
西平王爷	105，106	2	
西平王府长史	105	1	
袭人（见"花袭人"条）			
喜儿（贾珍小厮）	65	1	
喜鸾（贾瑞之妹）	71，117	2	
夏金桂（薛蟠妻，书称"河东吼"；第79、103回标题人物）	5（暗），79，80，82—87，90，91，100，103，108，120	15	
夏老爷（或称夏秉忠，或称夏忠，视为一人，六宫都太监）	16，23，28，72	4	

（续表）

人物	出场回目	回次	备注
夏婆子（藕官干娘）	58（暗），60	2	
夏奶奶（夏金桂之母）	79，103，108	3	
夏金桂之父（早逝）	79	1	
夏三（夏奶奶过继的儿子）	91，103	2	
仙鹤（水月庵女道士）	93	1	
襄阳侯	13，14	1	
香菱（原名甄英莲，"真应怜"；宝钗将其更名"香菱"，夏金桂又更其名为"秋菱"；"金陵十二钗副册"人物，第4、62、80、100回标题人物，第48回暗标题人物）	1，4，5（暗笔），7，16，20，24，27—29，33，35，47—50，52，57，58，62，63，70，79—85，91，100，103，108，114，120	35	第5回有判词
香怜（小学生）	9	1	
小红（原名林红玉，第24回暗标题人物）	24—29，60，67，88，89，90，92，101，111，113，117	16	
小道士（在清虚观挨打）	29	1	
小厮头（贾政手下的）	36	1	
小螺儿（薛宝琴丫头）	52，62	2	
小吉祥儿（赵姨娘丫头）	57	1	
小蝉儿（探春丫头）	60，61	2	
小幺儿（贾府角门看门的）	60，61	2	
小霞（彩霞之妹）	72	1	
小鹊（赵姨娘丫头）	73	1	
偕鸾（贾珍之妾）	63，106，107	3	
谢鲲（定城侯之孙）	14	1	
邢夫人（贾赦妻，第46回暗标题人物）	3，10—12，15，16，18，24，25，35，43—47，49，52—54，57，62—65，68，69，71，73—77，80—85，90—92，94，95，99，100，105—115，117—120	59	
邢德全，"傻大舅"（邢夫人胞弟）	64，65，75，102，117—119	7	
邢夫人之母	75	1	
邢夫人之大妹	75	1	
邢夫人之小妹	75	1	
邢岫烟（邢忠女儿，薛蝌之妻；第81、90回暗标题人物）	49—53，57，58，62，63，73，81，85，87，90，92，94，95，99，108—110，114，118	23	
邢忠之妻	49，57	2	

(续表)

人物	出场回目	回次	备注
邢忠	57	1	
兴儿（王熙凤、贾琏小厮）	53，65—68	5	
杏奴（柳湘莲小厮）	47	1	
绣凤（王夫人丫头）	23	1	
绣鸾（王夫人丫头）	23，62	2	
绣橘（迎春丫头）	29，73，77	3	
薛姨妈（王夫人之妹，第57回标题人物）	3，4，7，8，16，18，22，25，29，31，33—36，38，40，41，43—50，52—55，57—60，62，63，66，67，75—80，82—92，95—100，103，106，108—110，114，117，119，120	69	
薛蟠，字文起，"呆霸王"（薛姨妈之子；第47、79、85回标题人物，第34、48回暗标题人物）	3，4，8，9，13，16，19，25，26，28，29，31，33—35，37，47，48，57，62，66，67，75，78—80，83—87，90，91，95—97，99，100，103—106，108，109，114，120	46	
薛宝钗，俗称宝钗（诗社雅号"蘅芜君"，宝玉比其为"杨贵妃"；"金陵十二钗正册"和"红楼梦十二曲"中人，系第8回等10回标题人物和第34回等3回暗标题人物）	4，5（暗笔），7—9，16—60，61—67，70，71，73—87，89—92，94—104，106—120	104	第5回有判词、红楼梦曲；《辞海》有词条
薛蟠、宝钗之父（早逝）	85，95	2	
薛宝琴（薛姨妈侄女，"薛小妹"；第51回标题人物）	49—54，57，58，60，62，63，70，71，73，75，76，82，83，85，90—92，94，97，99，100，102，103，108—110，118，119	33	
薛宝琴之父	50	1	
薛宝琴之母	50	1	
薛蝌（薛姨妈侄；第90回暗标题人物）	49，57，62，85，86，90，91，96，97，100，103，105，106，108，109，114，117—120	20	
雪雁（黛玉带来小丫头）	3，8，27，29，35，57，64，82，83，85—87，89—91，94，97，98，100	19	
Y（37人，271回次）			
嫣红（贾赦妾）	47，70，74	3	
杨提督的太太	12	1	
杨侍郎	78	1	
药官（伶官）	36，58	2	

(续表)

人物	出场回目	回次	备注
叶妈（焙茗之母，莺儿干娘）	56	1	
银蝶儿（尤氏丫头）	75	1	
引愁金女（太虚境仙姑）	5	1	
莺儿（薛宝钗丫头，原名"黄金莺"；第35回标题人物，第59回暗标题人物）	7，8，20，26，27，29，35，38，48，49，55，57—60，62，67，91，97，98，106，108，109，111，118，119	26	
莺儿妈	56	1	
鹦哥（贾母送黛玉的小丫头）	3，29，97，100，112	5	
鹦鹉（贾母丫头）	29	1	
营官（查勘贼踪之人）	111	1	
迎春之母（贾赦妾）	2，73，80	3	
迎春乳母	73，80	2	
迎春公公	108	1	
应佛僧	14	1	
永兴节度使冯胖子	13	1	
永昌驸马	71	1	
尤氏（贾珍妻，第71回暗标题人物）	5，7，8，10，11，13，14，16，18，19，29，43，44，52—54，58—60，62—65，67—71，73—76，88，91，97，102，106—108，110—，113，115—119	48	
尤老娘（贾珍之妻尤氏继母，尤二姐和尤三姐之母）	11，63—70，107	10	
尤老娘前夫（与张华父亲相好）	64	1	
尤老娘改嫁丈夫，姓尤	64	1	
尤老娘之母	66	1	
尤二姐（第65、68、69回标题人物）	63—72，82，88，106，107，113，114	16	
尤三姐（尤二姐之妹；第65、66回标题人物）	63—70，107，116	10	
于叔夜（《西楼会》戏中人）	53	1	
俞禄（贾府小管家）	64，67	2	
余信（管收各庙月例银子的）	7	1	
余信家的	7	1	
玉爱（小学生）	9	1	
玉钏（王夫人丫头，金钏妹妹；第35回标题人物）	25，30，35，36，40，43，46，57，59，61，62，81，110，117	14	

(续表)

人物	出场回目	回次	备注
玉官（伶官）	30	1	
玉柱媳妇（迎春乳母儿媳妇）	73，74	2	
鸳鸯（见"金鸳鸯"条）			
圆信（地藏庵）	77	1	
粤海将军邬家	71	1	
云光（长安节度使）	15，16	2	
云儿（锦香院妓女）	28	1	
Z（77人，269回次）			
詹光（清客相公）	8，16，26，84，92	5	
詹子亮（清客相公）	42	1	
詹会（江西粮道衙门粮房书办）	99	1	
张如圭（贾雨村同僚）	3	1	
张友士（第10回标题人物）	10，11	2	
张材（贾府管家）	14	1	
张材家的	14，27，39，45	4	
张施主（大财主）	15	1	
张金哥（张施主之女）	15，16	2	
张道士（荣公替身，终了真人）	25，29，62	3	
张德辉（薛家当铺揽总）	48，97	2	
张若锦（宝玉小厮）	52	1	
张华（与尤二姐指腹为亲）	64，67—69，104—107	9	
张华之祖（皇粮庄头）	64	1	
张华父亲（继任皇粮庄头，与尤老娘前夫相好）	64，68，69	3	
张大爷（薛蟠做买卖管总的）	67	1	
张妈（看后门的）	74	1	
张大（张王氏之夫）	86	1	
张二（张三之叔）	86	1	
张三（太平县李家店堂倌，张王氏之子，被薛蟠打死）	86，99	2	
张王氏（张三之母）	86，99	2	
张老爷（贾政所在衙门官员）	93	1	
张老爷（枢密）	96	1	
昭儿（王熙凤和贾琏小厮）	14	1	

（续表）

人物	出场回目	回次	备注
昭容（宫中女官）	18	1	
赵姨娘（贾政妾，探春与贾环生母；第55、112回标题人物）	2，20，23，25，27，33，35—38，43，52，55—58，60—62，67，71—73，81，83—85，94，100，112，113，117—119	34	
赵全（锦衣府户部堂官）	13，105，106	3	
赵嬷嬷（贾琏奶母）	16	1	
赵天栋（赵嬷嬷之子）	16	1	
赵天梁（赵嬷嬷之子）	16	1	
赵侍郎	29	1	
赵亦华（宝玉小厮）	52	1	
赵国基（赵姨娘兄弟）	55，57	2	
臻儿（香菱丫头）	27，29，48，62	4	
甄士隐，名费，士隐是字（"真事隐"，第1、120回标题人物，第103回暗标题人物）	1，2，103（暗笔），104（暗笔），120	5	
甄英莲（见"香菱"条）			
甄家大丫头娇杏（"侥幸"，先为贾雨村妾，后扶正；第1回暗标题人物）	1（暗笔），2，92，104	4	
甄应嘉，字友忠（"真应假"，甄宝玉之父；第114回标题人物）	2（暗笔），93，114，115，117，119	6	
甄宝玉（甄应嘉之子，第105回暗标题人物）	2，56，57，93，114，115，118，119	8	
甄家太太（甄应嘉妻）	57，115	2	
真真国女孩	52	1	
珍珠（贾母丫鬟）	29，94，96，98，106，108，109，111，112	9	
镇国公诰命	14	1	
镇国公之孙（世袭一等伯）	14	1	
郑好时家的（王家陪房）	34	1	
郑华家的（王家陪房）	74	1	
知县（书称太平县"受私贿老官"；第86回标题人物）	86，99，100	3	
智通寺老僧	2	1	
智能儿（水月庵）	7，15，16	3	
智能儿师父	7	1	
智善儿（水月庵）	15	1	

（续表）

人物	出场回目	回次	备注
智通老尼（水月庵）	77	1	
钟情大士（太虚境仙姑）	5	1	
忠义亲王	13	1	
忠顺王爷	33	1	
忠顺府长府官	33	1	
周瑞（管收地租的）	6，52，83，88，93，97，104，106，111，112	10	
周瑞家的（王夫人陪房，后被撵）	6，7，24，25，34，39，45，51，68，71，74，77，83，101，103，110—113	19	
周瑞家女儿	7	1	
周瑞家儿子	45	1	
周瑞家干儿子何三（第111回暗标题人物）	88，111，112	3	
周姨娘（贾政妾）	25，35—37，43，60，112，113	8	
周太妃（贵妃）	16	1	
周贵妃	16，86，95	3	
周奶奶（史湘云奶母）	31	1	
周太监	72	1	
周琼（镇海统制，探春公公）	99，100，114，118，119	5	
周家三公子（探春之夫）	99，114	2	
周二爷（贾政手下办事人员）	99	1	
周财主之子（巧姐之夫）	119	1	
周妈妈（巧姐婆婆）	119	1	
朱大娘（朱嫂子，官媒婆）	72	1	
主文相公（管文书的幕宾）	15，91	2	
祝妈（大观园看竹子的）	56，57	2	
篆儿（邢岫烟丫头）	57，62	2	
坠儿（宝玉丫头，因偷窃被撵）	26，27，52，53，60	5	
坠儿娘	52，58	2	
紫鹃（林黛玉丫头；第57回标题人物，第113、117回暗标题人物）	8，21，24—30，35，38，40，45，46，48，52，57，59，62，64，67，70，74，76，81—83，85—87，89—91，94—98，100，104，111，113，115—119	47	
小计：575人		4039	

（本表由张远树检索，刘承彦、赵彦伟、李建强、李乐年、孙可华复核）

附录3 《红楼梦》人物系年要录

说明:

(一)《红楼梦》人物系年要录,简称《系年要录》。

(二)《系年要录》系以中国书店影印悼红轩原本(1832年)《增评补图石头记》中大某山民(姚燮,又名梅伯)在各回"加评"中提供的干支纪年为线索,根据程乙本《红楼梦》编纂而成。

(三)《系年要录》以第3回林黛玉入贾府为红楼元年,是为己酉;以第113回"忏宿冤凤姐托村妪"为结束之年,是为丙辰。先后历经八年。

(四)《系年要录》设"时段"、"主要出场人物"、"活动空间"和"情节要录"共四个款目。以"时段"为标目,"主要出场人物"为副标目,以"活动空间"和"情节要录"作为查寻的文献地址。

(五)《红楼梦》系文艺小说,其时段、人物、地址等皆系虚构。编此《系年要录》,目的是为读者阅读《红楼梦》提供一个参考,非如其他编年史也。

时段 (红楼纪元)	主要出场人物	活动空间	情节要录
红楼元年(己酉) 秋末冬初	贾雨村、林如海、林黛玉(俗称黛玉)、贾母、王熙凤(俗称凤姐)、贾宝玉(俗称宝玉)、袭人等	扬州(维扬)→都中→贾府	黛玉进贾府 第3回 托内兄如海荐西宾 接外孙贾母惜孤女
红楼二年(庚戌) 初春	宝玉、李贵、秦钟、茗烟(后改名焙茗)等	贾府家塾	宝玉拉秦钟入贾府家塾 第9回 训劣子李贵承申饬 嗔顽童茗烟闹书房
红楼二年(庚戌) 九月	贾敬、贾珍、凤姐、宝玉、贾瑞等	宁府	第11回 庆寿辰宁府排家宴 见熙凤贾瑞起淫心
红楼三年(辛亥) 春	秦可卿、凤姐、贾珍等	宁府 铁槛寺	第13回 秦可卿死封龙禁尉 王熙凤协理宁国府

（续表）

时段（红楼纪元）	主要出场人物	活动空间	情节要录
红楼四年（壬子）正月至红楼五年（癸丑）正月	贾元春、宝玉、黛玉、凤姐、袭人、平儿、贾政、小红、双真、薛宝钗（俗称宝钗）、蒋玉菡、晴雯、史湘云、金钏、贾环、莺儿、李纨、贾探春、刘姥姥、鸳鸯、贾赦、薛蟠、柳湘莲、香菱、薛宝琴等	大观园宁府荣府	从"第18回 皇恩重元妃省父母 天伦乐宝玉呈才藻"至"第53回 宁国府除夕祭宗祠 荣国府元宵开夜宴"，是贾府极盛时期，共36回。许多脍炙人口的故事如宝钗扑蝶、黛玉葬花、香菱学咏、晴雯补裘，还有"林潇湘魁夺菊花诗 薛蘅芜讽和螃蟹咏"等，都发生在这一时段
红楼五年（癸丑）	贾母、凤姐、赵姨娘、探春、宝钗、紫鹃、宝玉、薛姨妈、平儿、莺儿、春燕、湘云、香菱、贾蓉、黛玉、宝玉、贾琏、尤二姐、尤三姐、柳湘莲等	大观园贾府赖大花园	从第54回末"元宵已过，凤姐小产，合家惊慌"起，贾府开始由盛变衰。至第69回，说的都是发生在癸丑年之事。主要表现探春之才、湘云之憨、贾琏之浪荡、凤姐之狠毒等
红楼六年（甲寅）	黛玉、湘云、尤氏、鸳鸯、司棋、凤姐、来旺妇、傻大姐、贾迎春、王夫人、贾惜春、贾政、晴雯、芳官、宝玉、薛蟠、夏金桂、孙绍祖、香菱、王道士、贾代儒、元妃、宝钗、贾环、王尔调、知县、妙玉、贾珍、邢岫烟、薛蝌、宝蟾、巧姐、贾芹等	大观园水月庵贾府家塾	第70回至第95回，这26回写的是发生在甲寅年之事，多在秋季。主要内容有：黛玉重建桃花社，湘云偶填柳絮词，凤姐抄检大观园，惜春杜绝宁国府，晴雯抱屈夭风流，芳官斩情归水月，香菱屈受贪夫棒，薛蟠复惹放流刑，颦卿绝粒，岫烟失衣等
红楼七年（乙卯）春	黛玉、宝玉、凤姐、贾母、王夫人、袭人、紫鹃、雪雁、李纨等	贾府潇湘馆怡红院城外破寺太虚幻境	从96回上半回"瞒消息凤姐设奇谋"到第98回下半回"病神瑛泪洒相思地"，详细记述了黛玉之死的全过程。此事发生在红楼七年春。黛玉从己酉年秋末冬初进贾府，到乙卯春死，才度过了不到六个春秋
红楼七年（乙卯）春之后	贾政、李十儿、香菱、宝玉、探春、凤姐、夏金桂、倪二、北静王、李御史、贾母等	江西粮道衙门大观园散花寺宁府荣府	第99回至107回，应是发生在乙卯年春林黛玉死后之事。主要故事情节有：贾政外放江西粮道，凤姐抽签衣锦还乡，锦衣军查抄宁国府，骢马使弹劾平安州等。至此，贾府势败
红楼八年（丙辰）正月二十一日（宝钗生日）	湘云、凤姐、贾母、鸳鸯、宝玉、袭人、王夫人、宝钗等	贾府潇湘馆怡红院	第108回写宝钗"强欢笑庆生辰"，不过破涕为笑耳
红楼八年（丙辰）宝钗生日后至红楼纪元终	柳五儿、迎春、贾母、凤姐、鸳鸯、何三、妙玉、赵姨娘、刘姥姥、紫鹃、宝玉等	贾府大观园	第109回迎春"返真元"；第110回史太君"寿终归地府"；第111回鸳鸯"殉主登太虚"，第112回妙玉"遭大劫"，第113回凤姐"忏宿冤托村妪"。"好一似食尽鸟投林，落了片白茫茫大地真干净！"红楼纪元到此终

（刘承彦　辑录）

附录4　水西庄是大观园的近似原型之一

郭凤岐

水西庄位于天津城西，南运河南侧，是天津盐商查日乾及其子查为仁、查为义、查礼所建文化名园。

水西庄始建于康熙末年，乾隆年间进行了多次扩建。道光初年，出现窳败之状，天津地方官员先后进行了两次修葺，基本恢复了水西庄之芥园的原貌。钱塘画家田雪峰绘了《水西庄修禊图》。咸丰、同治年间，水西庄两次被水淹，园基日见颓败。庚子事变时，被军警践踏，面目全非。原址基本上为现天津芥园水厂。

水西庄桃妖柳娜，环境优美；水西庄庄主热情、好客。乾隆皇帝曾五次驻跸，题写"芥园"，留下三首御制诗；恩恤长芦盐商，召试士子，赏赐官吏；论政水利工程。水西庄兴盛百年，荟萃官员和南北文人几百人之多，饮酒赋诗，殆无虚日。清代诗人崔旭有诗云：

芥园高傍卫河旁，楼阁参差映绿杨。
曾是当年诗酒地，行人犹指水西庄。

水西庄是清王朝由兴盛到衰败的历史缩影，是天津高雅文化的辉煌典范，是《红楼梦》大观园的近似原型之一。著名红学家周汝昌先生说："水西庄的发掘，是红学研究的突破性进展。"

（一）水西庄的"祭花神"

《红楼梦》多次描写"祭花神"，实况难寻，而水西庄确是个"花城"。天津本来地下水较浅，土地盐碱化严重，花草不易生长，更少高大树木。但城西水西庄却不同，由于地势较高，土质较好，自然环境优越，地处南运河之岸，易于淡水灌溉，花草茂盛，树木繁荣。

榆、槐、观音柳等，郁郁葱葱，高达丈余，有数万株。

据史志记载，清代康乾盛世时，水西庄一带南运河两岸，种花、卖花的人众多，远近闻名。查礼作迎客《简诗一绝》云：

芳草如云倦蝶魂，春风几度拂清樽。
愁肠百结花无语，开遍丁香未出门。

清代天津诗人樊彬在《津门小令》中有诗道："柳墅春融花笑日，芥园秋老树含烟。"另一诗人华鼎元在《津门征迹诗》中有诗曰："问柳寻花过水西，万竿烟雨绿凄凄。"

水西庄的紫芥花，更不同凡响。乾隆帝曾在春夏之交驻跸水西庄，看到紫芥盛开，"龙心大悦"，挥笔赐名"芥园"。

水西庄建有花窖，有菜农种菜，花农莳花。查为仁之五女查绮文有《水西庄（指小水西）落成，敬步家大人原韵》诗曰："玉骨含香藏暖窖，冰魂泻影罩长堤。"

"津门花乡"，就在水西庄之西不远处。有李姓开设的"富兴花局"，并形成了后来的"富兴花局胡同"。汪沆有《城西花厂》诗曰：

重红复翠接村畦，比屋都居花太医。
剧爱小园蜂蝶闹，篮舆日日挂偏堤。

水西庄对岸有著名的佟家楼，是盐商佟铉的别墅。佟铉有妾赵艳雪，色艺俱佳。佟铉为其筑"艳雪楼"。

佟铉与水西庄查为仁私交甚密，多有诗词唱和。查为仁《莲坡诗话》中有对佟铉的长篇介绍。查为仁爱妻金至元英年早逝后，赵艳雪撰写悼诗"美人自古如名将，不使人间见白头"，被当时评为"用意新异"，一时传为佳话。雍正元年（1723年）佟铉过世后，查为仁撰有《哭佟蔗村》五律二首，有句云："当代论通隐，如君复几人。"

据新编《红桥区志》记载："佟家楼一带的大觉庵、杨庄子、北辛庄，在清代就是著名的'津门花乡'。"这些地方种花、卖花的历史延续至今，现在尚有"北辛庄花圃"。特别是这里的海棠花，更加远近闻名。以至将"艳雪楼"以"海棠销魂"命名，称之为"海棠庄"。

雍乾年间天津诗人金玉冈，曾写了在艳雪楼一带看海棠的三首诗。如金氏《过佟蔗村艳雪楼故居》，诗云："艳雪犹名楼已废，海棠一树最销魂。"

金玉冈堂姐金至元，是查为仁的夫人，金氏与水西庄查氏有姻亲关系。金玉冈这首诗，写于乾隆十五年（1750年）左右。此时，佟铉早已过世，艳雪楼业已破败，但是海棠花树依然销魂。

水西庄对岸还有"浣花村"。乾隆年间《天津县志》载：浣花村（今属红桥区邵公庄街）位于水西庄对岸稍东，为"遵化州知州杜甲所居里名"。查礼有《寒食后五日，杜禹门通守招饮浣花村，晚归水西庄别业诗》二十四句，其前八句曰：

长河涨春流，杂树蔚新翠。草堂俯河滑，曲径深以邃。
孤亭翼然张，盘踞得胜地。垂杨千百株，尽散黄金穗。

从诗中可见，这里既有"百花潭"，又是"海棠村"。

每当春日到来，水西庄及其周围地区，俨然成为花的世界。这与《红楼梦》大观园极其类似。

水西诗会诵"花神"。清雍正三年（1725年）重九，水西庄种菊顾顾斋。查为仁招好友鲁亮侪（名之裕，太湖县人）、徐芝仙（蘭）、张看洲（坛）、苻药林（曾），举行宴赏菊花诗会。其中鲁亮侪有和莲坡韵四首，其中第三首诗《乙巳秋，赏菊于顾顾斋，因次莲坡韵》，就是觞咏"花神"之诗：

坐拥花城赋好诗，诗成呼酒一酬之。
花神解助诗人兴，细细寒香出众枝。

水西庄旁"花神祠"。水西庄的文人墨客信奉"花神"；水西庄及其附近地区的花农、花匠们，祭饯"花神"。因此在南运河南岸、今闸桥南路东侧，建有"花神小祠"，地图上尚有"花神庙胡同"。

清代天津诗人梅成栋所纂《津门诗钞》，载有天津诗人殷希文作《花神小祠》一诗：

数椽如斗附垣低，俎豆花神小有祠。
最爱留题佳句在，碧云红雨耐人思。

诗后有自注云："祠中有'砚池花落磨红雨，石径蕉封锁绿玉'之句。"

困扰红学家多年的《红楼梦》的"花神庙"（水仙庵），在水西庄找到了出处。

《红楼梦》第17回"大观园试才题对额"中写道：在一处有芭蕉、海棠的景点，宝玉道："此处蕉棠两植，其意暗蓄'红''绿'二字在内，若说一样，遗漏一样，便不足取。""依我,题'红香绿玉'四字,方两全其美。"

这与殷希文咏"花神祠"诗注中"红雨""绿玉",有同工同曲之妙。

可见,花神俗、花神诗、花神庙等,把水西庄与《红楼梦》紧紧联结到了一起。

(二)水西庄与大观园建筑格局相似

"天上人间诸景备"的大观园,作为私家园林,其建筑格局十分独特。因此有红学家指出:"如果生活中确有的话,只能是古今园林中一个仅有的特例。"而水西庄,就是现实生活中"仅有的特例"。

1. 园外有其相连的别墅

《红楼梦》中的建筑,有宁国、荣国两府和大观园组成,两府既相对独立在大观园之外,又与大观园连在一起,并且相通。两府有家中长辈居住,大观园有少男少女分景而居。一般的私家宅邸,都将居住与花园分开,居住仅是居住,花园只是花园。《红楼梦》如此独特的建筑格局,现实中极为罕见。

现实生活中的水西庄,却酷似《红楼梦》的建筑格局。在水西庄大园之外,建有两个与其相连、相同的别墅。一是水西庄之南的"屋南小筑"(又称"舍南小筑"),供水西庄第一代庄主查日乾暮年息居;乾隆六年(1741年),查日乾过世后,由其次子查为义居住,他以墨笔绘的《兰花竹石图》长卷,自题"丁卯正月八日集堂查为义写于屋南小筑"。另一个是"小水西",是乾隆十二年(1747年),建在水西庄西面的独立小区,供水西庄第二代庄主查为仁晚年居住。

水西庄和两个别墅,作为一个统一整体,就是一个大园林,这样两个别墅就成为园中园别墅。这是私家园林建筑格局中鲜有的奇葩。《红楼梦》特例的建筑格局,疑似现实生活中水西庄的艺术再现。

2. 男女在大园中分景群居

在《红楼梦》大观园里,少男少女们分景群居于九个优美的景点中。贾宝玉居"怡红院"、林黛玉居"潇湘馆"、薛宝钗居"蘅芜苑"、贾探春居"秋爽斋"、贾迎春居"紫菱洲"、贾惜春居"藕香榭"、李纨居"稻香村"、妙玉居"栊翠庵"……这在私家园林中是极为罕见的。

这个罕见的现实私家园林,就是水西庄。

这里有查氏少男少女八人,分景群居于庄中。另有客居水西庄的文人墨客多人,亦分而居住在数十个景观中。

（1）查为仁先后居"花影庵""澹宜书屋""古欢书屋"。"花影庵"，是水西庄最早景观。小筑虽简陋，但环境优雅，花草繁茂，人气旺盛。查为仁在此与友人诗词唱和一年之久。水西庄建成后，查为仁居"澹宜书屋"，此屋有奇葩异卉、石田古籍、书画神品并与重楼交结，是书香气浓烈的查为仁"书屋"。晚年，查为仁移居"小水西"。

（2）查为仁夫人金至元，居"芸书阁"。汪沆在《津门杂事诗》中有句云："幽兰夕萎芸书阁。"诗下有自注："《芸书阁诗集》予友查莲坡室人金氏遗稿也。金讳至元，字含英，诗格清拔孤秀，不坠粉黛习气。济南赵秋谷宫赞为序以传。"可见，"芸书阁"是金至元之所居。

（3）查礼夫妇居"清机小舍""味古庐"。查礼是查日乾三子，幼从兄查为仁读书水西庄中，后出外做官。其夫人李欣，不仅有文学才气，而且孝敬长辈，友善亲朋，戒奢宁俭，低调为人。偌大的水西庄，她却向查礼提出："择隙地治矮屋以居，颜曰'清机小舍'。"乾隆十年（1745年）查礼在《李太君传略》中云：清机小舍"寝室后有隙地，旧积瓦砾，因辟治矮屋数椽，颜曰清机小舍。移园竹植窗下，每静夜帘风徐起，竹声飒然，两人相对于白藤、乌几乱书残烛之间。人寂语稀，月光当户，清景历历，几忘在城市中"（见《宛平查氏支谱》）。

乾隆十年（1745年）李欣31岁英年早逝。后，查礼继娶李欣胞妹李镇为妻，居"味古庐"。查礼有《五月六日，高五云孝廉、汪西颢征君、胡文锡秀才、家天来侄集味古庐对雪分赋，得花字》诗句云："诗人不在功名列，风味依然处士家。"

（4）查调凤居"香初阁"。查调凤，字鸣祥，号香初，查为仁次女，嫁给云南顺宁府知府长洲的宋惠绥为妻。著有《鸣祥诗钞》。乾隆十二年（1747年），查为仁举行了"小水西"落成庆典诗会，查调凤特意从长洲回庄探亲，参加诗会，并作诗。当她要返回婆家时，水西庄姐妹作诗填词，为香初阁主人送别。这些诗词，集成《兰闺清韵》诗册，语言清丽，寓意新巧，情感真挚，书体秀美，展现了水西庄女性深厚的文化修养。

（5）查容端居"晓镜阁"。查容端，字淑正，查为仁三女。嫁于奉直大夫曲沃的裴升文为妻。著有《晓镜阁稿》。

（6）严月瑶居"歆兰阁"。严月瑶，字阆娟。查为仁大儿媳、查善长之妻，长洲严文照之二女。著有《歆兰阁诗草》《阆娟诗草》。

3. 两园以居住景点取号类同

在《红楼梦》大观园中，众少女少男，以居住景点的名称而取别号。如：

林黛玉，居潇湘馆，称"潇湘妃子"；

薛宝钗，居蘅芜苑，称"蘅芜君"；

贾探春，居秋爽斋，称"秋爽居士"；

贾迎春，居紫菱洲，称"菱洲"；

李纨，居稻香村，称"稻香老农"。

水西庄中男女主人，同样以居住景点之名而取别号。比如：

查为仁，曾居"花影庵"，取号"莲坡"；

查调凤，居"香初阁"，取号"香初"，别号"香初阁主人"；

查溶（查为义之子），居"芥园"，号"介园"。

4. 两园才女工诗词相同

《红楼梦》大观园中有八位才女：林黛玉、薛宝钗、贾探春、史湘云、妙玉、贾迎春、贾惜春、李纨，都能诗善文，起过多次诗会，吟咏了不少诗词。这些诗词，高雅清丽，文词奇绝，格律对仗，有唐诗遗韵。

在现实生活中，私家园林水西庄亦有八大才女，咸工文翰，不同凡响，诗词华章，蕴秀清婉，堪称《红楼梦》文艺典型的原型。正如清人梅成栋在《津门诗钞》所云：查氏"一门风雅，累业缥缃。闺阁之秀，咸工文翰。自含英金夫人提倡于先，以后闺房嗣响，率多咏絮之风，他族罕有及者"。

（1）才女金至元，字载振，一字含英，浙江山阴人，金大中之女，查为仁之妻。幼读书，聪慧过人。女红之外，数算琴管，无不精妙入神。其诗词堪称魁首，可以与林黛玉比肩。著有《芸书阁剩稿》二卷，与莲坡唱和帙号《松陵集》。如金至元《催妆诗次鹤》有句云："四照花开融瑞色，九微灯毡缔良因。"

（2）查礼之妻李欣，字安媛，奉天人，为汉军正红旗。好文学，《孝经》《尚书》《毛诗》俱能成诵。通经史，并解声韵。查礼有诗云："绕径秋花自在开，一天凉露净纤埃。严城夜半疏更断，白雁声高渡水来。"李欣将诗中的"声高"，改为"声低"。虽一字之易，足见是诗词高手。此修改，在寂静的夜空中，更切合夜半的意境。

（3）查为仁次女查调凤。是诗词高手，著有《鸣祥诗钞》。其诗慧心青眼，清新雅思。如《水西山庄落成，家严慈游赏，命赋敬步原韵》诗云："郊外寒光宜野趣，酒边白发带微酡。开筵此时归来晚，还喜嘉宾有范何。"

（4）查为仁三女查容端。工诗词，著有《晓镜阁稿》。其诗冰清玉润，纤素无华。如《水西庄落成，敬步家大人原韵》诗云："胜地欣闻尚未过，披图曾不赏描摩。数椽亭阁春风贮，半亩林塘秋水多。"

（5）查为仁五女查绮文。善诗词，著有《丽言诗草》。其诗清丽飘逸，轻盈柔美。如

《水西庄落成，敬步家大人原韵》诗云："鸟穿垂柳声如剪，春入夭桃色半酡。今日拟将和靖宅，玉梅清韵更如何。"

（6）查为仁侄女查蔚起。才气不俗，诗词俱佳。作《调浣溪沙词，送香初二姊归吴下兼祈，顾惧》云：

> 谁唱离歌剧可怜，送君归去木兰船。半篙秋水绿杨烟。
> 千里梦魂惆怅路，几程风雨奈何天。片帆西望碧云边。

（7）查为仁大儿媳严月瑶，字阆娟，查善长之妻，长洲严文照之二女。才貌双冠，诗格纯美，敦厚质朴。著有《歗兰阁诗钞》《阆娟诗草》。如《水西庄落成，应堂上命题，敬步原韵》诗云："怅未追随别墅过，相看图画费心摩。一园好景池塘曲，满壁高贤诗句多。"

（8）查为仁侍女宋贞娘，字草亭，芳颜，能诗。在查为仁的心目中，"一贞（娘）一福（娘）"，视为"双凤"，有诗云："自喜老怀殊不浅，赢他白发系红丝。"（查为仁《题双凤词并序》）宋贞娘，曾作《奉主人命吟小水西庄，时乾隆丁卯（乾隆十二年）长至月中浣之一日》诗云："得过林亭且共过，敢云天女伴维摩。青山白石人难老，红树霜天景更多。"

乾隆十二年（1747年）夏，查为仁举行小水西落成庆典诗会，查调凤、查容端、查绮文、严月瑶、宋贞娘等，敬步家大人原韵，每人作了两首诗。这些诗皆收入《澹宜书屋六咏诗册》。

水西庄这五位才女咏小水西的十首诗，与《红楼梦》大观园中林黛玉、薛宝钗、史湘云、贾探春四位才女，在藕香榭所吟的十首咏菊诗，有同工异曲之妙。两方既是咏物（小水西与菊花），又是赋事，使赋景、咏物两相关照，新鲜大方，不落俗套。语言清丽，含义新巧，寓情于景，感情真挚。

这年秋，查调凤要返回吴门夫家，姐妹们依依不舍，惜别唱和，抒发了别离的伤感，凄怆感人。有查绮文诗二首、查容端一首、严月瑶一首、查蔚起一首。这四位才女的五首诗词，收入《兰闺清韵》。查蔚起之《浣溪沙》，语意清新，零珠碎玉，书体娟秀，抒情感人，可以与大观园少女们的佳作媲美。可见，《红楼梦》中的才女们，其人美、诗美、景美、情美的"典型环境的典型性格"，正是现实生活中水西庄才女们的典型化。

（三）两园景名多同合

据不完全统计，水西庄共有五十三处景观。很多景名或与《红楼梦》相同，或相合。有的景名两者完全相同；有些景名字相异而义相合；有的景名有别而意境相通；等等。

大观园	水西庄
藕香榭	藕香榭
栊翠庵	揽翠轩
潇湘馆	绣野簃
西帆楼	数帆台
稻香村	一犁春雨
秋爽斋	秋白斋
蓼汀花溆（蓼风轩）	蓼花洲
荇叶渚	萱苏径
蜂腰板桥（折带朱栏板桥）	红板桥
逗蜂轩	来蝶亭
龙舟	泊月舫、借舫

（四）"私家园林没有"的景观在水西庄

《红楼梦》大观园的特殊景观"栊翠庵"，是妙玉参禅修炼的地方。很多红学家对"栊翠庵"十分不解。有的甚至认为："供奉佛像的栊翠庵，私家园林万万没有。"（吴华山《红楼梦中的建筑研究》第 172 页）

岂不知，《红楼梦》这个"栊翠庵"，在私家园林水西庄，是活生生的现实，它就是"花影庵"。

"花影庵"为查为仁早期居住景点，是康熙五十八年（1719 年），莲坡矜释后所建的板屋小筑。前一年，高云大师前去京师，探望被监的查为仁，两人谈得投机，结下了亦师亦友之情；查为仁信了佛，高云为其取号称"莲坡居士"；高云题榜"花影庵"之名，并绘了观音大士像。花影庵中，供有佛龛，莲坡读经、拜佛。莲坡有《花影庵盆梅初放》诗云："分明弥勒与同龛，鼻观微微香暗添。忽见一枝梅弄影，引将清梦到江南。"

莲坡在花影庵，有高云等二十多位挚友，诗词酬唱。沈元沧在《和莲坡花影庵自题韵》中云："薄板低墙结小庵，观空渐觉此心甘。一龛弥勒真堪供，数卷楞严仔细探。"诗后并有题记曰："庵中供观音大士像，即高云上人手写。"

特别耐人寻味的是，"栊翠庵"与"花影庵"，都称"庵"。特别是，两庵的环境意境，亦是相同的。

在"栊翠庵"，梅花是其典型之景。宝玉每次提起妙玉，总是与"栊翠庵"的梅花连在一起。《红楼梦》第 49 回，描写宝玉："闻得一股寒香扑鼻，回头一看，却是妙玉那边栊翠庵中有十数枝红梅,如胭脂一般,映着雪色,分外显得精神,好不有趣。"《红楼梦》第50回,湘云为宝玉出的诗题是"访妙玉乞红梅";接着描绘:"一语未了,只见宝玉笑欣欣擎了一枝红梅进来。"

梅花在"花影庵",地位同样并不寻常。自称"花海翁"的查为仁,有诗曰:"一种风怀谁解得?梅花明月证前因。"还作《老梅》诗云:"铁骨铮铮不可攀,暗香却在有无间。"

莲坡在"花影庵"的众多好友,也用梅花诵比莲坡的清白和人品。沈艮思(青崖)诗云:"吟到梅花连月冷,话深炉火入灰微。"程廷仪(可式)诗云:"春回小院先啼鸟,香吐寒梅欲染衣。"

如是,大观园"栊翠庵",有"寒香拂鼻";水西庄"花影庵"有"鼻观微香";而"花影庵"中的"寒梅欲染",到了"栊翠庵"中,变成了"红梅吐胭"。

两园之两"庵",同曲同工,何其同合乃尔!私家园林水西庄的参禅念佛之地"花影庵",是水西庄九大景观之一,在朱岷绘《秋庄夜雨读书图》中,有其重要一席之地。《红楼梦》创作的"栊翠庵",疑似水西庄"花影庵"的艺术再现。

(五)曹雪芹有熟悉和体验水西庄的可能

红学家邓云乡提出的《红楼梦》大观园原型特点中,有一条是:"这座私家园林必须有可能使曹雪芹熟悉和体验的机会。"

水西庄具备曹雪芹熟悉和体验的可能。

1. 查氏后人的口述

查老太太的口述资料称:曹家被抄家后,少年曹雪芹,曾避难水西庄。曹家被抄家,在雍正六年(1728年)元宵节,时年曹雪芹约14岁。当时,水西庄已经建成,主要景观业已具备,并进入兴盛时期。曹雪芹对水西庄的熟悉与体验,成为他后来创作《红楼梦》的丰富生活积淀。

2. 赵执信是曹、查两家的联系

赵执信(1662—1744年),字伸符,又字秋谷,晚号饴山老人,山东益都(今淄博市)人。康熙十八年(1679年)进士,任右春坊右赞善兼翰林院检讨。28岁时,因观演《长生殿》案而被削职。此后五十年间,漫游南北,写下了许多反映社会现实的优秀诗篇,是清代著名的现实主义诗人、诗论家、书法家。晚年退居别墅——因园。著有《饴山诗集》《饴山文集》《谈龙录》《声调谱》《海鸥集》等。

查为仁《莲坡诗话》云：康熙庚辰（康熙三十九年）与辛巳（康熙四十年）年间，家伯查浦（嗣琪）居吾家于斯堂的，与赵秋谷（执信）、姜西溟等多位著名诗人，"臂笺飞斝，殆无虚日"。查为仁对赵执信诗的评价很高："秋谷诗法二冯，格律甚细。"

据《宛平查氏支谱》卷二载：康熙六十年（1721年），查为仁夫人金至元殁后，赵执信为金氏《芸书阁集》二卷作序，并作《金太君传略》；由长沙陈鹏年对赵的"为序以传"，进行书写。

这时，水西庄基本建成，主要景观相继开放。

此后，赵执信或南行，或东归。乾隆四年（1739年）左右，赵执信再至津门，客居水西庄，正是这个私家园林的鼎盛时期。

赵执信在康熙年间，曾与天津西郊妓女蕊枝，两情殊厚，相与为诗品题。这次再来时，蕊枝已为他人所主，赵氏叙旧伤离。

为此，客居水西庄的汪沆，在乾隆四年出版的《津门杂事诗》中云："出水新荷飐蕊枝，兰襟孤负蘸青泥。《海鸥小谱》回环读，怊怅重来杜牧之。"诗后有自注云："济南赵秋谷宫赞，留客天津，多北里游，著有《海鸥小谱》，皆记所遇也。蕊枝才色冠侪辈，宫赞有'新荷出水，飞鸟依人'之目。又有赠蕊句云：'如何两岸临沧海，不见青泥沾客襟'。"

康、雍年间，赵执信南归，到哪里去了呢？著名红学家周汝昌先生给出了回答。

周先生在《行人犹说水西庄》一文中说："赵执信是山东人，号秋谷，他是康熙时代的大诗家，他作为一名雅客就寄寓在水西庄，后来李煦把他邀往扬州巡盐御史署中去了。但赵秋谷不仅仅是李煦的好友，也是李煦妹夫曹寅的诗侣，他们的交情深厚，绝非一般文士所能望见。赵秋谷能为金至元夫人作铭志之文（应为序和传），已然分明可证查家是如何器重这位名家的，赵秋谷后来在雍正十年的时候，回忆李煦的生平和结局十二分沉痛感慨，他写道：'三十年中万宾客，那无一个解思君。'你再看诗人屈复在乾隆六年怀念曹寅的诗又是怎么写的呢：'直赠千金赵秋谷，相寻几度杜茶村。诗书家计皆冰雪，何处飘零有子孙？'我每读此诗便不禁泫目酸鼻，这样你也就明白了，曹寅当年一笔赠银就是千两的文事……"

由此可见，赵执信把曹家与查家，紧密地联系在一起了。他自然会把水西庄的情况介绍给曹家人。这是《红楼梦》与水西庄渊源的重要史料。

【本文作者简介】郭凤岐，1941年生。南开大学中文系毕业。研究员。退休前为天津市地方志编委会副主任、秘书长兼办公室主任。是全国著名方志专家，天津著名历史、民俗专家和文化学者，水西庄文化研究专家。

【编后】关于曹雪芹是否到过水西庄，郭凤岐先生提供了两条线索。一是根据查家后人口述，曹家被抄家后，14岁的曹雪芹，曾避难水西庄；二是曹、查两家好友赵执信有可能穿针引线帮助安排少年曹雪芹到水西庄居住。吴柳先生曾于1962年《文汇报》上发表了《京华何处大观园？》一文，认为恭王府疑似大观园原型，曾引起一时轰动。必须指出的是："大观园"是曹雪芹虚构的一个供少男少女们活动的居游场所，应是集纳诸地之所的创造，既有南京的随园，也有北京的恭王府、天津的水西庄……不可以一名之。

附录5 津门茶叙品红楼

2019年4月1日,正值花开盛际,由国际知名胶粘剂专家、企业家、文坛新秀翟海潮任第一主编,天津市作家协会会员、楹联学会会员、诗词学会荣誉理事、央视国际频道特约评论员范文义任第二主编的《诗画品红楼》(简称《品红》)编委会,在天津川国演义大酒店举行茶叙,庆祝文稿初成。著名红学专家、中国红楼梦学会副会长、天津市红楼梦研究会会长赵建忠先生也参与茶叙,并盛赞:《品红》一书是"形象的《红楼梦》新潮评论集"。茶叙期间,诗词大家赵连珠和其他吟朋红友或口占一绝,或引吭高歌,人人畅叙情怀,个个激情飞越。茶叙后仍余兴萦绕,唱和不断。更有未与会者,也遥相呼应,奉献美什。现将部分佳作,录兹以记。

(刘承彦 撰)

口占一绝·贺《品红》即将付梓

赵连珠

老凤清雏笔自道,好凭诗画品红楼。

当年一卷石头记,赢得今人论未休。

八声甘州

赵连珠

俯霏霏沽上恰春和,海棠一城花。正番风时节,品红佳会,满座英华。莫问红颜白发,逸气自清嘉。看取斫轮手,吟咏烟霞。

几度推杯换盏,更歌传鼓韵,句斗尖叉。纵京津相隔,客里亦为家。还相约,钩沉索隐,共同心,执手竞纷拿。书成后,曹公再世,料也堪夸!

卜算子·京津红友聚会
范文义

三月倒春寒,四月春花笑。契约年余沥血多,喜讯和风报。
健笔品红楼,梦幻曹公告。经典文华代代传,绚烂霞光照。

词二首
李鸿国

长相思·恭迎《诗画品红楼》主编莅津指导

天蓝蓝,水蓝蓝。风暖桃花着粉衫。津河逐浪帆。
酒微酣,茗微酣。劝饮一杯斟再三。品红君共探。

长相思·品红

风一程,雨一程。灯下红楼品读声。轩窗旭日升。
月频评,岁频评。一寸书笺多少情。字为君垒成。

兰陵王
陈瑞林

按:《诗画品红楼》付梓在即,屈指一载余矣。回眸历历,无限感慨,此调聊以慰藉。

石头记,千古流芳国粹。拳拳意,萦绕梦中,去岁芳春海棠媚,囊开锦妙计。联袂,京津两地。风骚领,诗画品红,宏卷绵绵寄情思。
娟娟月如洗,正伏案窗前,佳构唯美。推敲裁句堪欣慰。忱拙笔才浅,违公心愿。观园兴败怨乐喜,更金玉难配。
痴醉,咀其味。历雨雪风霜,夤夜无寐。铿锵妙语珠玑缀。念白首青鬓,雅音词丽。春回桃柳,付梓即,暗涌泪。

兰陵王·和陈瑞林诗友
李锡庆

总心碎。人世风情恁诡。真情意,痴女怨男,一似天穹斗星坠。断肠甚滋味?凄美、红楼血泪。潇湘馆,想那翠篁,犹借凄风诉流水。
诗人网端汇。记拈韵分花,斫稿驰辔。飞霜染鬓心无悔。将玉斧修月,长缨拴日,夜阑秉烛索灵燧。谁解此中累?

无寐。又新岁。付梓有佳音，兴更腾沸。喜瞻河汉卿云瑞。念雪芹木石，魂灵堪慰。人间真爱，永不朽，悟也未？

七律·贺京津品红诗友相聚川国酒家
扈建新

文朋满座带春风，缘定京津飞彩虹。
梦结金兰交盏意，心牵诗画叙情衷。
今词古韵精云黛，百味千章细品红。
栩栩笔端笺里泪，灵犀一卷慰曹公。

七律·诗画品红京津宝友缘聚
李金娥

东风传信结联盟，共话红楼意纵横。
总有诗花摘绮句，更凭境界见真情。
畅言无碍春心动，把盏飘香喜事成。
大爱已藏书帙里，雄篇铸就赖群英。

七律·也品红楼
郑翠娟

绿瓦椽头翡翠青，琼楼檐下紫金橙。
贫穷敝帚寒光泄，富贵朱门紫气生。
假事真成真亦假，清心浊染浊犹清。
安人哲理千秋在，醒世箴言百代恒。

七律·品红雅集遣怀
崔波

喜驾春风上酒楼，文朋同道即相谋。
书当付梓新樽举，酒入诗心好句流。
几度评红情可鉴，半生追梦笔难休。
箸前常忆曹公事，玉粒金波咽满喉。

七律·记天津川国演义楼聚会
武冀新
画品红楼一线牵，艺文诗曲脉根连。
柔情满腹三堂会，豪气萦怀百味筵。
鼓点舒张聆雅韵，书痕赏鉴览奇篇。
佳人才子争高论，耆老崇曹追圣贤。

七绝
周同顺
群贤荟萃品红楼，痴笔荒唐爱恨愁。
一部豪门荣辱史，京津骚客竞风流。

七绝·贺京津品红文友春日相聚
陈慧茹
沽上花开别样娇，红楼细品架虹桥。
京津墨客同携手，杨柳春风助海潮。

七绝·贺《诗画品红楼》创作群收官
于军
沽水洪波涌热潮，红楼巨作架心桥。
京津痴友齐携力，妙笔生花绝代骄。

口占一绝·参加津门茶叙
李乐年
烟花三月好风光，文友津门共一堂。
吟咏切磋颇尽兴，来年庆典品流觞。

七绝·助兴
徐正良
诗品红楼健笔多，群贤劳苦炼心磨。
但期他日能吟赏，定会新篇谱赞歌。

七绝·贺《诗画品红楼》即将付梓
孙树娟

东风借力韵随心，诗画弥香迹可寻。

感念曹公椽笔引，红楼一梦到如今。

五绝·《诗画品红楼》赏析
于军

诗画品红楼，群贤妙笔留。

豪门恩与怨，荣辱笑谈收。

多丽·《诗画品红楼》付梓有吟
陈斯高

喜佳音、红楼又续新吟。一篇篇、彩浓墨重，殷勤画写遥深。品潇湘、解忧消怨；说金玉、遣意标忱。怀古情多，思今慨远，满腔清耿写长襟。总将那、坊中风月，勾兑入壶斟。空留得、短嘘长叹，夕望朝寻。

喜滋滋、曹公一卷，洗淘世事人心。已明了、葬花诗意；亦知晓、偈语禅阴。焚稿凄悲，皈依哀婉，更怜焦大骂声喑。终修得、芸编道帙，款款似鸣琴。轻弹着、人间大道，风雨浮沉。

鹧鸪天·有幸成为《诗画品红楼》编委有赋
王志霞

久在藩篱轻若尘，浮沉岁月杂甘辛。秋风几度窗前舞，暗雨常浇槛外人。

如椽笔，纵千军。众贤齐聚赴津门。重开巨著勤求道，瘦影痴情灯尚温。

【仙吕宫·一半儿】《诗画红楼梦》编委缘聚川国演义
孙树娟

品红川国聚诗家，寻梦津门数春花。觅典书山揭面纱。味清嘉，一半儿含香，一半儿雅。

对联 3 副

吟红楼醉意

赏碧玉清心

（于军　撰）

一双华府，繁荣富贵，哪堪石草生情，几回入梦，聚散悲欢皆幻境；

十二金钗，曼妙如云，怎奈假真无异，何处解情，朦胧缥缈尽空灵。

（郑翠娟　撰）

繁华几代，富贵八分，大雪纷飞上，红楼梦断尘缘尽；

世事无常，天行有道，芳花零落间，家运每从国势微。

（方留聚　撰）

附录6 四美赴京观园游

2019年4月9日,陈瑞林、李鸿国、孙树娟、陈慧茹四位《品红》女将,冒雨赴京游大观园,体验红楼幽境、心境、梦境,并赋诗填词谱曲,抒胸中之激情。特写小令一首为之记。

（范文义 撰）

小令·贺《品红》文友游大观园

观园好,细雨尽情游。绮丽回廊人映伞,婆娑翠柳石依丘。能不醉红楼!

【正宫·醉太平】己亥春雨中游大观园

孙树娟

风摇柳软,雨洗花艳,衔泥燕子带香穿,人游画面。丁香空守怡红院,斑竹碧潇湘馆,蝴蝶又舞蓼风轩,（只可惜）红楼梦浅!

忆江南·雨游大观园

李鸿国

霏霏雨,漫洗柳枝头。一树海棠花渐谢,蓼汀花溆几多愁。蘅芷水溪流。

鹊踏枝·游大观园秋爽斋

李鸿国

结社海棠红落半,叹雨摧春,轻抚花如面。蕉下客心堪绪乱,葛巾香染随风断。
短鬓冷沾时节换,一梦千遥,帆尽分离怨。丝折风筝南去燕,海疆杳杳何相看。

八声甘州·己亥携友春游京城大观园

陈瑞林

恰霏霏细雨友同行,流连景盈眸。揽兰风蕙露,蓼汀花溆,曲径通幽。是处夭桃绿柳,又步紫菱洲。梦绕魂牵也,再忆红楼。

犹念潇湘翠竹,惜香炉焚稿,木石盟休。叹怡红院内,多少怨和忧?说什么、良缘金玉,道不清、何处是香丘?曹公谒、尽倾情愫,诗品从头。

五绝·为陈瑞林《八声甘州》助兴

范文义

观园四美游,绣句涌心头。

红品情难尽,丝丝雨语稠!

七绝·己亥春日雨中游大观园

陈慧茹

当春好雨洗纤尘,桃李争妍柳色新。

为品红楼圆旧梦,大观园里访花神。

高阳台·己亥春雨游大观园

陈慧茹

剪剪轻风,霏霏细雨,品红姊妹同游。别苑徐行,三春佳景盈眸。山庄水榭云烟里,蕙露香、柳碧花稠。大观楼,缀锦含芳,彩焕螭头。

怡红院落花无语,似怀思公子,为爱烦忧。有凤来仪,庭前翠竹修修。人非物是梨花雪,念潇湘,暗恨难收。叹曹公,满纸痴言,多少情愁。

附录7 《诗画品红楼》创作与选编作品一览表

创作						选编			备注
诗	词	散曲	对联	品评	其他	清韵	清图	词条*	
辅文									
0	0	0	0	0	2序 1前言	0	0	0	引用文献11，参考文献78
第一辑 故事篇									
54	64	4	0	120	加评38	0	240	0	
第二辑 人物篇									
125	50	20	0	47 （49人）	加评2	182	100	4 （4人）	清韵中有词17首，曲2首，诗163首，其中古风2首
第三辑 《红楼梦》与曹雪芹									
8	6	0	10	0	0	50	0	2	清韵中有词2首，诗48首，其中古风3首
附录									
15	14	2	3	0	1文1 图4表	0	0	0	

*注：系指由《辞海》（2009年版）或《简明不列颠百科全书》所选词条。

附录8 《诗画品红楼》创作人员及其作品数量统计表

创作人员	作品数量 咏红*	品红	创作人员	作品数量 咏红*	品红	创作人员	作品数量 咏红*	品红
布凤华	21	7	刘承彦	1	11	张青岭	1	
曹俊海	1		刘双起	1		张项学	1	
陈慧茹	31	23	刘英强	1		张远树		1
陈瑞林	34	20	祁国明	4		赵凤玲	2	2
陈斯高	29	13	师晓安	14	8	赵建忠		1
迟连庄	3		石俊茹	3		赵连珠	2	
崔波	15	4	宋梁缘	3		郑翠娟	2	
邓世广	7		孙可华	4	1	郑尚可	12	1
樊慧	3	3	孙树娟	9	3	周同顺	3	
范荣	1		陶陶	3	3	周晓梅	3	
范文义	13	43	王兴伟	1				
方留聚	1		王旭升	1				
高象昶	1	1	王志刚	7	4			
郭凤岐		1	王志霞	8	7			
郭五堂	5		武冀新	1				
韩存锁	13		谢允	2	2			
扈建新	9	6	邢伟川	1				
黄菊仲	1		熊东遂	5				
霍胜泽	5		徐正良	1				
李宝贵	3	3	杨兵	6	6			
李鸿国	26	20	杨路平	6				
李金娥	18		杨田勇	1				
李军	2	5	闫宝恩	1				
李乐年	5		于军	8	3			
李锡庆	13		岳海青	3	3			
刘锋		10	翟海潮		14			

*注：咏红包括对联。

引用文献

［1］古本红楼梦插图绘画集成（全六册）［M］.北京：全国图书馆文献缩微复制中心，2001.

［2］［清］改琦绘.红楼梦图咏［M］.北京：国家图书馆出版社，2017.

［3］刘精民收藏.王墀增刻红楼梦图咏［M］.上海：上海书店出版社，2006.

［4］洪振快编.红楼梦古画录［M］.北京：人民文学出版社，2007.

［5］一粟编著.红楼梦书录（增订本）［M］.上海：上海古籍出版社，1981.

［6］蔡义江著.红楼梦诗词曲赋鉴赏［M］.北京：中华书局，2001.

［7］朱一玄编.红楼梦资料汇编［M］.天津：南开大学出版社，2012.

［8］冯其庸，李希凡编.红楼梦大辞典（增订本）［M］.北京：文化艺术出版社，2010.

［9］赵建忠著.红学讲演录［M］.天津：百花文艺出版社，2018.

［10］［清］曹雪芹著，［清］护花主人评，［清］大某山民加评.增评补图石头记（全五册）［M］.北京：中国书店，1988.

［11］［清］曹雪芹，［清］高鹗著.红楼梦［M］.北京：人民文学出版社，1974.

参考文献

[1] 毛泽东.关于《红楼梦》研究问题的信[A]//毛泽东.毛泽东文集(第六卷)[M].北京：人民出版社，1999：352—353.

[2] 李希凡.前言[A]//[清]曹雪芹，[清]高鹗著.红楼梦[M].北京：人民文学出版社，1974：1—53.

[3] 关于本书的整理情况[A]//[清]曹雪芹，[清]高鹗著.红楼梦[M].北京：人民文学出版，1974：1—6.

[4] [清]曹雪芹，[清]高鹗著.中国艺术研究院红楼梦研究所校注.红楼梦[M].北京：人民文学出版社，1982.

[5] 中国艺术研究院红楼梦研究所.前言[A]//：中国艺术研究院红楼梦研究所校注.红楼梦[M].北京：人民文学出版社，1982：1—8.

[6] 校注凡例[A]//：中国艺术研究院红楼梦研究所校注.红楼梦[M].北京：人民文学出版社，1982：1—3.

[7] [清]曹雪芹著，无名氏续，[清]程伟元、[清]高鹗整理，中国艺术研究院红楼梦研究所校注.红楼梦(第3版)[M].北京：人民文学出版社，2019.

[8] [清]曹雪芹著，无名氏续，[清]程伟元、[清]高鹗整理，俞平伯校，启功等注.红楼梦[M].北京：人民文学出版社，2019.

[9] 尚达翔.高鹗诗词笺注[M].郑州：中州书画社，1983.

[10] [清]周绮.题词并序[A]//[清]曹雪芹著，[清]护花主人评，[清]大某山民加评.增评补图石头记[M].北京：中国书店，1988.

[11] 佚名撰.大观园影事十二咏[A]//[清]曹雪芹著，[清]护花主人评，[清]大某山民加评.增评补图石头记.北京：中国书店，1988.

[12] [清]曹雪芹著，《红楼梦》编委会主编.注音彩画名著红楼梦[M].长春：吉林出版社，2015.

[13] [清]曹雪芹原著.《红楼梦》连环画(共16册)[M].上海：上海人民美术出版社，

1981.

［14］一粟编.红楼梦书录［M］.上海：古典文学出版社，1958.

［15］白盾，汪大白.红楼争鸣二百年［M］.天津：天津人民出版社，2007.

［16］欧丽娟.红楼大观（1）（2）［M］.北京：北京大学出版社，2017.

［17］王永泉.曹雪芹［M］.北京：华艺出版社，2004.

［18］中国封建社会的一面镜子——《红楼梦》［A］//赵禄祥主编.资政要鉴（第三卷）［M］.北京：北京出版社，2001：854—873.

［19］何锦阶，邢颂恩编.百二十回《红楼梦》人名索引［M］.北京：中国友谊出版公司，1987.

［20］鲁迅.中国小说史略［M］.北京：人民文学出版社，1975.

［21］鲁迅.第二十四篇清之人情小说［A］//鲁迅.中国小说史略［M］.北京：人民文学出版社，1975：196—210.

［22］鲁迅.第二十六篇清之狭邪小说［A］//鲁迅.中国小说史略［M］.北京：人民文学出版社，1975：233—234.

［23］鲁迅.第二十七篇清之侠义小说及公案［A］//鲁迅.中国小说史略［M］.北京：人民文学出版社，1975：239—242.

［24］鲁迅.中国小说的历史的变迁［A］//鲁迅.中国小说史略［M］.北京：人民文学出版社，1975：304—306.

［25］鲁迅.论照相之类［A］//鲁迅.坟［M］.北京：人民文学出版社，1973：154—155.

［26］鲁迅.论睁了眼看［A］//鲁迅.坟［M］.北京：人民文学出版社，1973：197.

［27］鲁迅.怎么写（夜记之一）［A］//鲁迅.三闲集［M］.北京：人民文学出版社，1973：16—18.

［28］鲁迅."硬译"与文学的阶级性［A］//鲁迅.二心集［M］.北京：人民文学出版社，1973：15.

［29］鲁迅.言论自由的界限［A］//鲁迅.伪自由书［M］.北京：人民文学出版社，1973：15.

［30］鲁迅.大观园的人才［A］//鲁迅.伪自由书［M］.北京：人民文学出版，1973：101—102.

［31］鲁迅.谈金圣叹［A］//鲁迅.南腔北调集［M］.北京：人民文学出版社，1973：94.

［32］鲁迅.看书琐记［A］//鲁迅.花边文学［M］.北京：人民文学出版社，1973：93.

［33］鲁迅.《草鞋脚》小引［A］//鲁迅.且介亭杂文［M］.北京：人民文学出版社，1973：13.

［34］鲁迅.上海文艺之一瞥［A］//鲁迅.二心集［M］.北京：人民文学出版社，1973：82—83.

［35］鲁迅.为徐懋庸作《打杂集》序［A］//鲁迅.且介亭杂文二集［M］.北京：人民文学出版社，1973：61.

［36］鲁迅.《出关》的"关"［A］//鲁迅.且介亭杂文末编［M］.北京：人民文学出版社，1973：47—48.

［37］鲁迅.答徐懋庸并关于抗日统一战线问题［A］//鲁迅.且介亭杂文末编［M］.北京：人民文学出版社，1973：58.

［38］鲁迅.关于太炎先生二三事［A］//鲁迅.且介亭杂文末编［M］.北京：人民文学出版社，1973：68.

［39］鲁迅.文艺与政治的歧途［A］//鲁迅.集外集［M］.北京：人民文学出版社，1973：93.

［40］鲁迅.《奔流》编校后记［A］//鲁迅.集外集［M］.北京：人民文学出版社，1973：167.

［41］鲁迅.《绛洞花主》小引［A］//鲁迅.集外集拾遗［M］.北京：人民文学出版社，1973：177—178.

［42］《红楼梦》研究资料编辑组编.《红楼梦》研究资料［M］.北京师大学报丛书之三，1975.

［43］脂蒙本《石头记》侧批选辑［A］//《红楼梦》研究资料编辑组编.《红楼梦》研究资料［M］.北京师大学报丛书之三，1975：275—282.

［44］脂靖本《石头记》残批选辑［A］//《红楼梦》研究资料编辑组编.《红楼梦》研究资料［M］.北京师大学报丛书之三，1975：291—299.

［45］狄葆贤《石头记》眉批选辑［A］//《红楼梦》研究资料编辑组编.《红楼梦》研究资料［M］.北京师大学报丛书之三，1975：314—320.

［46］北京维尼纶厂，北京师大中文系，《红楼梦》注释小组.《红楼梦》注释（上下二册［M］），1975.

［47］伍长积.诗话红楼梦［M］.福州：海峡文艺出版社，2017.

［48］刘广堂主编，［清］孙温绘.孙温绘全本红楼梦［M］.北京：作家出版社，2009.

［49］周汝昌.红楼十二层［M］.太原：书海出版社，2005.

［50］刘心武.刘心武续红楼梦［M］.南京：江苏人民出版社，2011.

［51］刘心武.刘心武揭秘红楼梦（第4部）［M］.北京：东方出版社，2007.

［52］端木蕻良.曹雪芹（上卷，插图本）［M］.北京：北京出版社，1980.

[53] 徐绪乐，高铁岭．诗评易注红楼梦［M］．北京：知识产权出版社，2005．

[54] 郭五堂．红楼梦诗词铨析［M］．呼和浩特：远方出版社，2000．

[55] 郭五堂．秦可卿（第2版）［M］．西安：陕西人民出版社，2006．

[56] 郭五堂．红楼春梦（第2版）［M］．北京：西苑出版社，2006．

[57] 张燮南．红楼全咏［M］．合肥：安徽文艺出版社，1993．

[58] 秦淮梦．红楼三百咏［M］．北京：中国文联出版社，2006．

[59] 栾继显．诗评红楼梦［M］．济南：山东人民出版社，1993．

[60] 徐志刚编著．诗词韵律［M］．济南：济南出版社，1996．

[61] ［清］蘅塘退士编．宋词三百首［M］．太原：山西人民出版社，1997．

[62] 霍松林主编．名家讲解宋词三百首［M］．长春：长春出版社，2008．

[63] 巨才选编．元曲三百首［M］．北京：台海出版社，1997．

[64] 涂宗涛．诗词曲格律纲要［M］．北京：人民出版社，2010．

[65] 赵克勇编著．诗词曲联入门［M］．北京：光明日报出版社，1996．

[66] 中国大百科全书（图书馆·情报学·档案学）［M］．北京：中国大百科出版社，1993．

[67] 现代汉语词典［M］．北京：商务印书馆，1983．

[68] 钦定四库全书（整理本）［M］．北京：中华书局，1997．

[69] 辞海（2009年版）［M］．上海：上海辞书出版社，2006．

[70] 马克思恩格斯全集目录（第一至三十九卷）［M］．北京：人民出版社，1976．

[71] 简明不列颠百科全书（第10卷，索引）［M］．北京：大百科全书出版社，1986．

[72] 陈浩元主编．科技书刊标准化18讲［M］．北京：北京师范大学出版社，1998．

[73] 辞源（合订本）［M］．北京：商务印书馆，1988．

[74] ［清］张玉书等编．康熙字典［M］．上海：上海书店出版社，1988．

[75] 吴世昌著．红楼梦探源外编［M］．上海：上海古籍出版社，1980．

[76] 李及编．石头记诗词曲赋注释（资料）［M］．北京：北京财贸学院印制，1980．

[77] ［汉］许慎撰，［宋］徐铉等校．说文解字［M］．上海：上海古籍出版社，2010．

[78] 高树藩编纂．中文形音义综合大字典［M］．北京：中华书局，1989．